L'ANTI-LUNE DE MIEL

Titre de l'édition originale : *The Unhoneymooners*

Ouvrage dirigé par Isabelle Solal
Éditions en langue française : *L'anti-lune de miel*
Design et photographie de couverture : © Ella Laytham/© Getty Images
Jeff Cortes / Studio Hugo
Collection New Romance® créée par Hugues de Saint Vincent,
dirigée par Arthur de Saint Vincent.
Collection Hugo Poche, dirigée par Franck Spengler

34-36, rue La Pérouse
75116 - Paris
www.hugoetcie.fr

ISBN : 9782755688702
Dépôt légal : mars 2022
Imprimé en Espagne par Liberdúplex

CHRISTINA
LAUREN

L'ANTI-LUNE DE MIEL

Roman

Traduit de l'anglais (États-Unis)
par Margaux Guyon

Hugo Poche

NEW ROMANCE®

For Hugues de Saint Vincent,
Work like a captain, play like a pirate.

Pour Hugues de Saint Vincent,
un capitaine à la barre, avec une âme de pirate.

CHAPITRE 1

Dans le calme qui précède la tempête – dans ce cas précis, la bienheureuse tranquillité de la suite nuptiale qui précède l'invasion par les invités de la cérémonie –, ma sœur jumelle fixe d'un œil sévère un ongle qui vient d'être peint en rose clair et lance :

– Je parie que tu es soulagée que je ne sois pas une future mariée infernale. (Elle me jette un coup d'œil à travers la chambre et me sourit d'un air magnanime.) Je parie que tu t'attendais à ce que je sois *impossible*.

Cette déclaration arrive tellement à point nommé que j'aimerais immortaliser ce moment pour l'encadrer. J'échange un regard entendu avec notre cousine Julieta qui vernit pour la seconde fois les ongles des pieds d'Ami (« Un rose pâle conviendrait mieux qu'un rose dragée, tu ne crois pas ? »), et désigne du regard le corsage de la robe de mariée pendue à un cintre en satin ; sur lequel je m'applique actuellement à vérifier minutieusement que chacun des sequins soit dans le bon sens.

– Peux-tu approfondir le concept de « future mariée infernale » ?

Ami croise à nouveau mon regard, cette fois avec un air morne. Elle porte un soutien-gorge sophistiqué spécial robe de mariée et une culotte minuscule et j'ai conscience – avec un certain degré de nausée fraternelle – que son macho de fiancé, Dane, ne manquera pas de les déchiqueter plus tard. Son maquillage est élégant et son voile duveteux est épinglé dans ses cheveux bruns remontés en un chignon alambiqué. C'est troublant. En règle générale, nous nous ressemblons comme deux gouttes d'eau, même si nous savons bien que nous sommes deux personnes complètement différentes à l'intérieur. Mais voilà qui est absolument inhabituel : Ami a tout du portrait parfait de la mariée. Soudain, sa vie n'a plus rien à voir avec la mienne.

– Je ne suis pas infernale, proteste-t-elle. Je suis perfectionniste.

Je trouve ma liste et la brandis, avant de l'agiter pour attirer son attention. Il s'agit d'une feuille de papier à lettres rose aux rebords festonnés portant l'intitulé *To-do list d'Olive – Jour du Mariage* méticuleusement calligraphiée, et qui inclut soixante-quatorze (*soixante-quatorze*) points qui vont de *Vérifier la symétrie des sequins de la robe de mariée* à *Retirer tout pétale flétri des arrangements floraux/décorations florales.*

Chaque demoiselle d'honneur possède sa propre liste, peut-être pas aussi longue que la mienne

– je suis témoin – mais tout aussi tarabiscotée et rédigée à la main. Ami a même dessiné des petits carrés pour qu'on puisse marquer d'une croix chaque tâche accomplie.

– Certaines personnes pourraient estimer que ces listes vont un peu trop loin, dis-je.

– Ce sont les mêmes « certaines personnes », réplique-t-elle, dont le mariage coûtera les yeux de la tête et qui sera loin d'être aussi réussi.

– Exact. Parce qu'ils engagent un wedding planner pour… (je me reporte à ma liste) : « Essuyer la buée sur les chaises une demi-heure avant la cérémonie ».

Ami souffle sur ses ongles pour faire sécher le vernis et laisse échapper un rire digne de la méchante dans les films.

– Amateurs.

Je suis sûre que vous savez ce qu'on dit au sujet des prophéties autoréalisatrices[1]. Le succès attire le succès et puis, d'une manière ou d'une autre, vous continuez à avoir du succès. Ce doit être vrai, car Ami gagne tout. Un jour, elle a déposé un

---

1. Concept de sciences sociales, introduit par les sociologues américains Robert King Marton et William Isaac Thomas, utilisé pour traduire une situation dans laquelle quelqu'un qui prédit ou s'attend à un événement, souvent négatif, modifie ses comportements en fonction de ces croyances, ce qui a pour conséquence de faire que la prophétie se réalise. La notion est connue sous le nom d'effet Pygmalion en pédagogie et en sport, et d'effet placebo en médecine. (NdT, ainsi que pour les notes suivantes)

ticket dans la boîte de tirage au sort d'une foire de rue et elle est rentrée chez elle avec deux entrées pour le théâtre de quartier. Elle a glissé sa carte professionnelle dans une chope au *Happy Gnome* et a remporté un an de bières gratuites pendant l'happy hour. Elle a gagné des relookings, des livres, des places pour des premières de films, une tondeuse à gazon, un nombre infini de tee-shirts et même une voiture. Bien sûr, elle a aussi gagné le papier à lettres et le kit de calligraphie qu'elle a utilisé pour rédiger nos to-do lists.

Tout ça pour dire qu'à l'instant où Dane Thomas lui a demandé sa main, Ami s'est lancé le défi d'éviter à nos parents le coût d'un mariage. En l'occurrence, ils auraient pu se permettre de contribuer au mariage – ils sont mal organisés sur bien des aspects, mais pas du point de vue financier – mais pour Ami, s'en sortir sans rien payer de sa poche est l'enjeu le plus ludique qui soit. Si la Ami pré-fiançailles voyait les concours comme une compétition, la Ami fiancée a commencé à les considérer comme une épreuve des jeux Olympiques.

Et donc, aucun des membres de notre immense famille n'a été surpris qu'elle parvienne à atteindre son objectif : un mariage huppé, avec deux cents invités, un buffet de fruits de mer, une fontaine de chocolat et des roses multicolores jaillissant de tous les vases, pots, gobelets – en déboursant, en tout et pour tout, mille dollars. Ma sœur est prête à tout pour dénicher les meilleures promotions et participer aux concours les plus intéressants. Elle reposte tout jeu concours sur Twitter et Facebook et a même une adresse mail qui s'appelle très justement *AmeliaTorresWins@xmail.com*.

Finalement convaincue qu'aucun sequin ne fait de la résistance, je décroche de la patère le cintre sur lequel la robe est suspendue pour l'apporter à Ami.

Mais à l'instant où je la touche, ma sœur et ma cousine se mettent à hurler à l'unisson et Ami lève les mains en l'air. Ses lèvres d'un rose mat forment un O horrifié :

– N'y touche pas, Ollie, lance-t-elle. Je m'occupe de la récupérer. Avec ta chance, tu trébucheras sur la bougie, la robe prendra feu et il n'en restera qu'une vague odeur de sequins brûlés.

Je n'essaie même pas de la contredire : elle n'a pas tort.

Alors qu'ami est un véritable trèfle à quatre feuilles, j'ai toujours été poursuivie par la malchance. Je ne le dis pas pour attirer l'attention ou parce que j'ai seulement l'air mal lotie en comparaison ; c'est une vérité objective. Tapez Olive Torres, Minnesota, sur Google et vous trouverez une douzaine d'articles et de commentaires au sujet du jour où je suis montée dans une machine attrape-peluche et où je me suis coincée dedans. J'avais six ans, la peluche que j'avais capturée avait refusé de tomber, et j'avais décidé de m'introduire à l'intérieur pour la récupérer.

J'ai passé deux heures dans la machine, entourée par un grand nombre d'ours en peluche rigides, à la fourrure râpeuse et à l'odeur chimique. Je me souviens d'avoir vu de l'autre côté du plexiglas sali par des traces de doigts un déploiement de visages affolés se hurlant des ordres que je n'entendais pas. Apparemment, lorsque les propriétaires de l'attrape-peluche ont expliqué à mes parents qu'ils n'étaient pas les propriétaires du jeu et qu'ils ne possédaient donc pas la clé pour l'ouvrir, les pompiers d'Edina ont débarqué en urgence, suivis de près par les équipes de la chaîne de télévision locale qui documentèrent mon extraction en détail.

Faisons un bond dans le temps de vingt-six ans en avant et – merci, YouTube – la vidéo traîne toujours sur le net. À ce jour, près de cinq cent mille personnes l'ont visionnée et ont découvert que j'avais été assez têtue pour me faufiler dans l'attrape-peluche et suffisamment malchanceuse pour que ma ceinture se coince sur le chemin de la sortie, abandonnant mon pantalon derrière moi.

Et ce n'est qu'une anecdote parmi tant d'autres. Donc oui, Ami et moi sommes de vraies jumelles – nous mesurons toutes les deux un mètre soixante-trois, nos cheveux bruns se rebellent au moindre soupçon d'humidité, nous avons les yeux marron foncé, le nez en trompette et des constellations de taches de rousseur identiques – mais c'est là que la ressemblance s'arrête.

Notre mère s'est toujours efforcée de célébrer nos différences pour que nous nous sentions comme deux individus à part entière plutôt que comme une paire. Je sais qu'elle n'avait que de bonnes intentions, mais aussi loin que je me souvienne, nos rôles étaient figés : Ami est l'optimiste qui voit toujours le bon côté des choses et j'ai tendance à toujours m'attendre à ce que le ciel me tombe sur la tête. Quand nous avions trois ans, ma mère nous a même déguisées en Bisounours pour Halloween : Ami était Grosjojo. J'étais Grognon.

Et il est clair que les prophéties autoréalisatrices fonctionnent dans les deux sens : depuis le moment où j'ai vu mon visage plaqué contre une vitre de plexiglas sale au Journal télévisé de dix-huit heures, ma chance n'a jamais tourné. Je n'ai jamais gagné un concours de coloriage ou un tirage au sort au travail – pas même une tombola – ni réussi à attraper le pompon d'un manège. Je me suis, en revanche, cassé une jambe dans les escaliers quand quelqu'un m'a entraînée dans sa chute (cette personne s'en est sortie indemne), j'ai systématiquement tiré au sort la corvée de nettoyage des toilettes pendant toutes nos vacances familiales sans exception, cinq ans d'affilée, un chien m'a fait pipi dessus alors que je prenais un bain de soleil en Floride, un nombre incalculable de fientes d'oiseaux se sont écrasées sur moi au fil du temps et, l'année de mes seize ans, j'ai été frappée par la foudre – oui, vraiment – et je suis encore là pour en témoigner. (Mais j'ai dû suivre des cours d'été parce que j'avais raté les deux dernières semaines de classe de l'année.)

Curieusement, Ami aime me rappeler qu'une fois, j'ai deviné le nombre exact de shots restants dans une bouteille de tequila à moitié vide. Mais après les avoir presque tous bus dans mon allégresse jubilatoire et les avoir subséquem- ment vomis, je ne savoure pas particulièrement cette victoire.

Ami retire la robe (gratuite) du cintre et l'enfile au moment où notre mère quitte sa suite personnelle (également gratuite) pour nous rejoindre. Elle halète avec tant d'exagération en voyant Ami dans sa robe que je suis certaine que nous pensons la même chose : *Olive a réussi, d'une manière ou d'une autre, à tacher la robe de mariée.*

Je l'inspecte pour m'assurer que ce n'est pas le cas.

Rien à signaler. Ami soupire, me fait signe de remonter la fermeture Éclair *avec précaution.*

– Mami, tu nous as flanqué une de ces trouilles !

La tête encombrée d'énormes bigoudis en velcro, une flûte avec seulement un fond de champagne (vous avez deviné : également gratuit) et les lèvres recouvertes d'un gloss rouge brillant, ma mère ressemble à s'y méprendre à Joan Crawford. Si Joan Crawford était née à Guadalajara, bien entendu.

– Oh, *mijita*, tu es superbe.

Ami lève les yeux vers elle, sourit puis semble se souvenir – avec une bouffée immédiate d'anxiété –

de la liste qu'elle a oubliée à l'autre bout de la pièce. Soulevant le bas de sa robe, elle avance jusqu'à la table.

– Maman, as-tu donné la clé USB avec la musique au DJ ?

Notre mère vide sa coupe avant de s'asseoir délicatement sur le canapé moelleux.

– *Sí*, Amelia. J'ai donné ton petit morceau de plastique au hippie coiffé de tresses africaines et vêtu d'un horrible costume.

La robe couleur magenta de ma mère est impeccable, elle croise ses jambes bronzées au-dessus du genou tout en acceptant une autre flûte de champagne offerte par la préposée à la suite de la mariée.

– Il a une dent en or, ajoute ma mère. Mais je suis sûre qu'il est très compétent.

Ami ignore cette remarque et coche la case en faisant crisser la pointe du stylo sur le papier. Le fait que le DJ soit ou non à la hauteur des attentes de notre mère, ou même des siennes, n'est pas très important pour elle. Il vient d'arriver en ville et elle a gagné ses services à la tombola de l'hôpital où elle travaille comme infirmière en hématologie. Au pire, elle n'aura pas payé pour sa performance.

– Ollie, s'exclame Ami sans quitter sa liste des yeux. Tu dois t'habiller, toi aussi. Ta robe est pendue derrière la porte de la salle de bains.

Je m'éclipse immédiatement en direction de la salle de bains avec un salut moqueur :

– Oui, chef !

La question qu'on nous pose le plus souvent est de savoir qui de nous deux est la plus vieille. Je serais tentée de dire que c'est assez évident, parce que même si Ami est née quatre minutes seulement avant moi, il n'y a pas le moindre doute : c'est elle qui mène la danse. Quand nous étions enfants, nous jouions aux jeux qu'elle choisissait, nous allions là où elle voulait aller et même si je me plaignais parfois, je la suivais joyeusement la plupart du temps. Elle est capable de me persuader d'à peu près n'importe quoi.

Ce qui explique comment j'ai fini dans cette robe.

– Ami !

J'ouvre brusquement la porte de la salle de bains, horrifiée par ce que je viens de distinguer dans le petit miroir au-dessus du lavabo. *C'est peut*-être la lumière, je pense, en passant une main sur la monstruosité vert brillant et en avançant vers l'un des miroirs en pied de la suite.

Waouh. Ce n'est définitivement pas la lumière.

– Olive, me répond–elle.

– Je ressemble à une cannette géante de 7 Up.

– Ouais, meuf ! chantonne Jules (diminutif utilisé par Olive pour désigner Julieta). Quelqu'un finira peut-être par te décapsuler.

Ma mère s'éclaircit la gorge.

Je lance un regard noir à ma sœur. En janvier, j'ai été traumatisée par ma tenue de demoiselle d'honneur pour un mariage dont le thème était Merveille d'Hiver. Ma seule condition était donc que ma robe d'aujourd'hui soit dépourvue de tout bandeau de velours rouge ou de fourrure blanche. J'aurais dû m'exprimer de manière plus précise.

– As-tu vraiment choisi cette robe ? (Je désigne le décolleté plongeant). Était-ce intentionnel ?

Ami acquiesce en m'examinant.

– Enfin, intentionnel au sens où j'ai gagné le tirage au sort de Valley Baptist ! *Toutes* les robes des demoiselles d'honneur en une fois… pense à l'argent que je t'ai fait économiser.

– Nous sommes *catholiques,* pas baptistes, Ami. (Je tire sur le tissu.) Je ressemble à une serveuse de chez *O'Gara* le jour de la Saint-Patrick.

Je réalise mon erreur – ne pas avoir demandé à voir la robe plus tôt – mais ma sœur a toujours eu un goût impeccable. Le jour des essayages, j'étais dans le bureau de mon patron et je l'implorais en vain de me retirer de la liste des quatre cents scientifiques licenciés par l'entreprise. Je sais que j'étais distraite quand elle m'a envoyé une photo de la robe, mais je ne me souviens pas d'un tissu aussi satiné ou aussi vert.

Je me tourne pour me voir sous un autre angle et, Dieu tout-puissant, c'est encore pire de dos. Disons que plusieurs semaines à faire de la pâtisserie pour canaliser mon stress ne m'ont pas aidée. Cette démarche compulsive a un peu… augmenté le volume de ma poitrine et de mes hanches, pour ainsi dire.

– Si je me mets à l'arrière-plan de toutes tes photos, je pourrais être ton écran vert.

Jules arrive derrière moi, fine et tonique dans son propre ensemble vert brillant.

– Tu es très sexy là-dedans. Crois-moi.

– Mami, s'exclame Ami. Le décolleté met en valeur les clavicules d'Ollie, non ?

– Et ses *chichis*[2].

On vient de remplir à nouveau la flûte de ma mère, elle la vide d'un trait.

Les autres demoiselles d'honneur font irruption dans la suite. Dans un tumulte bruyant, collectif et plein d'émotion, tout le monde s'extasie sur Ami et sa tenue. Cette réaction est caractéristique de la famille Torres. Je me rends compte qu'on pourrait penser que je suis une sœur acariâtre mais, je le jure, ça n'a rien à voir. Ami a toujours adoré être le centre de l'attention et – comme mes hurlements au journal de dix-huit heures en attestent – ce n'est pas mon cas. Ma sœur resplendit toujours sous le feu des projecteurs, je suis plus qu'heureuse de contribuer à les diriger vers elle.

Nous avons vingt cousines germaines et nous nous mêlons toujours des affaires des autres, vingt-quatre heures sur vingt-quatre, sept jours sur sept, mais avec seulement sept robes (gratuites) incluses dans le prix d'Ami, des décisions difficiles ont dû être prises. Plusieurs cousines sont encore mortellement

---

2. « Seins », en argot mexicain.

vexées et se sont rassemblées dans une chambre pour se préparer, ce qui est probablement pour le mieux ; après tout, cette suite est bien trop exiguë pour qu'autant de filles se glissent sans encombre dans leurs pantys.

Un nuage de laque flotte dans l'air autour de nous et il y a assez de fers à friser, de fers à lisser et autres flacons de sérum capillaire dans la suite pour fournir un salon de coiffure de taille décente. Toute la surface disponible est soit collante, après qu'un quelconque produit de beauté s'est renversé, ou encombrée par le contenu d'une trousse de maquillage qui vient de s'y éparpiller.

On frappe à la porte de la suite et Julietta ouvre : notre cousin Diego se trouve sur le seuil. Vingt-huit ans, gay, plus élégant que je ne le serai jamais, Diego a crié au sexisme lorsqu'Ami lui a expliqué qu'il ne pourrait pas être demoiselle d'honneur et qu'il devrait se préparer avec les témoins du futur marié. À voir son expression en découvrant ma robe, il y a fort à parier qu'il se considère actuellement comme béni des dieux.

– Je sais, dis-je en admettant ma défaite et en m'éloignant du miroir. C'est un peu…

– Serré ? suggère-t-il.

– Non…

– Brillant ?

Je lui adresse un regard noir.

– Non.

– Affriolant ?

– J'allais dire *vert*.

Il incline la tête avant de m'observer sous tous les angles.

– J'allais te proposer de te maquiller, mais ce serait une perte de temps. (Il agite une main.) Personne ne regardera ton visage aujourd'hui.

– N'en rajoute pas, Diego, le réprimande ma mère.

Je remarque qu'elle n'est pas en désaccord avec son diagnostic de la situation, mais qu'elle lui demande seulement de ne pas m'enfoncer.

Je cesse de me préoccuper au sujet de la robe – et de la poitrine que je vais offrir à la vue de tous les invités du mariage – et me retourne en direction du chaos qui règne dans la pièce. Tandis que mes cousines s'examinent du regard et s'échangent des conseils sur la manière de porter des escarpins, une douzaine de conversations sont menées en parallèle. Natalia a teint ses cheveux bruns en blond, elle est convaincue d'avoir tout gâché. Diego lui donne raison. Une baleine vient de sortir du soutien-gorge sans bretelles de Stéphanie, et Tía María lui explique comment se scotcher les seins à la place. Cami et Ximena se demandent quel panty appartient à qui, et ma mère continue à siroter son champagne. Mais au milieu de tout ce bruit et de tous ces produits chimiques, l'attention d'Ami revient sur sa liste.

– Olive, as-tu vu papa ? Est-il là ?

– Il était dans le hall de la réception quand je suis arrivée.

– Bien.

Une autre croix.

Il pourrait sembler étrange que la tâche de s'assurer de la présence de mon père m'incombe à moi et non à sa femme – notre mère – qui se tient *juste là*, mais notre famille fonctionne comme ça. Nos parents n'interagissent pas directement, plus depuis que mon père a trompé ma mère et que ma mère l'a fichu dehors mais a refusé de divorcer. Bien sûr, nous la soutenons, mais dix ans se sont écoulés et le mélodrame est toujours aussi frais pour eux deux aujourd'hui qu'il ne l'était le jour où elle l'a pris sur le fait. Je suis incapable de me souvenir d'une seule conversation entre eux qui ne soit pas passée par moi, Ami ou l'un de leurs sept frères et sœurs depuis le départ de mon père. Nous avons réalisé très rapidement que procéder ainsi serait plus simple pour tout le monde, mais la conclusion que j'en tire, c'est que l'amour, c'est épuisant.

Ami tend la main vers ma liste et je m'efforce de la saisir avant elle ; l'absence de croix la ferait paniquer. Je la parcours, ravie de me rendre compte que les prochaines tâches exigent que je sorte de ce repaire aux émanations de laque.

– Je vais aller faire un tour à la cuisine pour m'assurer qu'ils m'ont préparé un plat spécial.

En effet, le buffet gratuit du mariage offre une sélection de fruits de mer qui m'enverraient directement à la morgue.

– J'espère que Dane a aussi demandé du poulet pour Ethan. (Ami fronce les sourcils.) Seigneur, je croise les doigts. Peux-tu poser la question ?

Tous les bavardages de la suite s'assourdissent soudain et onze paires d'yeux se fixent sur moi. Un nuage obscur assombrit mon humeur lorsque je l'entends mentionner le grand frère de Dane.

Même si Dane est un type décent, quoique un peu trop mâle alpha à mon goût – imaginez des hurlements devant des matchs à la télé, beaucoup d'admiration pour ses propres muscles et un effort réel pour assortir ses tenues de sport –, il rend Ami heureuse. Ce qui me semble suffisant.

Ethan, quant à lui, est un connard moralisateur et insupportable.

Consciente d'être au centre de l'attention, je croise les bras, déjà agacée.

– Pourquoi ? Il est allergique aux fruits de mer, lui aussi ?

Pour une raison qui m'échappe, l'idée d'avoir un point commun avec Ethan Thomas, l'homme le plus revêche de l'univers, provoque des pulsions irrationnelles de violence en moi.

– Non, répond Ami. Il a juste la hantise des buffets.

J'éclate de rire.

– Juste des *buffets*. OK.

D'après ce que je sais, Ethan ne supporte littéralement rien.

Par exemple, pendant le barbecue du 4-Juillet de Dane et Ami, il a refusé de toucher aux plats que j'avais passé la moitié de la journée à préparer. À Thanksgiving, il a changé de place avec son père, Doug, pour ne pas être assis à côté de moi. Et hier soir, pendant le dîner de répétition, chaque fois que j'ai mordu dans un gâteau ou que Jules ou Diego m'ont fait rire, Ethan s'est frotté les tempes en affectant un mépris exagéré. J'ai finalement abandonné mon gâteau et je me suis levée pour chanter des chansons de karaoké avec mon père et Tío Omar. Il est possible que je sois encore furieuse d'avoir raté trois bouchées de gâteau vraiment délicieux à cause d'Ethan Thomas.

Ami fronce les sourcils. Ce n'est pas non plus la plus grande fan d'Ethan, mais elle en a assez d'avoir cette conversation.

– Olive. Tu le connais à peine.

– Je le connais suffisamment. (Je la regarde et prononce trois mots tout simples.) Fromage à poutine !

Ma sœur soupire en secouant la tête.

– Seigneur, tu ne t'en remettras jamais.

– Parce que si je mange, ris ou respire, j'offense sa sensibilité de violette. Tu sais que je l'ai déjà vu au moins cinquante fois et qu'il fait toujours semblant de ne pas me reconnaître ? (Je fais un signe entre nous.) Nous sommes *jumelles*.

Natalia triture les pointes de ses cheveux décolorés. Pourquoi diable *ses* gros seins entrent-ils dans sa robe à *elle* ?

Elle s'adresse à moi :

– Voilà une opportunité de t'en faire un ami, Olive. Miam…, il est à croquer.

Pour toute réponse, je lève un sourcil dédaigneux, marque de fabrique du Torres Mécontent.

– Quoi qu'il en soit, tu vas devoir aller le voir, déclare Ami, et mon attention revient sur elle.

– Attends. Quoi ?

Face à mon expression perplexe, elle désigne ma liste :

– Numéro soixan…

La panique me gagne instantanément lorsqu'elle suggère que je parle à Ethan et je lève une main pour la faire taire. Bien sûr, lorsque je parcours ma liste, en soixante- treizième position – parce qu'Ami savait que je ne lirais pas l'intégralité de la liste à l'avance –, je découvre la pire mission possible : *Demander à Ethan de te montrer son discours de témoin. L'empêcher de dire une horreur.*

Sur ce coup, si je ne peux pas blâmer ma malchance chronique, je peux définitivement en vouloir à ma sœur.

CHAPITRE 2

Une fois dans le couloir, le bruit, le chaos et les invectives qui retentissent dans la suite de la mariée me semblent soudain appartenir à un autre univers ; un délicieux silence règne ici. Tout est tellement calme, en réalité, que je n'ai pas envie de quitter cette paix retrouvée pour chercher la porte du couloir sur laquelle est accrochée une adorable petite figurine de marié. La figurine immobile monte sans doute la garde pendant que rugit une fête de pré-mariage arrosée de bière, dans un épais nuage de fumée de marijuana. Même Diego, fêtard dans l'âme, a préféré risquer ses tympans et sa capacité pulmonaire pour se joindre aux préparatifs de la mariée.

Je prends dix grandes inspirations pour retarder l'inévitable.

C'est le mariage de ma sœur jumelle, et je suis vraiment tellement ravie pour elle que je pourrais exploser de joie. Mais il n'est pas si facile pour moi de sauvegarder les apparences, surtout dans ce genre de moments, loin de la frénésie. Indépendamment de ma malchance chronique, j'ai traversé ces deux derniers mois une période particulièrement difficile : ma colocataire a déménagé, je me suis donc installée seule dans un appartement minuscule. Sans m'en rendre compte, j'ai surestimé le montant du loyer que je pensais pouvoir payer et – à cause de mon éternelle guigne –, j'ai été licenciée par l'entreprise pharmaceutique pour laquelle je travaillais depuis six ans. Ces dernières semaines, j'ai passé des entretiens dans pas moins de sept sociétés, sans aucune suite. Et me voilà ici, sur le point de me confronter à mon ennemi juré, Ethan Thomas, avec la peau luisante de Kermit la Grenouille sur le dos.

Il m'est difficile d'envisager qu'à une certaine époque, je mourais d'envie de rencontrer Ethan. La relation entre ma sœur et son petit ami devenait sérieuse et Ami voulait me présenter à la famille de Dane. Sur le parking de la foire d'État du Minnesota (une des foires les plus importantes des États-Unis), Ethan est sorti de sa voiture en déployant des jambes incroyablement longues et a scanné les alentours avec des yeux si bleus que j'ai pu en distinguer la couleur à deux voitures de distance. De près, il avait des cils plus longs qu'aucun homme ne devrait avoir le droit d'avoir. Il battait lentement des paupières, l'air arrogant. Puis il m'a regardée droit dans les yeux, m'a serré la main et m'a gratifiée d'un dangereux sourire en coin. Autant dire que j'ai tout ressenti, sauf de la tendresse fraternelle.

Mais apparemment, j'ai commis le péché capital d'être une fille plantureuse ayant acheté une corbeille de fromage à poutine. Le groupe se concertait pour se mettre d'accord sur le programme de la journée et je me suis éclipsée pour dénicher un encas – il n'y a rien de plus glorieux que la nourriture de la foire d'État du Minnesota. J'ai retrouvé les autres à côté de l'enclos du bétail. Ethan a posé les yeux sur moi, puis sur ma délicieuse corbeille de fromage frit, il a froncé les sourcils et s'est immédiatement détourné en marmonnant de vagues excuses – il voulait assister au concours de bières brassées maison. Je n'y ai pas consacré plus d'une seconde de réflexion à ce moment-là, mais je ne l'ai plus vu pendant le reste de l'après-midi.

Depuis ce jour, il ne s'est jamais comporté autrement qu'avec dédain et antipathie. Que devrais-je en penser ? Qu'il est passé de l'intérêt à l'écœurement en dix minutes pour une autre raison ? Évidemment, mon opinion sur Ethan Thomas est la suivante : il peut aller voir ailleurs si j'y suis. Exception faite d'aujourd'hui (surtout à cause de cette robe), j'aime mon corps. Je ne laisserai jamais personne me culpabiliser à ce sujet *ou* à cause de fromage à poutine.

Des voix me parviennent de l'autre côté de la porte de la suite du marié – un discours typique des fraternités sur la transpiration masculine, la bière ou l'ouverture d'un sachet de Cheetos par la seule force du regard… qui sait, mais il s'agit des amis de Dane. Je lève le poing, toque, et la porte s'ouvre tellement vite que je trébuche en arrière, en prenant mon talon dans l'ourlet de ma robe. Je manque m'étaler de tout mon long.

C'est Ethan ; bien sûr que ça allait être lui. Il m'attrape par la taille pour m'éviter de tomber. Tandis qu'il me repose sur mes pieds, je vois mes lèvres se retrousser et j'observe le même phénomène de révulsion l'envahir. Il écarte ses mains de moi et les plonge dans ses poches. J'imagine que s'il le pouvait, il serait déjà en train de les frotter avec du gel hydroalcoolique.

Le mouvement de ses bras attire mon attention sur ce qu'il porte – un smoking, évidemment – et sur la manière dont le smoking met en valeur sa longue silhouette élancée. Ses cheveux bruns sont soigneusement peignés en arrière, ses cils sont toujours aussi ridiculement longs. Je me répète que ses sourcils bruns, bien dessinés, sont du matraquage inutile – *du calme, Mère Nature* –, mais ils l'embellissent indéniablement.

Vraiment, je ne le supporte pas.

J'ai toujours su qu'Ethan était beau – je ne suis pas aveugle – mais le voir avec un nœud papillon me confirme la chose un peu trop nettement à mon goût.

Il m'examine lui aussi de la tête aux pieds. Il commence par mes cheveux – il juge peut-être médiocre ma coiffure simple –puis observe mon maquillage léger – il sort probablement avec des mannequins qui se filment en plein tutoriel beauté sur Instagram – avant de détailler ma robe, aussi lentement que méthodiquement. Je reprends mon souffle et croise les bras devant ma poitrine.

Il lève le menton.

– Je suppose que personne n'a payé pour ça.

Et *je* suppose que lui balancer mon genou droit dans l'entrejambe serait incroyablement agréable.

– Belle couleur, tu ne trouves pas ?

– Tu ressembles à un Skittle.

– Waouh, Ethan. Arrête avec ta parade de séduction !

Un petit sourire remonte les coins de sa bouche.

– Il y a si peu de gens à qui cette couleur va bien, Olivia.

Je devine, au ton de sa voix, qu'il n'estime pas que j'en fasse partie.

– C'est Olive.

Ma famille élargie ne se remet toujours pas du fait que mes parents m'ont appelée Olive et non Olivia, comme on aurait pu s'y attendre. Aussi loin que remontent mes souvenirs, tous mes oncles du côté maternel me surnomment *Aceituna,* juste pour embêter ma mère.

Mais je doute qu'Ethan le sache ; il se comporte juste comme l'enfoiré qu'il est.

Il pivote sur ces talons.

– C'est vrai, c'est vrai.

Son petit jeu me fatigue.

– OK, c'est bien joli, mais je dois jeter un coup d'œil à ton discours.

– Mon *toast* ?

– C'est ma formulation que tu corriges ? (J'agite une main dans sa direction). Laisse-moi voir.

Il appuie une épaule contre le chambranle d'un air décontracté.

– Non.

– Fondamentalement, c'est exclusivement pour ton propre bien-être. Ami t'assassinera à mains nues si tu prononces le mot de trop. Et tu le sais.

Ethan incline la tête, en me toisant de toute sa hauteur. Il mesure un mètre quatre-vingt-quinze, ce qui n'est… pas notre cas, à Ami et à moi. Il semble m'avoir répondu très explicitement, sans même ouvrir la bouche : *j'aimerais la voir essayer.*

Dane surgit derrière lui, et son expression s'assombrit à l'instant où il me voit. Apparemment, je ne suis pas le livreur de bières qu'ils attendaient tous les deux.

– Oh. (Il se reprend rapidement.) Salut, Ollie. Tout va bien ?

Je lui adresse un sourire éclatant.

– Parfaitement. Ethan s'apprêtait à me montrer son discours.

– Son toast ?

Qui eût cru que cette famille était aussi pointilleuse ?

– Ouais.

Dane hoche la tête en direction d'Ethan et désigne l'intérieur de la pièce.

– C'est à ton tour. (Il me regarde en expliquant.) On est en plein bière-pong. Mon grand frère est sur le point de *boire.*

Je ricane.

– Un jeu d'alcool avant le mariage ! Ça me semble une excellente initiative.

– J'arrive dans une minute.

Ethan sourit à son frère qui s'éloigne avant de se tourner vers moi. Nous abandonnons tous les deux les faux-semblants et retrouvons une expression neutre.

Je demande :

– As-tu au moins écrit quelque chose ? Tu ne vas quand même pas improviser, si ? Ce n'est jamais une bonne idée. Les gens ne sont jamais aussi hilarants au débotté qu'ils ne le croient, toi en particulier.

– Moi *en particulier* ?

Même si Ethan est l'incarnation du charisme à côté de l'immense majorité de l'humanité, avec moi, c'est un robot. À cet instant, son visage est tellement impassible, tellement dépourvu d'expression, que je n'arrive pas à savoir si je l'ai vraiment blessé ou s'il me tend la perche pour que je m'enfonce toute seule.

– Je ne suis même pas sûre que tu puisses être drôle même si… (Je m'arrête au milieu de la phrase, mais nous savons tous les deux que j'irai au bout de mon jeu de mots pathétique.) Même si on te *bottait* les fesses.

Il hausse brièvement les sourcils. Il a réussi à me faire tomber dans son piège.

Je bougonne :

– OK. Assure-toi juste que ton *toast* ne soit pas nul.

Je jette un coup d'œil dans le couloir et me rappelle soudain la dernière chose que je dois voir avec lui :

– Et je suppose que tu es allé t'assurer en cuisine que tu ne serais pas obligé de te servir au buffet ? Sinon, je peux m'en occuper.

Il abandonne son sourire sarcastique, instantanément remplacé par une expression qui ressemble à de la surprise.

– C'est très aimable de ta part. Non, je n'avais pas demandé de solution de remplacement.

Je clarifie :

– C'est l'idée d'Ami, pas la mienne. C'est elle qui cautionne ton aversion pour la convivialité.

– Je n'ai aucun problème avec *la convivialité*, explique-t-il. C'est juste que les buffets sont littéralement des bouillons de culture à bactéries.

– J'espère que ton discours aura ce niveau de poésie et de perspicacité.

Il recule d'un pas en direction de la porte.

– Dis à Ami que mon *toast* est hilarant et qu'il ne contient pas la moindre allusion gênante pour elle.

J'aurais aimé trouver une repartie du tac au tac, mais la seule pensée cohérente qui me vient est à quel point il est insultant que de tels cils aient été gâchés pour orner le visage du suppôt de Satan, donc je me contente de hocher la tête et de tourner les talons.

Je dois rassembler toute ma force de volonté pour ne pas ajuster le bas de ma robe en m'éloignant.

Je suis peut-être paranoïaque, mais j'ai l'impression de sentir son regard critique sur le tissu trop ajusté de ma robe sur tout le chemin menant aux ascenseurs.

Le personnel de l'hôtel a vraiment pris au sérieux le thème d'Ami : Noël-en-janvier. Heureusement, au lieu de pères Noël vêtus de velours et de rennes empaillés, l'allée centrale est bordée de neige décorative. Même s'il fait facilement vingt-cinq degrés à l'intérieur, le rappel de la neige mouillée et à moitié fondue donne un air glacial à la salle, comme si elle était parcourue de courants d'air. L'autel est décoré de fleurs blanches et de houx, des pommes de pin miniatures sont accrochées au dos de chaque chaise et des petites lumières blanches scintillent dans les branches. En réalité, c'est vraiment adorable, mais même du fond de la salle, là où nous nous sommes mis en rang, je distingue les petites affiches accrochées à chaque chaise encourageant les invités à *Faire confiance à Noces Finley pour votre grand jour.*

Les invités commencent à s'impatienter. Diego jette des coups d'œil constants dans la grande salle pour repérer les invités les plus sexy. Jules tente vaillamment d'obtenir le numéro de téléphone de l'un des témoins, et ma mère demande à Cami d'enjoindre à mon père de s'assurer qu'il n'a pas la braguette ouverte. Nous attendons tous que le coordinateur donne le signal d'avancer aux demoiselles d'honneur.

À chaque seconde qui passe, je me sens davantage boudinée dans ma robe.

Finalement, Ethan prend place à côté de moi. Je l'entends retenir son souffle avant de soupirer lentement et calmement, comme s'il se résignait. Sans m'accorder un seul regard, il m'offre son bras.

Même si je suis tentée de faire comme si je n'avais rien vu, je prends son bras, en ignorant la sensation de son biceps bombé sous ma main et la manière dont il le contracte imperceptiblement pour me tenir près de lui.

– Tu vends toujours des médicaments ?

Je serre les dents.

– Tu sais que ce n'est pas ce que je fais.

Il jette un coup d'œil derrière nous puis se retourne, et je l'entends reprendre son souffle avant de répondre, mais il choisit finalement de ne rien dire.

Ça ne peut pas avoir un rapport avec la taille, le volume ou la dose de folie générale de notre famille – il est au courant depuis longtemps –, mais je sais que *quelque chose* le tracasse. Je lui adresse un bref regard.

– Quoi que ce soit, contente-toi de lâcher le morceau.

Je jure que je ne suis pas partisane de la violence, mais à la vue du sourire malfaisant qui me surplombe, le désir de planter mon talon affilé dans l'une de ses chaussures bien cirées est presque irrésistible.

– Ça a à voir avec les demoiselles d'honneur Skittle, n'est-ce pas ?

Même Ethan doit reconnaître qu'il y a quelques corps de rêve parmi l'assortiment de demoiselles d'honneur, mais vraiment, le satin couleur menthe ne flatte aucune d'entre nous.

– Tu es devin, Olive Torres.

Je lui adresse un sourire aussi sarcastique que le sien.

– Gravez ce moment dans le marbre, braves gens. Ethan Thomas s'est souvenu de mon prénom pour la première fois en trois ans.

Il se tourne vers l'assemblée en se frottant le visage. J'ai toujours du mal à me faire à l'idée que l'Ethan coincé et cinglant que je connais est la même personne charmante que j'ai vue interagir avec autrui ou même le beau-frère surexcité dont Ami s'est plaint pendant des années. Indépendamment du fait qu'il ne me prête jamais attention – qu'il s'agisse de mon travail ou de mon *prénom* – je déteste l'idée qu'Ethan soit une mauvaise influence pour Dane, et qu'il l'entraîne loin d'Ami pour des week-ends endiablés en Californie ou des aventures à haute teneur en adrénaline à l'autre bout du monde. Bien sûr, ces voyages ont opportunément coïncidé avec des événements chers aux chasseuses de concours comme ma sœur, sa fiancée : anniversaires, anniversaires de mariage, Saint-Valentin. En février dernier justement, par exemple, Ethan a convaincu Dane de le suivre à Las Vegas pour un week-end entre mecs, et Ami a fini par m'inviter à un dîner de couple romantique (gratuit) au *St. Paul Grill*.

J'ai toujours pensé qu'Ethan était si froid avec moi seulement parce que je suis voluptueuse et physiquement répugnante à ses yeux – au-delà du fait que c'est un être humain intolérant et pourri jusqu'à la moelle. Mais je réalise soudain, en me tenant ici, accrochée à son biceps, que j'ai peut-être mis le doigt sur quelque chose : Ethan vit mal le fait qu'Ami prenne autant de place dans la vie de son frère, mais il ne pourrait pas l'admettre sans froisser Dane. Donc il préfère se défouler sur moi.

Cette révélation éclaircit soudain toute la situation.

Je déclare, avec un accent protecteur :

– Ils vont vraiment bien ensemble.

Je sens qu'il tourne la tête pour me regarder :

– Quoi ?

– Ami et Dane, je clarifie. Ils vont vraiment bien ensemble. Je suppose que tu trouves que cette remarque sort de nulle part, mais quel que soit ton problème avec *elle*, sache-le, OK ? C'est une belle âme.

Avant qu'Ethan ait le temps de répondre, le coordinateur du mariage (gratuit) arrive finalement et fait un signe aux musiciens (gratuits), et la cérémonie commence.

Tout ce à quoi je m'attendais survient : Ami est magnifique, Dane semble à peu près sobre et sincère. Les alliances sont échangées, les vœux prononcés et il y a un baiser aussi torride que gênant à la fin. Ce ne serait définitivement pas un baiser acceptable à l'église, mais nous ne sommes pas dans une église. Ma mère larmoie, mon père prétend ne pas être ému. Et tout au long de la cérémonie, alors que je tiens l'énorme bouquet de roses (gratuites) d'Ami, j'ai l'impression qu'Ethan s'est transformé en une copie cartonnée de lui-même, dépourvue du don de la parole. Il ne donne signe de vie que lorsqu'il y est obligé, soit quand il doit plonger la main dans la poche de son smoking pour en sortir les alliances.

Il m'offre à nouveau son bras dans l'allée, avec encore plus de raideur cette fois, comme si j'étais recouverte de vase et qu'il avait peur que je le salisse. Donc je mets un point d'honneur à m'appuyer contre lui et lui adresse un doigt d'honneur imaginaire au moment où nous sommes autorisés à nous éloigner l'un de l'autre.

Nous avons dix minutes à tuer avant de devoir tous nous rassembler pour les photos de mariage et je compte mettre à profit ce laps de temps pour retirer les pétales flétris des arrangements floraux des tables du dîner. Ce Skittle cochera une case supplémentaire de sa liste. Et il se fiche pas mal de ce qu'Ethan a décidé de faire.

Apparemment, il a décidé de me suivre.

– Qu'est-ce qui vient de se passer ? me demande-t-il.

Je regarde par-dessus mon épaule.

– Pardon ?

Il désigne l'allée.

– Là-bas. À l'instant.

– Ah. (Je me tourne vers lui et lui adresse un sourire rassurant.) Je suis heureuse qu'en cas de confusion, tu te sentes suffisamment à l'aise pour demander de l'aide. Donc : c'était un mariage – une cérémonie importante, presque un passage obligé dans notre société. Ton frère et ma…

– Avant la cérémonie. (Il fronce les sourcils et glisse ses mains dans les poches de son pantalon.) Quand tu as dit que je te trouvais déroutante ? Que j'avais un problème avec Ami ?

Je le dévisage, bouche bée :

– Sérieusement ?

Il regarde autour de lui, comme s'il avait besoin qu'un témoin corrobore ma stupidité.

– Ouais. Sérieusement.

Pendant un instant, je reste muette. La dernière chose à laquelle je m'attendais, qu'Ethan ait besoin que j'éclaircisse l'un de mes commentaires sarcastiques parmi tant d'autres.

– Tu sais bien. (J'esquisse un geste vague de la main. Sous son regard acéré, loin de la cérémonie et de l'énergie de la salle pleine à craquer, je suis soudain beaucoup moins sûre de ma théorie.) Je pense que tu en veux à Ami parce que, par sa faute, Dane n'est plus aussi proche de toi. Mais dans la mesure où tu ne peux pas te défouler sur *elle* sans le contrarier, alors tu te comportes comme un enfoiré avec moi.

Il se contente de cligner des yeux dans ma direction et j'embraye :

– Tu ne m'as *jamais* appréciée – et nous savons tous les deux que ça dépasse de loin le fromage à poutine. Après tout, tu as catégoriquement refusé de goûter à mon *arroz con pollo* le soir du 4-Juillet, ce qui ne me dérange pas, tant pis pour toi – mais autant que tu le saches, elle est parfaite pour lui. (Je me penche en avant pour répéter avec plus d'emphase.) *Parfaite.*

Ethan laisse échapper un éclat de rire incrédule avant d'agiter la main.

– C'est juste une théorie, j'ajoute pour couvrir mes arrières.

– Une théorie.

– Sur les raisons pour lesquelles tu ne me supportes clairement pas.

Il lève les sourcils.

– Pourquoi est-ce que je ne te supporterais pas ?

– Tu vas vraiment m'obliger à te répéter tout ce que je viens de te dire ? (J'extirpe ma liste de là où je l'ai mise, dans mon petit bouquet, et la secoue devant son visage.) Parce que si tu as terminé, j'ai du pain sur la planche.

Il reste silencieux, l'air abasourdi, avant de déduire de notre conversation ce que j'aurais pu lui confirmer depuis des lustres :

– Olive, à t'écouter, on croirait que tu es folle.

Ma mère met une flûte de champagne dans la main d'Ami, et il semblerait que faire en sorte qu'elle reste remplie soit la responsabilité de quelqu'un parce que je la vois boire, mais sa coupe vide n'est jamais vide. Ce qui signifie que la réception est sur le point de cesser d'être une affaire parfaitement chronométrée et un tantinet rigide pour devenir une vraie fête. Le niveau des décibels augmente et on passe d'une ambiance bonne société à une atmosphère digne du dortoir d'une fraternité. Les invités se pressent autour du buffet de fruits de mer comme s'ils n'avaient jamais vu de nourriture de leur vie. La première danse n'a toujours pas eu lieu que Dane a déjà lancé son nœud papillon dans une fontaine et retiré ses chaussures. Le fait qu'Ami ne sorte pas de ses gonds en dit long sur son état d'ivresse.

Au moment où les toasts devraient commencer, obtenir le silence semble mission impossible. Après avoir fait tinter délicatement une fourchette contre un verre plusieurs fois et ne pas avoir obtenu le moindre résultat, Ethan se lance finalement dans son toast, que les gens l'écoutent ou pas.

– Je suis sûr que la plupart d'entre vous auront bientôt envie d'aller aux toilettes, commence-t-il en parlant dans un micro géant et duveteux. Donc, je ferai court. (La foule finit par se calmer, il continue.) Je ne pense pas que Dane ait réellement envie de m'écouter parler aujourd'hui, mais dans la mesure où non seulement je suis son frère aîné mais aussi son seul ami, il n'a guère le choix.

C'est à cet instant que je me surprends moi-même à laisser échapper un ricanement assourdissant.

Ethan marque une pause et se tourne vers moi, un sourire déconcerté aux lèvres.

– Je suis Ethan, poursuit-il. (Il saisit une télécommande près de son assiette et un diaporama de photos d'Ethan et Dane enfants défile sur l'écran.) Meilleur frère, meilleur fils. Je suis ravi que nous puissions partager cette journée non seulement avec autant d'amis et de membres de notre famille mais aussi avec de si bonnes bouteilles. Sérieusement, avez-vous vu ce bar ? Que quelqu'un garde un œil sur la sœur d'Ami parce que si elle force sur le champagne, cette robe ne restera pas longtemps sur son dos. (Il m'adresse un sourire goguenard.) Tu te souviens de la fête des fiançailles, Olivia ? Parce que, si tu ne t'en souviens pas, moi oui.

Natalia me saisit le poignet avant que j'aie le temps d'attraper un couteau.

Dane hurle un « Mec ! » d'ivrogne, puis éclate d'un rire trop tapageur pour être politiquement correct. Maintenant, je regrette que les malédictions mortelles n'existent pas réellement. (De fait, je n'ai pas retiré ma robe pendant la fête des fiançailles. Je me suis juste essuyé le front une ou deux fois avec l'ourlet. C'était une nuit très chaude et la tequila me fait transpirer.)

– Si vous regardez attentivement ces photos de famille, lance Ethan en désignant les clichés d'Ethan et Dane au ski, faisant du surf et s'exhibant en général comme des blaireaux bien dotés par la nature, vous devinerez que j'étais le grand frère modèle. Je suis allé en colonie en premier, j'ai appris à conduire en premier, j'ai perdu ma virginité en premier. Désolé, il n'y a pas de photo à l'appui. (Il adresse un clin d'œil charmant à la foule et une volée de gloussements parcourt la salle). Mais Dane a trouvé l'amour le premier. (Les invités se fendent d'un ronronnement collectif – *waaaaah.*) J'espère un jour être assez chanceux pour trouver quelqu'un qui arrive à la cheville d'Ami. Prends soin d'elle, Dane, parce qu'honnêtement, tu ne la mérites pas. (Il saisit son whisky et près de deux cents bras se joignent à lui pour porter un toast.) Félicitations à tous les deux. Buvons !

Il se rassoit et me jette un coup d'œil :

– Est–ce que tu dirais que je t'ai suffisamment botté le cul avec ce discours ?

– C'était presque charmant. (Je regarde par-dessus son épaule.) Il fait encore jour. Ton démon intérieur doit encore dormir.

– Allez, lance-t-il. Avoue que tu as ri.

– À notre surprise à tous les deux.

– Eh bien, à ton tour de m'impressionner, s'exclame-t-il en me faisant signe de me lever. Je t'en demande beaucoup, mais essaie de ne pas te donner en spectacle.

Je saisis mon téléphone, où j'ai sauvegardé mon discours, et tente d'adopter un ton neutre lorsque je rétorque :

– La ferme, Ethan !

Avant de me lever.

Bravo, Olive.

Il glousse en se penchant vers son assiette pour prendre une bouchée de poulet.

Une salve d'applaudissement m'accueille lorsque je me lève pour faire face aux invités.

– Bonsoir tout le monde.

La salle tout entière grimace à cause du grincement aigu du micro. J'écarte le micro de ma bouche et, avec un sourire tremblant, je désigne ma sœur et mon nouveau beau-frère :

– Ils l'ont fait !

Tout le monde applaudit, Dane et Ami échangent un adorable baiser. Je les ai observés danser un peu plus tôt sur l'une des chansons préférées d'Ami, « Glory of Love », de Peter Cetera. Je suis parvenue à ignorer les efforts intenses déployés par Diego pour croiser mon regard et railler les goûts terribles d'Ami en matière de musique. J'étais sincèrement absorbée par la perfection de la scène qui se déroulait devant moi : ma jumelle dans sa magnifique robe de mariée, la coiffure assouplie par les heures qui passent et le mouvement, son sourire heureux et touchant.

Les larmes me montent aux yeux tandis que je fais défiler les notes de mon application et ouvre mon discours.

– Pour ceux qui ne me connaissent pas, laissez-moi vous rassurer : non, vous n'êtes pas encore aussi ivres que ça. Je suis la sœur jumelle de la mariée. Je m'appelle Olive, et non Olivia. (À ces mots, je glisse un regard en coin à Ethan.) Sœur préférée, belle-sœur préférée. Quand Ami a rencontré Dane…

Je marque une pause en voyant un texto de Natalia s'afficher sur l'écran, m'empêchant de lire mon discours.

Au fait, tes nichons sont incroyables
dans cette robe.

Dans l'assemblée, elle lève un pouce dans ma direction et je ferme la fenêtre de son message.

– … elle m'a parlé de lui comme je ne l'avais jamais…

Quel est ton bonnet de soutien-gorge
en ce moment ?

Autre message de Natalia.

Je l'ignore et tente de retrouver rapidement le fil. Honnêtement, qui envoie un texto à un proche pendant un discours que ce dernier est visiblement en train de lire *sur son téléphone* ? Il n'y a que ma famille pour commettre de telles bourdes.

Je m'éclaircis la gorge :

– …elle m'a parlé de lui comme je ne l'avais jamais entendu parler d'un homme avant. Il y avait quelque chose dans sa voix…

Tu sais si le cousin de Dane
est célibataire ? Ou s'il est… ;)

J'adresse un regard d'avertissement à Diego et fais glisser un doigt agressif sur mon écran.

– … quelque chose dans sa voix qui m'a fait dire qu'elle savait que c'était différent, qu'elle se sentait différente. Et je…

Arrête de faire cette tête.
On dirait que tu es constipée.

Ma mère. Bien sûr.

Je ferme le message et continue. À côté de moi, Ethan passe les mains derrière sa nuque avec un air suffisant et je n'ai pas besoin de le regarder pour savoir qu'il sourit. Je me résous à continuer – parce que je ne peux pas décemment le laisser gagner cette manche –, mais j'ai à peine le temps de prononcer deux mots supplémentaires que je suis interrompue par un grognement de douleur et de surprise.

L'attention de la salle tout entière se reporte sur Dane, plié en deux, se tenant le ventre. Ami a tout juste le temps de poser une main réconfortante sur son épaule et de se tourner vers lui avec un air inquiet qu'il plaque une main contre sa bouche et que des jets de vomi s'en échappent, franchissant la barrière de ses doigts, pour atterrir sur ma sœur et sa magnifique robe de mariée (gratuite).

CHAPITRE 3

L'indisposition subite de Dane ne peut pas être due à sa consommation d'alcool parce qu'après les représailles d'Ami qui lui dégobille dessus, la petite Catalina, fille de l'une des demoiselles d'honneur seulement âgée de sept ans, régurgite également son dîner. À partir de ce moment-là, l'intoxication commence à s'étendre comme une traînée de poudre dans la salle de réception.

Ethan se lève de sa chaise et s'éloigne des tables pour prendre appui contre un mur. Je l'imite, estimant que prendre un peu de distance avec le chaos n'est pas une mauvaise idée. S'il s'agissait d'une scène de film, ce serait si grotesque que c'en deviendrait hilarant. Mais sous nos nez, arrivant à des proches avec qui on a trinqué, voire qu'on a pris dans nos bras, ou à qui on a fait une bise ? C'est cauchemardesque.

La pandémie s'étend de Catalina, sept ans, à l'administrateur de l'hôpital d'Ami et à sa femme, de Julieta à Cami, touche plusieurs invités de la table quarante-huit, puis ma mère, la grand-mère de Dane, la petite fille d'honneur, mon père, Diego…

Au-delà, je ne suis plus capable de mesurer l'ampleur de la catastrophe, à cause de l'effet boule de neige. Un bruit de vaisselle brisée résonne dans la pièce lorsqu'un invité vomit sur un malchanceux serveur. Plusieurs personnes tentent de fuir, en se tenant le ventre et en gémissant qu'ils ont besoin d'aller aux toilettes. Quelle que soit la nature de cette toxine, elle semble vouloir être évacuée par toutes les voies possibles ; je ne sais pas si je devrais rire ou hurler. Même ceux qui ne sont pas encore en train de rendre leurs tripes et leurs boyaux ou de sprinter vers les toilettes ont le teint verdâtre.

– Ton discours n'était pas si mauvais que ça, déclare Ethan.

Si la possibilité qu'il me vomisse dessus au passage ne me préoccupait pas autant, je le pousserais hors du périmètre de sécurité que j'ai délimité autour de moi.

Les borborygmes et les éructations continuent autour de nous et dans notre minuscule havre, lorsqu'une soudaine prise de conscience nous tombe dessus. Nous nous tournons lentement l'un vers l'autre, les yeux écarquillés. Il examine soigneusement mon visage et je l'imite, moi aussi. Je note que son teint est tout ce qu'il y a de plus normal, sans même une ombre de vert.

– *As-tu* la nausée ? me demande-t-il calmement.

– Au-delà de cette vision d'horreur ? Ou de ta présence ? Non.

– Diarrhée imminente ?

Je le toise :

– Comment se fait-il que tu sois célibataire ? Franchement, c'est un mystère.

Et au lieu de célébrer le fait de ne pas être malade, son expression change et le sourire le plus arrogant du monde se peint sur ses lèvres.

– Donc, j'avais raison au sujet des buffets et des bactéries.

– C'est trop rapide pour être une intoxication alimentaire.

– Pas nécessairement. (Il désigne les plateaux encore pleins de glace où les crevettes, les palourdes, maquereaux, mérous et autres dizaines de variétés sophistiquées de poissons se trouvaient). Je parie… (Il lève un doigt comme s'il testait l'air). Je parie que c'est l'œuvre de la ciguatera.

– J'ignore ce que c'est.

Il prend une grande inspiration, comme s'il se délectait du moment et n'était pas dérangé par l'odeur de plus en plus fétide qui émane des toilettes les plus proches.

– Je n'ai jamais été aussi fier d'être le sempiternel rabat-joie des buffets.

– Je crois que les mots que tu cherches sont : « Merci de m'avoir procuré une assiette de poulet rôti, Olive. »

– « Merci de m'avoir procuré une assiette de poulet rôti, Olive. »

Aussi soulagée que je sois de ne pas avoir la nausée, je suis également horrifiée. Il s'agit du grand jour d'Ami. Elle a passé la majeure partie de ces six derniers mois à le planifier et alors que nous sommes le soir de la réception de son mariage, on est face à l'équivalent d'une armée de zombies avançant vers vous, prêts à en découdre.

Donc je fais l'unique chose qui me vient : j'avance vers elle, me penche pour passer l'un de ses bras sur mes épaules et l'aide à se lever. Personne ne devrait voir la mariée dans un état pareil : couverte de vomi – le sien *et* celui de Dane –, se tenant le ventre comme si elle était aussi sur le point de se vider de l'autre côté.

Nous tanguons plus que nous marchons – en réalité, je la traîne presque – et nous avons seulement parcouru la moitié du chemin en direction de la sortie lorsque je sens ma robe se déchirer dans mon dos.

***

Même s'il m'est extrêmement difficile de l'admettre, Ethan avait raison : la réception a été anéantie par une intoxication alimentaire appelée « ciguatera », causée par la consommation de poisson contaminé par certaines toxines. Apparemment, le traiteur n'est pas en cause, car il ne s'agit pas d'un problème de préparation – même si vous cuisez un morçeau de poisson contaminé jusqu'à la carbonisation, il restera toxique. Je ferme la page Google lorsque je lis que les symptômes durent en général des semaines, voire des mois. C'est une catastrophe.

Pour des raisons évidentes, nous avons annulé la *tornaboda*, l'énorme fête post-mariage qui allait avoir lieu chez Tía Sylvia tard dans la nuit. Je sens déjà que je vais passer la journée de demain à emballer et à congeler l'impossible quantité de nourriture que nous avions préparée ces trois derniers jours. Honnêtement, je ne vois pas comment quiconque pourrait avoir envie de manger après ça. Quelques invités ont dû aller à l'hôpital, mais la plupart se sont contentés de battre en retraite chez eux, ou dans leurs chambres d'hôtel pour souffrir en toute intimité. Dane se trouve dans la suite du marié ; ma mère est pliée en deux sur les toilettes de la suite de la belle-mère et elle a interdit à mon père l'une des toilettes de la réception. Elle m'a envoyé un texto pour lui rappeler de donner un généreux pourboire à la personne en charge du nettoyage.

La suite de la mariée est devenue un lieu de triage, d'une certaine manière. Diego est allongé par terre dans le salon, agrippé à une poubelle. Natalia et Jules ont toutes les deux un seau – gracieusement fourni par l'hôtel – et sont recroquevillées en position fœtale aux deux extrémités du canapé. Ami, à l'agonie, gémit et tente désespérément de s'extirper de sa robe complètement maculée de taches. Je l'aide et décide immédiatement qu'elle sera très bien en sous-vêtements, du moins pour l'instant. Elle est sortie des toilettes, c'est déjà une bonne chose ; pour être tout à fait honnête, les bruits qui en provenaient n'avaient pas leur place lors d'une nuit de noces.

En prenant soin de ne piétiner personne dans la suite, je mouille des gants de toilette et les pose sur les fronts, frotte le dos des malades, vide les seaux quand c'est nécessaire et remercie l'univers de m'avoir dotée d'une allergie aux fruits de mers et d'un estomac à toute épreuve.

Alors que je sors de la salle de bains, des gants en caoutchouc remontés jusqu'aux coudes, ma sœur pousse un râle de zombie qui résonne dans le seau à glace.

– Il faut que tu partes à ma place.

– Partir où ?

– En lune de miel.

La suggestion sort tellement de nulle part que j'ignore Ami et attrape plutôt un coussin pour le placer sous sa tête. Deux minutes au moins s'écoulent avant qu'elle poursuive.

– Pars à ma place, Olive.

– Ami, c'est impossible.

Sa lune de miel est un séjour tout compris de dix jours à Maui, gagné en remplissant plus d'un millier de formulaires. Je le sais, parce que je l'ai aidée à coller les timbres sur au moins la moitié des enveloppes.

– Le voyage n'est ni échangeable ni remboursable. Nous étions censés partir demain et… (Un haut-le-cœur l'interrompt). Il n'y a rien à faire.

– Je les appellerai. Je suis sûre qu'ils trouveront une solution, ne t'inquiète pas.

Elle secoue la tête avant de vomir l'eau que je viens de lui faire boire. Elle parle d'une voix d'outre-tombe, comme si elle était possédée par le démon.

– Il n'y en a pas.

Ma pauvre sœur s'est transformée en créature des marécages ; je n'ai jamais vu personne avec le teint aussi gris.

– Ils se fichent de savoir si on est malade ou si on a eu un accident, c'est dans le contrat.

Elle se laisse retomber par terre et fixe le plafond.

– Pourquoi y penses-tu maintenant ? je lui demande, même si en réalité je connais la réponse.

J'adore ma sœur, mais même une violente maladie ne s'interposera jamais entre la possibilité de réclamer un prix honnêtement gagné et elle.

– Tu peux utiliser ma carte d'identité, suggère-t-elle. Contente-toi de prétendre que tu es moi.

– Ami Torres, c'est illégal !

Elle tourne la tête pour me toiser et m'adresse un regard si comiquement vide que je dois me retenir de rire.

– OK, je sais que ce n'est pas la priorité à l'instant.

– Si, ça l'est. (Elle s'efforce de se redresser.) Je me sentirai encore plus mal si tu n'y vas pas à ma place.

Je la dévisage, tellement tiraillée que les mots s'étranglent presque dans ma gorge :

– Je ne veux pas t'abandonner. Et je ne veux pas non plus être arrêtée pour fraude. (Mais elle me dévisage avec insistance. Finalement, je baisse les armes.) D'accord. Laisse-moi les appeler et voir ce que je peux faire.

Vingt minutes plus tard, je sais désormais qu'elle a raison : le représentant du service client d'Aline Voyage Vacations se fiche pas mal des intestins ou de l'œsophage de ma sœur. D'après Google et un médecin mandaté par l'hôtel qui fait la tournée des chambres, il est fort improbable qu'Ami se rétablisse avant la semaine prochaine, et absolument impossible d'ici demain.

Si elle ou l'invité de son choix ne part pas aux dates inscrites sur le contrat, le coupon n'est plus valable.

– Je suis désolée, Ami. C'est vraiment incroyablement injuste.

– Écoute, commence-t-elle avant d'éructer plusieurs fois. Considère que c'est le moment où ta chance a tourné.

– Deux cents personnes ont gerbé pendant le discours d'Olive, nous rappelle Diego, toujours étendu par terre.

Ami parvient à se relever en s'agrippant au canapé.

– Je suis sérieuse. Tu devrais y aller, Ollie. *Tu* n'es pas tombée malade. Tu dois en profiter.

À l'intérieur de moi, un minuscule rayon de soleil perce à travers les nuages, puis s'éclipse à nouveau.

– J'aurais préféré avoir de la chance sans que ce soit aux dépens d'autrui.

– Malheureusement, décrète Ami, tu ne peux pas choisir les circonstances. C'est le truc avec la chance : ça te tombe dessus quand et où ça te tombe dessus.

Je vais lui chercher un autre verre d'eau et mouille un gant de toilette propre avant de m'agenouiller à côté d'elle.

– Je vais y réfléchir.

Mais à vrai dire, quand je la vois comme ça – verte, moite, sans défense –, je sais que non seulement je ne risque pas de lui voler ses vacances de rêve mais, surtout, que je ne compte pas quitter son chevet.

Je fais irruption à l'accueil de l'hôtel avant de me rappeler que ma robe est sérieusement déchirée dans le dos. En gros, on voit mes fesses. Le bon côté des choses, c'est que le tissu s'est suffisamment détendu pour me couvrir les seins. Je me retourne vers la porte, insère la carte magnétique dans la fente de la poignée, mais le voyant reste rouge.

Je recommence au moment où la voix de Satan retentit derrière moi.

– Il faut… (Un soupir impatient.) Non, laisse-moi te montrer.

Il n'y a rien que je désire moins dans ce monde que croiser Ethan et qu'il m'explique comment faire fonctionner une carte d'hôtel.

Il me la prend des mains et la maintient contre le cercle noir de la porte. Je le dévisage, incrédule, j'entends la porte se déverrouiller et commence à le remercier d'un ton sarcastique, mais il semble absorbé dans la contemplation de ma gaine.

– Ta robe s'est déchirée, me fait-il aimablement remarquer.

– Tu as des épinards coincés entre les dents.

Ce n'est pas le cas, mais ça le distrait le temps que je me faufile à l'intérieur de la suite et lui referme la porte au nez.

Malheureusement, il frappe.

– Juste une seconde, je dois me mettre quelque chose sur le dos.

Il répond d'une voix traînante, de l'autre côté de la porte :

– Pourquoi commencer maintenant ?

Consciente que personne dans la suite n'est même vaguement intéressé par ma nudité, je m'extirpe de ma robe et balance ma gaine sur le canapé avant de récupérer mes sous-vêtements et un jean dans mon sac pour les enfiler rapidement. Je mets un tee-shirt et entrouvre la porte pour qu'il ne puisse pas voir Ami à l'intérieur, recroquevillée sur elle-même, seulement vêtue de dentelle.

– Qu'est-ce que tu veux ?

Il fronce les sourcils.

– Je dois parler à Ami. Je n'en ai pas pour longtemps.

– Sérieusement ?

– Sérieusement.

– Eh bien, tu vas devoir te contenter de moi parce que ma sœur est à peine consciente.

– Alors, pourquoi étais-tu sur le point de la laisser seule ?

– Autant que ce soit clair, j'allais acheter du Gatorade. Pourquoi n'es-tu pas avec Dane ?

– Parce qu'il n'a pas quitté les toilettes depuis deux heures.

Beurk.

– Qu'est-ce que tu veux ?

– J'ai besoin de renseignements sur la lune de miel. Dane m'a dit d'appeler et de voir s'il était possible de la décaler.

– Non. J'ai déjà appelé.

– OK. (Il laisse échapper un long soupir en plongeant une main dans ses cheveux épais et brillants sans aucune raison valable.) Dans ce cas, je lui ai dit que j'irais à sa place.

J'éclate de rire.

– Waouh, c'est tellement généreux de ta part.

– Quoi ? Il me l'a proposé.

Je me tiens aussi droite que j'en suis capable.

– Malheureusement, tu n'es pas l'invité qu'elle a désigné. C'est de Dane dont il s'agit.

– En réalité, elle a seulement donné son nom de famille. Et il se trouve que nous avons le même.

Merde.

– Eh bien… Ami me l'a proposé à moi aussi.

Je ne compte pas accepter, mais plutôt mourir que d'imaginer Ethan se dorer la pilule à Maui à la place de ma sœur.

Il détourne le regard avant de poser à nouveau les yeux sur moi. J'ai vu Ethan Thomas battre des cils et utiliser ce dangereux sourire en coin pour persuader Tía María de lui préparer des *tamales* maison. Je sais qu'il peut être charmant quand il veut. Mais à cet instant précis, ce n'est clairement pas son *intention* tant son intonation est totalement plate et monocorde.

– Olive, j'ai des vacances à prendre.

Et maintenant, le feu monte en moi. Pourquoi diable pense-t-il qu'*il* le mérite ? Lui a-t-on donné une liste de soixante-quatorze tâches à accomplir, rédigée sur du papier à lettres rose ? Non, certainement pas. Et quand on y pense, son *discours* était tiédasse. Je parie qu'il l'a élaboré dans la suite du marié, une pinte de Budweiser chaude servie dans un verre en plastique à la main.

– Eh bien, j'ajoute. Il se trouve que je suis au chômage, donc je pense que j'ai probablement davantage besoin de ces vacances que toi.

Il fronce encore plus les sourcils.

– Je ne vois pas pourquoi. (Il marque une pause.) Attends. Tu as été licenciée de chez Bukkake ?

Je lui adresse un regard noir.

– Butake, imbécile ! Et non pas que ce soit tes affaires, mais oui. On m'a licenciée il y a deux mois. Je suis sûre que cette nouvelle te ravit au plus haut point.

– Un peu.

– Tu es pire que Voldemort.

Ethan hausse les épaules, puis se gratte la mâchoire.

– Je suppose qu'on pourrait y aller ensemble.

Je plisse les yeux et espère ne pas avoir l'air de disséquer sa phrase pour y trouver un sens caché, même si c'est exactement ce que je fais. On dirait qu'il suggère qu'on parte…

– En lune de miel ? je demande, incrédule.

Il acquiesce.

– *Ensemble ?*

Il hoche à nouveau la tête.

– Tu es défoncé ?

– Pas en ce moment.

– Ethan, nous avons à peine réussi à endurer notre présence mutuelle pendant un dîner d'une heure.

– D'après ce que j'ai compris, ils ont gagné une suite. Elle va être immense. Nous ne serons pas obligés de passer du temps ensemble. Le programme du voyage est bien rempli : tyrolienne, snorkeling, randonnées, surf. Allez. On va bien réussir à graviter l'un autour de l'autre pendant dix jours sans commettre de crime violent.

De l'intérieur de la suite de la mariée, Ami s'exclame de sa voix rocailleuse :

– Vaaaas-y, Olive.

Je me tourne vers elle.

– Mais… c'est d'*Ethan* qu'on parle.

– Putain, marmonne Diego. Si on me laisse le droit d'emporter cette poubelle, j'y vais, moi.

Du coin de l'œil, je vois Ami lever un bras cireux et l'agiter mollement.

– Ethan n'est pas si mal.

Ah bon ? Je prends une minute pour le toiser. Trop grand, trop musclé, une beauté trop classique. Jamais amical, jamais digne de confiance, jamais drôle. Il affiche un sourire innocent – innocent en surface : des dents blanches, une fossette, mais dans ses yeux transparaît toute la noirceur de son âme.

Puis je pense à Maui : la mer turquoise, les ananas, les cocktails et le soleil. Oh, du soleil. Un coup d'œil par la fenêtre et je ne vois qu'un ciel sombre. D'ailleurs, je sais pertinemment qu'il fait froid dehors. Je sais que la neige est sale dans les rues. Je sais que les journées sont si glaciales que si je sortais les cheveux même à peine humides, ils se congèleraient instantanément. Je sais que lorsque la tiédeur d'avril arrivera, je serai repliée sur moi-même et résignée, un peu comme un skeksès[3].

---

3. Les skeksès sont les créatures hybrides (mi-oiseau, mi-dragon) apparues pour la première fois dans le film *Dark Crystal* de Jim Henson et Frank Oz en 1982.

– Que tu viennes ou pas, déclare-t-il en interrompant mon flot de pensées, je vais à Maui. (Il se penche en avant.) Et je compte bien passer les meilleures vacances de ma vie, putain.

Je regarde Ami par-dessus mon épaule, qui hoche la tête d'un air encourageant – bien que lentement – et ma poitrine s'embrase à l'idée d'être ici, entourée de neige et d'odeur de vomi, avec le chômage comme seule et lugubre perspective alors qu'Ethan sera allongé au bord d'une piscine, un cocktail à la main.

– Bien, je m'exclame avant de me pencher pour planter un doigt dans son torse. Je vais prendre la place d'Ami. Mais tu resteras de ton côté, et moi du mien.

Il m'adresse un salut militaire.

– Je ne pourrais pas rêver mieux.

CHAPITRE 4

Si je suis disposée à spolier ma sœur malade de la lune de miel de ses rêves, je ne suis pas prête à usurper son identité pour m'approprier aussi son billet d'avion. Mais parce que je suis sur la paille, trouver un vol de dernière minute de la toundra glaciale à Maui en janvier – du moins, un vol abordable – requiert un peu de créativité. Ethan ne m'est d'aucune aide. Il fait sans doute partie de cette catégorie de mecs très évolués, flirtant avec la trentaine, qui possèdent un compte d'épargne digne de ce nom et ne doivent jamais fouiller dans le cendrier de leur voiture pour trouver de la monnaie pour la file du drive. Ce doit être sympa.

Mais nous sommes d'accord sur le fait que nous devons voyager *ensemble*. Même si j'adorerais me débarrasser de lui au plus tôt, le règlement de l'agence de voyages est très clair : toute fraude entraîne l'obligation de rembourser l'intégralité du séjour. Que ce soit la proximité du vomi ou ma propre présence, Ethan marmonne : « Tu me diras combien je te dois » avant de s'éloigner dans le couloir pour regagner sa chambre. Il ne me laisse pas le temps de lui expliquer exactement à quoi il doit s'attendre.

Heureusement, ma sœur m'a montré les ficelles et je parviens à dégoter deux billets d'avion (si bon marché qu'ils sont presque donnés) pour Hawaï. J'ignore pourquoi leur prix est aussi dérisoire, mais je m'efforce de ne pas trop m'appesantir là-dessus. Un avion est un avion et *arriver* à Maui est tout ce qui compte, n'est-ce pas ?

Tout ira bien.

Certes, Thrifty Jet n'est peut-être pas la compagnie aérienne la plus reluisante, mais elle n'est si pas mal et ne justifie absolument pas les gigotements constants et le déluge de lourds soupirs poussés par mon compagnon de voyage.

– Tu sais que je t'entends, n'est-ce pas ?

Ethan reste silencieux pendant un moment avant de tourner une page de son magazine. Puis il me lance un regard éloquent du style *je n'arrive pas à croire que je t'aie laissé cette responsabilité.*

Je ne pense pas avoir jamais vu quelqu'un feuilleter agressivement un exemplaire de l'*Univers du Tricot*. Proposer des magazines dans le terminal comme si nous nous trouvions dans la salle d'attente d'un gynécologue me semble une délicate attention mais la date – 2007 – est un peu déconcertante.

Je refoule l'envie irrépressible de tendre la main pour lui donner une chiquenaude sur l'oreille. Nous sommes censés passer pour des jeunes mariés pendant ce voyage ; autant commencer à essayer de faire semblant dès maintenant.

Je commence :

– Donc, juste pour boucler la boucle après cette querelle stupide : si tu as des opinions aussi tranchées sur les compagnies aériennes, je ne comprends pas pourquoi tu m'as demandé de m'en occuper.

– Si j'avais su que tu allais réserver des sièges dans un Greyhound volant, je ne l'aurais pas fait. (Il détache les yeux de son magazine et observe les alentours d'un air aussi étonné qu'horrifié.) Je ne savais même pas que cette partie de l'aéroport existait.

Je lève les yeux au ciel et croise le regard de la femme assise en face de nous qui, clairement, ne perd pas un mot de notre conversation. Je baisse la voix et me penche en lui adressant un sourire mielleux :

– Si j'avais su que tu chercherais toujours la petite bête, je t'aurais gentiment enjoint d'aller te faire voir et d'acheter ton propre billet.

– Chercher la petite bête ? (Ethan désigne l'avion de l'autre côté de ce qui me paraît être une fenêtre en plexiglas.) As-tu vu notre avion ? Ça ne m'étonnerait pas que le pilote nous demande de donner un coup de main pour remplir les réservoirs.

Je lui prends le magazine des mains et parcours un article sur *Les petits hauts d'été couleur pêche et les pulls légers en coton.*

– Personne ne t'a forcé à partir pour un séjour de rêve tous frais payés à Maui. Et pour mémoire, tout le monde ne peut pas acheter un billet d'avion du jour pour le lendemain. Je t'ai dit que mon budget était serré.

Il renâcle.

– Évidemment, je ne savais pas à quel point. Dans le cas contraire, je t'aurais prêté de l'argent pour le billet.

– Utiliser de l'argent du compte-épargne qui te sert de partenaire sexuel ? (Je plaque une main scandalisée contre ma poitrine.) Je n'aurais jamais osé.

Ethan reprend le magazine.

– Écoute, Olivia. Je suis en train de lire. Si tu as envie de te crêper le chignon avec quelqu›un, va là-bas et demande au personnel de bord de nous mettre en première classe.

Je suis sur le point de lui demander comment il peut être *encore plus désagréable qu'à l'ordinaire* alors qu'il est en chemin pour Maui quand mon téléphone vibre dans ma poche. C'est probablement l'une des options suivantes : A) Ami me tenant au courant du nombre de fois où elle a vomi, B) Ami me disant que j'ai oublié quelque chose que je n'aurais de toute manière pas le temps d'aller chercher, C) l'un de mes cousins qui veut me raconter un potin, ou D) ma mère qui souhaite que je demande quelque chose à mon père, que je dise quelque chose à mon père ou que j'*insulte* mon père. Aussi désagréables que paraissent ces options, je préfère m'y confronter plutôt que d'avoir une conversation avec Ethan Thomas.

Je désigne mon téléphone et me lève en lançant :

– Fais-moi signe quand l'embarquement commencera.

Pour toute réponse, il laisse échapper un grognement évasif.

Le téléphone continue de sonner, mais ce n'est pas la photo de ma sœur sur l'écran. C'est un numéro inconnu avec l'indicatif de Minneapolis-Saint Paul.

– Allô ?

– Je cherche à joindre Olive Torres.

– C'est moi-même.

– Ici Kasey Hugh, des ressources humaines d'Hamilton Biosciences. Comment allez-vous ?

Mon cœur se met à galoper dans ma poitrine tandis que je fais défiler mentalement la douzaine d'entretiens que j'ai passés ces deux derniers mois. J'ai déposé des candidatures un peu partout pour le poste de référent médical en région (un terme alambiqué pour désigner les scientifiques qui présentent les médicaments sur un plan plus technique que les responsables vente). Hamilton était tout en haut de ma liste en raison de leur vaccin contre la grippe – je suis spécialisée en virologie, ne pas avoir à m'approprier un système biologique entièrement nouveau en quelques semaines serait un vrai bonus.

Mais pour être franche, à ce stade, je serais prête à postuler chez McDo si ça me permettait de payer mon loyer.

Mon téléphone collé à l'oreille, je traverse le terminal pour trouver une zone un peu plus calme et m'efforce de ne pas paraître aussi désespérée que je le suis en réalité. Après le fiasco de la robe de demoiselle d'honneur, je sens que je risque de finir vêtue du polo noir de McDo et de la casquette brodée du fameux M.

– Très bien, merci.

– Je vous appelle parce qu'après avoir considéré toutes les candidatures, M. Hamilton souhaiterait vous offrir le poste de référent médical en région. Cela vous intéresse-t-il toujours ?

Je pivote sur mes talons, en regardant en direction d'Ethan comme si ces mots incroyables suffisaient pour déclencher un feu d'artifice de joie au-dessus de ma tête. Il lit toujours son magazine de tricot, le visage fermé.

– Oh Seigneur, fais-je en me frappant le front. Oui ! Absolument !

Un bulletin de salaire ! Un revenu régulier ! Dormir la nuit sans craindre de devenir sans-abri du jour au lendemain !

– Quand pouvez-vous commencer ? demande-t-elle. M. Hamilton a précisé dans une note « le plus tôt sera le mieux ».

– Commencer ? (Je grimace en dévisageant les voyageurs fauchés qui portent des colliers de fleurs en plastique et des chemises hawaïennes.) Très vite ! Tout de suite. Enfin, pas tout de suite *tout de suite*. La semaine prochaine. Dans dix jours, en réalité. Je peux commencer dans dix jours. J'ai… (Une annonce retentit dans le terminal et je vois Ethan se lever. Il me fait les gros yeux et désigne la file en train de se former. L'activité de mon cerveau se fait aussi intense que chaotique.) Un événement familial vient d'avoir lieu et… aussi, je dois m'occuper d'un proche malade, et…

– Pas de problème, Olive, répond-elle calmement, en ayant la clémence de me couper. (Je plisse le front et grimace en repensant à mes mensonges embrouillés et stupides.) Les fêtes viennent de se terminer, et tout le monde est encore sens dessus dessous. Je vous note pour un premier jour provisoire le lundi vingt et un janvier ? Ça vous va ?

Je respire pour la première fois depuis que j'ai décroché.

– Ce serait parfait.

– Super, s'exclame Kasey. Attendez-vous à recevoir très vite un mail avec une offre et quelques documents que vous devrez nous retourner signés au plus vite si vous acceptez officiellement notre proposition. Une signature digitale ou scannée fonctionne. Bienvenue chez Halmiton Biosciences. Félicitations, Olive.

Je marche en direction d'Ethan, totalement hébétée.

– C’est pas trop tôt, bougonne-t-il, son bagage à main passé sur une épaule, le mien sur l’autre. Nous sommes le dernier groupe à embarquer. Je pensais que j’allais… (Il s’arrête net, plisse les yeux en scrutant mon visage.) Tout va bien ? Tu as l’air… heureuse.

L’appel tourne encore en boucle dans mon esprit. J’ai envie de jeter un coup d’œil à mon historique d’appels avant de recontacter Kasey pour être bien sûre qu’elle ne s’est pas trompée d’Olive Torres. J’ai évité une intoxication alimentaire, j’ai réussi à me dégoter des vacances gratuites *et* on m’offre un job en l’espace de vingt-quatre heures ? Je n’ai jamais autant de chance. *Que se passe-t-il ?*

Ethan claque des doigts et je sursaute en le voyant penché vers moi, avec l’air de regretter de ne pas avoir de bâton pour me donner un petit coup.

– Tout va bien ? Changement de plan ou… ?

– On vient de me recruter.

Il lui faut quelques instants pour digérer l’information.

– À l’instant ?

– J’ai passé un entretien il y a plusieurs semaines. Je com- mence au retour d’Hawaï.

Je m’attends à ce qu’il ait l’air visiblement déçu que je n’abandonne pas le voyage. Mais contrairement à mes attentes, il hausse les sourcils et murmure :

– C’est génial, Olive. Félicitations.

Puis il me pousse vers la file de voyageurs en train d’embarquer.

Je suis surprise qu'il ne me demande pas si je rejoins l'équipe de nettoyage ou qu'il n'insinue pas que mon nouveau job consiste à vendre de l'héroïne à des enfants malades. Je ne m'attendais pas à ce qu'il soit *sincère.* Il n'est jamais charmant avec moi, même si sa réponse n'avait rien d'une tentative de séduction ; je sais comment réagir face à Ethan Sincère aussi bien que je saurais réagir face à un ours affamé.

– Euh, merci.

J'envoie rapidement un message à Diego, Ami et à mes parents – séparément, bien sûr – pour leur apprendre la bonne nouvelle et nous nous retrouvons sur le seuil de la passerelle, à tendre nos cartes d'embarquement. Je digère l'information et commence à sautiller de joie : libérée du stress de trouver un travail, je peux vraiment *quitter* les cités jumelles pendant dix jours. Je peux considérer ce voyage comme de vraies vacances sur une île tropicale.

Oui, c'est aux côtés de mon ennemi juré mais, quoi qu'il en soit, je prends.

La passerelle n'est guère plus qu'un pont branlant qui relie notre minuscule terminal à un avion encore plus minuscule. La file d'attente avance lentement, les passagers devant nous tentent de faire rentrer leurs sacs démesurés dans les compartiments supérieurs miniatures. Si j'étais avec Ami, je me serais déjà tournée vers elle pour pester. Pourquoi les gens ne se contentent-ils pas d'enregistrer leurs bagages afin de permettre à tout le monde d'arriver et de repartir rapidement ? Mais Ethan est parvenu à tenir cinq longues minutes sans se plaindre. Je ne risque pas de lui tendre la moindre perche.

Nous nous installons à nos places ; l'avion est si étroit qu'il n'y a que deux sièges par rangée de chaque côté de l'allée. Ils sont tellement proches qu'en réalité, on dirait un banc séparé par un piètre accoudoir. Ethan est collé à moi, je me vois obligée de lui demander de lever une fesse pour pouvoir boucler ma ceinture. Après avoir entendu un clic étrangement laborieux, il se redresse et nous nous rendons tous les deux compte au même instant que nos corps se touchent de l'épaule à la cuisse et sont seulement séparés par cet accoudoir dur et immobile incliné vers l'avant.

Il jette un coup d'œil par-dessus les têtes des passagers installés devant nous.

– Je n'ai pas confiance en cet avion. (Il regarde en direction de l'allée.) Ni en l'équipage. Le pilote portait un parachute, non ?

Ethan est toujours – de façon exaspérante – l'incarnation du sang-froid, mais maintenant que je lui accorde toute mon attention, je me rends compte que ses épaules sont tendues et que son visage a blêmi. Je crois voir la sueur perler sur son front. Je prends soudain conscience qu'il a *peur* et son attitude à l'aéroport s'éclaircit tout à coup.

Je l'observe sortir une pièce de monnaie de sa poche et la frotter entre le pouce et l'index.

– Qu'est-ce que c'est ?

– Une pièce.

Seigneur, je n'arrive pas à y croire.

– Du genre, une pièce porte-bonheur ? je devine, et bon prince, j'ajoute : Écoute, mon allergie m'a empêchée de toucher à ce buffet, je suis en chemin pour Maui et j'ai trouvé du travail. Ce serait vraiment à se tordre de rire (je ricane en tournant la tête dans sa direction) d'avoir une telle veine pour la première fois de ma vie pour mourir dans un crash d'avion, non ?

À en juger par son expression, Ethan ne partage pas du tout mon avis. Lorsqu'un membre de l'équipage nous passe devant, il tend le bras pour l'arrêter.

– Excusez-moi, pouvez-vous me dire combien de kilomètres a cet avion ?

L'hôtesse de l'air sourit.

– Les avions n'ont pas de kilomètres. Ils ont des heures de vol.

Je sens qu'Ethan doit contrôler son impatience.

– D'accord. Alors, combien d'heures de vol compte cet avion ?

Elle incline la tête, perplexe à juste titre.

– Je vais devoir demander au capitaine, Monsieur.

Ethan se penche par-dessus moi pour s'approcher au maximum d'elle et je recule sur mon siège, en me grattant le nez, agressée par l'odeur odieusement agréable de son savon.

– Et que devrais-je penser du capitaine ? Compétent ? Digne de confiance ? (Ethan cligne des yeux et je réalise qu'il n'est pas moins anxieux qu'il y a une minute mais qu'il tente de surmonter sa peur en flirtant.) En forme ?

– Le capitaine Blake est un excellent pilote, le rassure-t-elle en souriant.

Je les regarde à tour de rôle et me mets à tripoter ostensiblement l'alliance en or que j'ai empruntée à Tía Sylvia. Personne ne fait attention à moi.

Ethan lui adresse un sourire éclatant – et waouh, il pourrait probablement lui demander son numéro de sécurité sociale, sa carte de crédit, de porter ses enfants, qu'elle accepterait sans la moindre objection.

– Bien sûr, ajoute-t-il. Ce n'est pas comme s'il avait déjà été à l'origine d'un crash aérien ou autre. N'est-ce pas ?

– Une fois n'est pas coutume, lance-t-elle avant de se redresser en lui faisant un clin d'œil et de continuer à avancer dans l'allée.

Pendant l'heure suivante, Ethan bouge à peine, ne parle pas et se comporte comme si respirer trop fort ou tousser pourrait causer un crash. Je tends la main vers mon iPad avant de réaliser qu'évidemment, il n'y a pas de Wi-Fi. J'ouvre un livre, en espérant me plonger dans une intrigue paranormale prenante mais me révèle incapable de me concentrer.

– Un vol de huit heures et il n'y a pas de films, je marmonne dans ma barbe en fixant le siège dépourvu d'écran en face de moi.

– Ils espèrent peut-être que le fait de regarder ta vie défiler devant tes yeux sera une distraction suffisante.

– Il est vivant. (Je me tourne vers lui.) Mais parler ne va-t-il pas perturber la pression barométrique de la cabine ou autre ?

Il plonge la main dans sa poche et tripote sa pièce de monnaie.

– Je ne l'exclus pas.

Nous n'avons jamais passé beaucoup de temps ensemble, mais si j'en crois les histoires que m'ont racontées Dane et Ami, j'ai l'impression d'avoir une image assez précise d'Ethan dans ma tête. Casse-cou, loup de mer, aventurier, ambitieux, acharné…

L'homme agrippé à l'accoudoir comme si sa vie en dépendait… n'est définitivement pas la même personne.

Après une profonde inspiration, il roule des épaules en grimaçant. Je mesure un mètre soixante-trois et ma posture n'est pas très agréable. Les jambes d'Ethan doivent mesurer au moins trois mètres ; je ne peux même pas imaginer son inconfort. Après ces quelques mots, c'est comme si le sort d'immobilité avait été brisé : son genou tremblote nerveusement, il tapote le plateau des boissons jusqu'à ce que même l'adorable vieille dame vêtue d'une robe mission fluo, assise devant nous, lui décoche un regard noir. Il sourit pour s'excuser.

– Parle-moi de ce porte-bonheur, fais-je en désignant la pièce qu'il tient toujours à la main. Pourquoi penses-tu qu'il te porte chance ?

Il semble soupeser intérieurement le risque potentiel d'interagir avec moi et le possible soulagement qu'il tirerait d'une distraction.

– Sans vouloir encourager la conversation entre nous, précise-t-il. Qu'est-ce que tu vois ?

Il ouvre la paume de sa main.

– Elle date de 1955.

– Quoi d'autre ?

Je l'examine de plus près.

– Oh… tu veux dire que les caractères sont en doublon ?

Il se penche pour me montrer.

– Tu peux vraiment le voir ici, au-dessus de la tête de Lincoln.

En effet, les lettres de IN GOD WE TRUST ont été frappées deux fois.

J'avoue :

– Je n'avais jamais rien vu de pareil.

– Elles sont rares.

Il la frotte avant de la glisser à nouveau dans sa poche.

– Est-elle de grande valeur ?

– Environ mille dollars.

Je halète :

– Bordel de merde !

Nous entrons dans une zone de légères turbulences, et Ethan regarde dans toutes les directions comme si les masques à oxygène pouvaient tomber à tout moment.

En espérant le distraire, je lui demande :

– Comment te l'es-tu procurée ?

– J'ai acheté une banane juste avant un entretien d'embauche, et elle est apparue dans ma monnaie.

– Et ?

– Et non seulement on m'a embauché mais quand j'ai voulu l'insérer dans un distributeur en libre-service, il l'a refusée. Je la garde sur moi depuis.

– Et tu n'as pas peur de la faire tomber ?

– C'est exactement ça, la chance, tu ne crois pas ? marmonne-t-il entre ses dents. Il faut croire qu'elle ne va pas t'abandonner.

– En es-*tu* convaincu en ce moment ?

Il s'efforce de se détendre, secoue les mains. Si je déchiffre correctement son expression, il regrette de s'être ouvert à moi. Mais les turbulences s'intensifient et son corps de plus d'un mètre quatre-vingt-dix se tend à nouveau.

– Tu sais, je n'aurais jamais cru que tu avais peur de l'avion.

Il prend une série de grandes inspirations.

– Je n'ai pas peur.

Je sens que le contredire n'est pas nécessaire. Le fait que je sois obligée de décoller de force ses doigts agrippés de mon côté de l'accoudoir en dit assez long.

Ethan cède :

– Ce n'est pas ce que je préfère.

Je repense aux week-ends que j'ai passés avec Ami parce que Dane partait à l'aventure avec son frère et à toutes les disputes que ces voyages avaient engendrées.

– Tu n'es pas censé être genre, l'incarnation de Bear Grylls[4] ?

Il me dévisage en fronçant les sourcils.

– Qui ?

– L'expédition en Nouvelle-Zélande. Le rafting, les voya-ges trompe-la-mort entre frangins ? Surfer au Nicaragua ? Tu prends en permanence l'avion pour le plaisir.

Il appuie sa tête contre le siège et ferme à nouveau les yeux en m'ignorant.

Alors que les roues bruyantes du chariot à boissons tintent dans l'allée, Ethan envahit à nouveau mon espace et se penche pour attirer l'attention de l'hôtesse de l'air.

– Je pourrais avoir un whisky-soda ? (Il me jette un coup d'œil et se corrige.) Deux, en réalité.

J'esquisse un signe de la main.

– Je n'aime pas le whisky.

Il cligne des yeux.

---

4. Aventurier, alpiniste, connu pour son émission de télé-réalité *Man vs Wild*.

– Je sais.

– Nous n'avons pas de whisky, précise-t-elle.

– Un gin tonic ?

Elle grimace.

Les épaules d'Ethan s'affaissent.

– Une bière.

– Ça, j'ai. (Elle fouille dans un tiroir et en sort deux cannettes ordinaires). Ça fera vingt-deux dollars.

– Vingt-deux dollars *américains* ?

Il rend les bières.

– Nous avons aussi des produits Coca-Cola. Ils sont gratuits, ajoute-t-elle. Mais si vous voulez des glaçons, ce sera deux dollars.

– Attends, dis-je en fouillant dans mon sac.

– Tu ne vas pas payer ma bière, Olive.

– Tu as raison, je n'y comptais pas. (Je sors deux coupons et les tends à l'hôtesse.) Mais Ami oui.

– J'aurais dû m'en douter.

L'hôtesse de l'air continue à avancer dans l'allée.

– Un peu de respect, je te prie. C'est le besoin compulsif d'obtenir des choses gratuites de ma sœur qui nous permet d'être là.

– Et qui explique que deux cents personnes, membres de nos familles ou amis, sont aux urgences.

Mon instinct protecteur envers ma sœur prend le dessus.

– La police a dit qu'elle n'était pas responsable.

Il ouvre sa bière avec un pop satisfaisant.

– *Ainsi que* le bulletin d'info de dix-huit heures.

J'ai toutes les intentions de lui jeter un regard noir, mais suis momentanément distraite par le mouvement de sa pomme d'Adam lorsqu'il boit. Et boit. Et boit.

– OK.

– Je ne sais pas pourquoi ça me surprend. C'était voué à l'échec, de toute manière.

Je sors soudain les griffes.

– Euh, Ethan, on parle de ton frère et de ta belle…

– Descends de tes grands chevaux, Olive ! Je ne parlais pas d'eux. (Il avale une gorgée supplémentaire, je le dévisage). Je parlais du mariage en général. (Il frissonne et prononce les mots suivants avec une once de révulsion) : *Des histoires d'amour.*

Oh, il fait partie de ceux-là.

J'admets que le modèle offert par mes parents en matière d'amour laisse sérieusement à désirer, mais Tío Omar et Tía Sylvia sont mariés depuis quarante-cinq ans, Tío Hugo et Tía María fêteront bientôt leurs trente ans de mariage. Je peux citer de nombreux exemples de couples aux relations durables autour de moi, donc je sais que ce type de relations existe, même si je soupçonne qu'elles ne risquent sans doute pas d'exister pour moi. J'aimerais penser que le mariage d'Ami n'est pas maudit, qu'elle sera véritablement heureuse avec Dane.

Ethan vide plus de la moitié de sa bière en une longue gorgée. J'en profite pour tenter de synthétiser ce que je sais de lui. Il a trente-quatre ans, deux ans de plus que Dane et nous. Il travaille dans les… maths, je crois, ce qui explique qu'il soit aussi désopilant. Il a toujours du gel antibactérien sur lui et la phobie des buffets. Je crois qu'il était célibataire quand je l'ai rencontré mais que, peu après, il a débuté une relation qui semblait au moins à moitié sérieuse. Je crois que son frère n'appréciait pas la fille en question, parce que je me souviens distinctement d'avoir entendu Dane affirmer que ce serait une catastrophe si Ethan la demandait en mariage.

Oh Seigneur, suis-je en chemin pour Maui avec le fiancé de quelqu'un ?

Je demande à brûle-pourpoint :

– Tu ne sors avec personne en ce moment, n'est-ce pas ? Comment s'appelait-elle… Sierra ou Simba ou… ?

– Simba ?

Il sourit presque. Presque.

– Tu sembles choqué que je ne sois pas au fait de ta vie amoureuse.

Son front se ride, il fronce les sourcils.

– Je ne partirais pas en lune de miel, même mensongère, avec toi si j'avais une copine. (Il s'enfonce dans son siège et referme les yeux.) Maintenant silence. Tu avais raison, parler fait bouger l'avion.

Des colliers de fleurs autour du cou et nos vêtements plaqués contre notre peau à cause du puissant vent marin, nous montons dans un taxi à la sortie de l'aéroport. Je passe presque tout le trajet le nez collé à la fenêtre, à contempler le ciel d'un bleu éclatant et les aperçus fugaces de l'océan à travers les arbres. Je sens déjà mes cheveux frisotter à cause l'humidité, mais ça vaut la peine. Les paysages de Maui sont à couper le souffle. Ethan reste silencieux, observant la vue et tapotant occasionnellement sur son téléphone. Histoire de ne pas rompre la trêve entre nous, je prends quelques photos floues sur la route et les envoie à Ami. Elle me répond avec un émoji tout simple :

☹

Je sais. Je suis désolée.

Ne sois pas désolée.

Je veux dire, j'ai maman pour moi
toute seule pour une durée indéterminée.
Qui est la vraie gagnante ici ?

Amuse-toi ou je te botte les fesses.

Ma pauvre sœur. Bien sûr, je préférerais être avec Ami ou… avec n'importe qui d'autre au demeurant, mais nous sommes ici et je suis déterminée à profiter à fond. J'ai dix merveilleux jours de soleil devant moi.

Lorsque le taxi ralentit et prend le dernier virage sur la droite, l'hôtel et ses jardins surgissent à l'horizon. Le bâtiment est massif : une structure imposante de verre, avec des balcons, au cœur d'une végétation omniprésente. Les vagues s'écrasent sur la plage *devant l'hôtel*, l'océan est si proche que quelqu'un qui se trouverait sur l'un des balcons des étages les plus hauts pourrait probablement jeter un caillou dans l'eau.

Notre voiture avance sur un large chemin bordé par d'impressionnants figuiers des banians. Des centaines de lanternes suspendues aux branches des arbres oscillent dans la brise. Si cette vue est magnifique pendant la journée, j'ai du mal à l'imaginer après le coucher du soleil.

Les haut-parleurs dissimulés dans le feuillage luxuriant diffusent de la musique et, à côté de moi, Ethan se penche en avant, le regard rivé vers l'extérieur.

Le taxi s'arrête et deux voituriers surgissent de nulle part. Nous sortons en chancelant presque devant le spectacle qui nous entoure et nous échangeons un regard par-dessus le toit de la voiture. L'odeur des frangipaniers est envahissante, le bruit des vagues toutes proches étouffe presque le ronronnement des moteurs qui tournent au ralenti. Je suis assez sûre qu'Ethan et moi sommes arrivés à notre premier consensus, et non sans enthousiasme : *Bon sang. Cet endroit est incroyable.*

Je suis si distraite que je sursaute lorsque le premier voiturier tire une étiquette de bagage et me demande mon nom.

– Mon nom ?

Le voiturier sourit.

– Pour les bagages.

– Les bagages. Exact. Mon nom. *Mon* nom, est… eh bien, c'est une histoire assez drôle…

Ethan contourne la voiture et me prend immédiatement la main.

– Torres, me coupe-t-il. Ami Torres, depuis peu Thomas. (Il se penche pour déposer un baiser un peu crispé dans mes cheveux pour plus de réalisme.) Excusez ma femme, elle est un peu lessivée par le voyage.

Abasourdie, je le regarde se tourner vers le voiturier avec l'expression de quelqu'un qui résiste à l'envie de s'essuyer la bouche.

– Parfait, rétorque ce dernier en griffonnant nos noms sur plusieurs étiquettes et en les attachant aux poignées de nos valises. La réception se trouve par là. (Il sourit et désigne un lobby à l'air libre.) Vous trouverez vos bagages dans votre chambre.

– Merci. (Ethan glisse quelques billets dans la main du voiturier et me pousse en direction de l'hôtel.) C'est passé comme une lettre à la poste, commente-t-il une fois que nous sommes hors de portée des oreilles indiscrètes.

– Ethan, je ne sais pas mentir.

– Vraiment ? Tu le cachais si bien.

– Ça n'a jamais été mon point fort, OK ? Ceux qui ne portent pas la Marque des Ténèbres considèrent l'honnêteté comme une vertu.

Il agite les doigts en direction de la paume de sa main pour me faire signe :

– Donne-moi tes deux passeports, le tien et celui d'Ami. Je préférerais éviter que tu te trompes devant l'hôtesse d'accueil. Je donnerai ma carte de crédit pour les extras, et nous nous mettrons d'accord plus tard.

Je suis sur le point de me récrier, mais je sais qu'il a raison. Même maintenant, après m'être lancée dans une répétition interne, je suis sûre que la prochaine fois que quelqu'un me demandera mon nom, je crierai : « JE M'APPELLE AMI. » Ce qui est mieux que de dévoiler notre supercherie au voiturier, mais à peine.

Je fouille dans mon sac à main pour en sortir mon portefeuille et en extirpe les deux passeports.

– Mais n'oublie pas de les mettre dans le coffre-fort une fois qu'on sera dans la chambre.

Il les range dans son portefeuille à côté du sien.

– Laisse-moi me charger du bla-bla à la réception. D'après ce que Dane m'a expliqué, les règles de ces vacances sont très strictes et il suffit de te regarder pour savoir que tu caches quelque chose.

Je me frotte le visage, fronce les sourcils puis souris pour tenter de me composer une expression normale.

Ethan m'observe, l'air légèrement horrifié.

– Reprends-toi, Olive. Je sais que ça fait partie de la liste de ce que je veux faire avant de mourir, mais je préférerais ne pas dormir sur la plage ce soir.

« Mele Kalikimaka » résonne doucement au-dessus de nos têtes lorsque nous entrons dans l'enceinte de l'hôtel. La proximité avec les fêtes de fin d'année est encore visible après la Saint-Sylvestre : d'énormes arbres de Noël flanquent l'entrée de la réception, leurs branches scintillantes ploient sous le poids de centaines de boules rouges et dorées. Des guirlandes translucides et autres décorations sont pendues au plafond, ornent des colonnes et jaillissent de paniers et de bols qui enjolivent toutes les surfaces planes. L'eau d'une fontaine géante s'écoule dans une piscine en contrebas et les fragrances des frangipaniers et du chlore se mélangent dans l'air humide.

Nous sommes presque immédiatement accueillis à la réception. Mon ventre se serre et mon sourire se crispe imperceptiblement lorsqu'une superbe Polynésienne saisit le passeport d'Ami et la carte de crédit d'Ethan.

Elle tape son nom et sourit.

– Félicitations, vous avez gagné le tirage au sort.

– J'adore les tirages au sort !

J'ai parlé trop fort, Ethan me donne un coup de coude discret.

Les yeux de la réceptionniste s'attardent sur la photo d'Ami pendant quelques instants avant de se fixer à nouveau sur moi.

Je murmure :

– J'ai pris un peu de poids.

Parce qu'il n'y a aucune bonne réponse à donner, elle m'adresse un sourire poli et commence à rentrer les informations dans son ordinateur.

Je ne sais pas pourquoi je me sens obligée de continuer à me justifier, mais je le fais.

– J'ai perdu mon travail à l'automne et j'ai enchaîné les entretiens d'embauche. (Je sens Ethan se raidir à côté de moi. Sa main délicatement posée sur mes hanches commence à agripper mon tee-shirt jusqu'à ressembler à la griffe d'un oiseau de proie sur le point d'achever une musaraigne.) Je fais de la pâtisserie quand je suis stressée, ce qui explique pourquoi j'ai changé depuis la photo. Ma photo. Mais j'ai enfin réussi à trouver du travail. Aujourd'hui, en réalité, pouvez-vous le croire ? Non que ce soit incroyable, en fait. Le travail ou le mariage.

Quand je reprends finalement mon souffle, la réceptionniste et Ethan me dévisagent.

Un sourire embarrassé aux lèvres, elle glisse un dossier comportant des cartes et des itinéraires sur le comptoir.

– Vous êtes dans la suite nuptiale.

Mon cerveau bute sur l'expression *suite nuptiale* et se remplit d'images de la chambre que partagent Lois et Clark Kent dans *Superman II :* linge rose, baignoire en forme de cœur, lit géant.

– Le package romance est inclus, continue-t-elle. Et vous pouvez choisir entre plusieurs options, incluant le dîner aux chandelles dans le jardin Molokini, un massage de couple sur le balcon du spa au coucher du soleil, un room-service avec des pétales de rose et du champagne…

Ethan et moi échangeons un regard. Je la coupe :

– Nous sommes plutôt du genre extraverti. Y a-t-il des activités un peu plus aventureuses sans autant de… nudité ?

Autre silence gênant.

Elle s'éclaircit la gorge.

– Vous trouverez une liste plus complète dans votre suite. N'hésitez pas à la consulter, nous pouvons organiser ce que vous voulez pour vous.

Je la remercie et jette un coup d'œil hésitant à Ethan qui m'observe avec amour, ce qui signifie probablement qu'il est en train de penser au menu sans buffet de ma veillée funèbre, après qu'il m'aura tuée et se sera débarrassé de mon corps.

La réceptionniste insère nos cartes dans le lecteur magnétique pour les activer, puis elle les tend à Ethan et sourit chaleureusement :

– Vous êtes au dernier étage. Les ascenseurs se trouvent dans cette direction. Je vais demander qu'on monte immédiatement vos bagages.

– Merci, répond-il tranquillement, sans débiter les détails de sa vie personnelle.

Mais je suis ravie de voir ses jambes fléchir légèrement lorsqu'elle s'écrie :

– Félicitations, M. et Mme Thomas. Profitez de votre lune de miel.

CHAPITRE 5

La clé tourne dans la serrure et la double porte s'ouvre en grand. J'en ai le souffle coupé. Je n'ai jamais dormi dans une suite de toute ma vie, et encore moins dans une suite aussi luxueuse. J'ai une pensée émue pour Ami et la lune de miel de ses rêves, et je dois m'efforcer de ne pas vouer une reconnaissance infinie à la fameuse intoxication qui la cloue à St. Paul et me permet d'être ici. Mais c'est difficile ; objectivement, la situation a très bien tourné pour moi.

Enfin, presque. Je lève les yeux vers Ethan qui me fait signe d'entrer la première. Nous nous trouvons dans un salon ridiculement spacieux avec un canapé, une causeuse, deux fauteuils et une table basse en verre sur un tapis blanc duveteux. La table est surmontée d'une superbe orchidée violette qui émerge d'un panier en osier, d'une télécommande sophistiquée sans doute capable de convoquer des femmes de ménage bioniques et d'un seau contenant une bouteille de champagne et deux flûtes gravées *Monsieur* et *Madame.*

Je croise le regard d'Ethan suffisamment longtemps pour que nos sourires méprisants reviennent en force.

À la gauche du salon se trouve une alcôve avec une table à manger, deux chandeliers en cuivre et un bar style tiki, regorgeant de toutes sortes de verres à cocktail élégants. J'engloutis mentalement quatre margaritas et ressens un frisson d'impatience en pensant à tout l'alcool gratuit que je vais pouvoir ingérer.

Mais c'est à l'autre extrémité de la suite que se trouve le joyau de cet endroit : un mur de baies vitrées menant au balcon qui surplombe la plage de Maui. Bouche bée, je les fais coulisser et me laisse envelopper par la brise chaude de janvier. La température – si douce, tellement *aux antipodes* du Minnesota – me fait prendre conscience de la situation surréaliste dans laquelle je me trouve : je suis à Maui, dans la suite de rêve, d'un voyage « all inclusive ». Je ne suis jamais allée à Hawaï. Je n'ai jamais rien vécu d'incroyable, tout court. Je commence à sautiller au moment où je réalise qu'Ethan vient de me rejoindre sur le balcon. Un raclement de gorge et un regard dubitatif en direction des vagues suffisent à gâcher mon plaisir.

On dirait qu'il pense : *Mouais, j'ai vu mieux.*

– Cette vue est *extraordinaire*, je lance, presque avec agressivité.

Il cligne des yeux dans ma direction et marmonne :

– Tout comme ta propension à divulguer des informations personnelles.

– Je t'ai déjà dit que je ne sais pas mentir. La voir avec le passeport d'Ami m'a rendue nerveuse, d'accord ?

Il lève les mains comme pour se rendre, l'air sarcastique. Je lui jette un regard noir, puis échappe à M. Rabat-Joie en retournant à l'intérieur. Immédiatement à droite, dans l'entrée, se trouve une petite cuisine que je n'avais pas vue sur mon chemin vers le balcon. La cuisine donne sur un couloir qui mène à une petite salle d'eau et, dans la continuité, à la luxueuse chambre principale. J'entre et découvre une immense salle de bains dont la baignoire pourrait facilement accueillir deux personnes. Je me tourne en direction du lit gigantesque. J'ai envie de me rouler dessus. J'aimerais retirer mes vêtements et me glisser dans les draps soyeux…

J'entends soudain des crissements de pneus dans mon esprit.

Mais… *comment* ? Comment avons-nous pu aller aussi loin sans discuter de la logistique nocturne ? Avons-nous pu tous les deux supposer sincèrement que la suite nuptiale aurait deux chambres ? Je crois pouvoir affirmer sans l'ombre d'un doute que nous sommes d'accord sur un point – *Hors de Question de Partager un Lit avec Toi* –, mais comment décider qui occupera l'unique chambre ? Évidemment, je pense que cela devrait être moi, mais connaissant

Ethan, il estime probablement que le lit lui revient de droit et que je serai ravie de construire ma petite forteresse de troll sous la table du séjour.

Je sors de la chambre à l'instant où Ethan referme la baie vitrée et nous nous retrouvons face à la réalité de la cohabitation à laquelle nous n'étions clairement pas préparés. Nous nous retournons à l'unisson pour regarder nos valises.

Je lance :

– Waouh.

– Ouais, confirme-t-il.

– C'est vraiment chouette.

Ethan tousse. Une horloge fait tic-tac, quelque part dans la suite, trop bruyante dans le silence gêné.

Tic.

Tac.

Tic.

– Oui. (Il tend la main pour se gratter la nuque. Les vagues s'écrasent sur la plage en arrière-fond.) Et, bien sûr, c'est toi la femme. Donc, tu dois avoir la chambre.

Certains de ces mots sont ceux que je voulais entendre et d'autres me hérissent. Je penche la tête d'un air renfrogné.

– La chambre ne devrait pas être pour moi parce que je suis une *femme*. Je devrais avoir la chambre parce que ma sœur l'a gagnée.

Il hausse les épaules, grimace d'un air arrogant et enchaîne :

– Eh bien, si on choisit selon ce critère, alors c'est moi qui devrais l'avoir parce qu'Ami a utilisé les points Hilton de Dane.

– Elle a quand même tout organisé. Si Dane avait choisi la destination, on se serait retrouvés au *Doubletree* de Mankato cette semaine.

– Tu te rends compte que tu as lancé un débat juste pour le plaisir, n'est-ce pas ? Je t'ai déjà dit que tu pouvais avoir la chambre.

Je le désigne du doigt.

– Parce que tu n'es pas en train de jeter de l'huile sur le feu, peut-être ?

Il soupire comme si j'étais la personne la plus agaçante du monde.

– Prends la chambre. Je dormirai sur le canapé.

Il lui jette un coup d'œil. Il semble moelleux et agréable, bien entendu, mais c'est un canapé et nous allons dormir ici dix nuits.

– Tout ira bien, ajoute-t-il avec un air de martyr.

– OK, si tu envisages de te comporter comme si je devais t'en être éternellement redevable, alors je n'en veux pas.

Il soupire lentement, puis avance jusqu'à sa valise, la soulève et l'emporte dans la chambre.

Je crie :

– Attends ! Je retire ce que je viens de dire. Je veux la chambre.

Ethan s'arrête net, sans se tourner vers moi.

– Je vais juste mettre quelques trucs dans les tiroirs pour que mes affaires ne traînent pas dans le salon pendant dix jours. (Il me regarde par-dessus son épaule.) Je suppose que ça ne te pose pas de problème ?

Il contrebalance si scrupuleusement sa générosité avec une attitude passive-agressive que je n'arrive pas à déterminer à quel point c'est un connard. Ce qui ne m'aide pas à doser mon sarcasme.

– Non, je réponds avant d'ajouter d'un air magnanime : Occupe tout l'espace que tu veux dans le placard.

J'entends un grognement amusé, puis il disparaît de ma vue.

En résumé, nous ne nous entendons pas. Heureusement, il n'est pas réellement nécessaire que ce soit le cas ! L'espoir me remplit comme de l'hélium. Ethan et moi pouvons nous contenter de nous croiser sans être obligés d'interagir et faire tout ce que nous voulons de nos vacances de rêves, individuellement.

En ce qui me concerne, ma version du paradis inclura le spa, la tyrolienne, le snorkeling et toute aventure disponible – y compris des aventures alcoolisées. Si l'idée qu'Ethan se fait d'un séjour à Tahiti est de ressasser, se plaindre et soupirer d'un air exaspéré, il pourra s'en donner à cœur joie, mais je n'aurai pas à l'endurer.

Je jette un coup d'œil rapide à mes mails et vois que j'en ai reçu un d'Hamilton. L'offre est… eh bien, je me contenterai de dire que je ne risque pas de faire la fine bouche. Ils pourraient me dire que mon bureau sera perché sur les flancs d'un volcan que je l'accepterais sans la moindre hésitation avec un salaire pareil.

Je sors mon iPad, signe tout électroniquement et renvoie le contrat.

Je vibre presque d'excitation en parcourant la liste des activités proposées par l'hôtel et décide que la première étape de ma célébration sera un soin du visage et un gommage corporel au spa. Seule. Je ne crois pas qu'Ethan soit du genre à aimer se faire bichonner. D'autant plus que rien ne pourrait être pire que de le voir soulever une rondelle de concombre fraîche de mes paupières pour m'adresser un regard condescendant alors que je paresse en peignoir.

Je m'écrie :

– Ethan, que comptes-tu faire cet après-midi ?

Dans son silence, je perçois sa panique à l'idée que je recherche peut-être sa compagnie.

J'ajoute prestement :

– Je ne te pose pas la question parce que j'ai envie de passer du temps avec toi.

Il hésite encore et lorsqu'il répond finalement, sa voix est faible, comme s'il avait disparu au fond de la penderie.

– Dieu merci.

Bien.

– Je vais probablement aller faire un tour au spa.

– Fais ce que tu veux. N'utilise juste pas tous les coupons de massage, enchaîne-t-il.

Je lève les yeux au ciel, même s'il ne peut pas me voir.

– Combien de fois penses-tu qu'on peut me malaxer en un après-midi ?

– Je préfère ne pas y penser.

Je lui adresse un doigt d'honneur de loin, consulte les indications sur l'hôtel pour confirmer que le spa met à disposition des douches, saisis ma carte magnétique et laisse Ethan seul face à sa valise.

Une pointe de culpabilité surgit tandis qu'on me bichonne et qu'on me palpe pendant les trois heures qui suivent sous l'identité d'Ami. Mon visage est exfolié, massé, hydraté. Mon corps est recouvert d'argile, frotté jusqu'à ce que ma peau rougisse et picote, puis recouvert de serviettes chaudes parfumées à l'eucalyptus.

Je me promets silencieusement de mettre de l'argent de côté chaque mois pendant un moment pour envoyer ma sœur dans un spa somptueux lorsqu'elle ne se sentira plus « comme un cadavre qu'on vient de ranimer ». Ce ne sera peut-être pas Maui, mais si je peux lui rendre le cadeau qu'elle m'a fait, même un tout petit peu, je m'engage à le faire. Mon unique dépense cette semaine se résumera aux pourboires que je donnerai au personnel ; cela semble presque ridicule. Ce type d'expérience thermale délicieuse et transcendante ne me ressemble pas. Je suis du genre à attraper une infection fongique aux orteils à cause d'une pédicure des villes jumelles et une brûlure après une épilation à la cire dans un spa de Duluth.

Molle comme une méduse et bourrée d'endorphines, je lève les yeux vers ma masseuse, Kelly :

– C'était… incroyable. Si je gagne un jour au loto, j'emménage ici et je vous paie pour me faire ça tous les jours.

Elle entend probablement la même chose tous les jours, mais elle rit comme si j'étais excessivement maligne.

– Je suis ravie que vous ayez apprécié.

Apprécié est un euphémisme. Non seulement c'était irréel mais ça m'a aussi permis de passer trois heures loin d'Ethan.

On m'escorte jusqu'au salon du spa où on me dit que je peux rester autant que je veux. Je m'enfonce dans un canapé moelleux et sors mon téléphone de l'une des poches de mon peignoir. Sans surprise, je trouve des messages de ma mère (Dis à ton père d'acheter du papier toilette et du Gatorade), ma sœur (Dis à maman de rentrer chez elle), Diego (S'agit-il d'une punition parce que je me suis moqué de la décoloration de cheveux atroce de Natalia ? Je pourrais dire que je suis désolé mais j'ai même déjà vu des balais à franges avec plus de lustre), et Jules (Ça te dérange si je m'installe chez toi pendant que tu n'es pas là ? Ce truc c'est comme la peste, je vais peut-être devoir tout brûler dans mon appartement).

Trop fatiguée et bienheureuse pour gérer l'un de ces problèmes, j'attrape un exemplaire lu et relu de *US Weekly.* Mais même les potins de star ou les derniers rebondissements du *Bachelor* ne parviennent pas à me maintenir éveillée. Je sens mes paupières s'alourdir sous le poids d'un délicieux épuisement.

– Mademoiselle Torres ?

– Hmmm, je fredonne, groggy.

– Mademoiselle Torres, est-ce vous ?

J'ouvre brutalement les yeux et manque renverser l'eau parfumée au concombre que j'ai précautionneusement posée sur ma poitrine. Lorsque je me rassois, je lève les yeux et tout ce que je vois, c'est une énorme moustache blanche.

Et *oh.* Je connais cette moustache ; j'ai rencontré cette moustache pour la première fois lors d'un entretien très important. Je me souviens d'avoir pensé à ce moment-là *Waouh, le P.-D.G. de Hamilton Bioscences est le sosie de l'acteur Sam Elliot ! Qui l'eût cru ?*

Je lève les yeux. Oui, le sosie de Sam Elliott – Charles Hamilton, le boss de mon nouveau boss – se trouve face à moi au Spa Grande de Maui.

Attendez… quoi ?

– Monsieur Hamilton ! Bonjour !

– Il me semblait *bien* que c'était vous.

Il est plus bronzé que lorsque je l'ai rencontré il y a plusieurs semaines, ses cheveux blancs sont légèrement plus longs. Mais la plus grande différence reste qu'il ne portait clairement pas un moelleux peignoir blanc et des chaussons lors de notre première entrevue.

Il traverse la pièce, les bras tendus pour me saluer d'une embrassade.

Oh. D'accord, c'est ce qui va se passer. Je me lève et il surprend mon expression mal à l'aise – parce que je n'ai pas l'habitude de faire des câlins à mes boss, en particulier lorsque je suis nue sous un peignoir – et je réalise alors que son cerveau est en mode vacances et qu'il n'enlace pas non plus ses employés mais nous sommes déjà allés trop loin. Nous nous donnons une accolade gauche, en formant une espèce de triangle qui nous assure que nos peignoirs ne s'ouvriront pas.

– Si ce n'est pas un tout petit monde ! s'exclame-t-il une fois qu'il s'est écarté. En train de recharger les batteries avant de commencer votre nouvelle aventure chez Hamilton ? En voilà une bonne manière de commencer l'année. On ne peut pas prendre soin des autres si on ne prend pas d'abord soin de soi.

– Exactement. (Ma nervosité a propulsé des fleuves d'adrénaline dans mes veines ; passer de Zen à Alerte Nouveau Boss est déconcertant. Je resserre la ceinture de mon peignoir un peu plus étroitement.) Et je voudrais vous remercier une fois de plus pour l'opportunité que vous m'offrez. Je suis plus qu'impatiente de rejoindre l'équipe.

M. Hamilton balaie mes politesses d'un geste de la main.

– À la minute où nous avons commencé discuter, j'ai su que vous seriez parfaite pour le job. Votre implication chez Butake était louable. J'ai toujours affirmé qu'Hamilton ne serait rien sans les personnes extraordinaires qui travaillent avec moi. Honnêteté, intégrité, loyauté, voilà notre devise.

Je hoche la tête ; j'apprécie M. Hamilton – il a une réputation intacte dans le domaine des biosciences et il est connu pour être un P.-D.G. incroyablement dévoué et impliqué dans la bonne marche de son entreprise –, mais je ne peux m'empêcher de remarquer qu'il m'a dit exactement la même chose lorsque nous nous sommes serré la main à la fin de l'entretien. Maintenant que j'ai menti à cnviron vingt membres du personnel de l'hôtel, cette phrase me semble plus menaçante qu'inspirante.

Des pas rapides résonnent de l'autre côté de la porte avant qu'une Kelly paniquée fasse irruption dans le salon.

– Madame Thomas.

Mon ventre se serre.

– Oh Dieu merci, vous êtes encore là. Vous avez oublié votre alliance dans la salle de soins.

Elle tend la main et place l'anneau doré dans ma paume.

Je laisse échapper un hurlement silencieux digne d'une folle furieuse à l'intérieur de mon crâne tout en marmonnant tant bien que mal des remerciements.

– Madame Thomas ? répète Hamilton.

La massothérapeute nous regarde l'un après l'autre, manifestement confuse.

– Vous voulez dire Torres, rectifie-t-il.

– Non… (Elle baisse les yeux vers un bloc puis nous fixe à nouveau.) C'est Madame Thomas. À moins qu'il y ait eu une quelconque erreur… ?

Je réalise que deux options s'offrent à moi :

1. Je pourrais admettre que j'ai pris la place de ma sœur pendant sa lune de miel parce qu'elle est tombée malade et que je fais semblant d'être mariée à un type appelé Ethan Thomas pour profiter d'un séjour exotique tout compris.

ou

2. Je pourrais mentir comme une arracheuse de dents et leur dire que je viens de me marier et que – suis-je bête – je ne suis pas encore habituée à mon nouveau nom de famille.

Dans les deux cas, je mens. La première option préserve mon intégrité. Cependant, avec la deuxième, je ne déçois pas mon nouveau boss (surtout dans la mesure où la moitié de mon entretien d'embauche parlait de constituer une équipe dotée d'un « profond sens moral » dont les membres « font passer l'honnêteté et l'intégrité avant tout le reste »), et je ne serai pas obligée de dormir sur la plage, affamée *et* sans emploi, avec une énorme facture de spa et d'hôtel pour tout abri.

Je sais que le bon choix est évident, mais j'ignore les cris de ma conscience.

– Ah oui. Je viens de me marier.

Seigneur. Pourquoi ? Pourquoi ma bouche a-t-elle articulé ces mots ? Honnêtement, c'était le *pire* des choix. Parce que maintenant, de retour chez moi, je vais devoir faire semblant d'être mariée chaque fois que je tomberai sur M. Hamilton – ce qui pourrait être quotidien – ou m'inventer un faux divorce immédiatement après mon faux mariage.

Oh là là.

Son sourire est si éclatant que les coins de sa moustache se relèvent. La masseuse est soulagée que l'étrange tension se soit dissipée, elle prend congé avec un sourire. Toujours rayonnant, M. Hamilton serre ma main dans la sienne.

– Eh bien, en voilà une extraordinaire nouvelle. Où vous êtes-vous mariée ?

Sur ce point au moins, je peux dire la vérité.

– Au Hilton, dans le centre de St. Paul.

– Seigneur, lance-t-il en secouant la tête, ce n'est que le début. Quelle bénédiction ! (Il se penche en avant et m'adresse un clin d'œil.) Ma Molly et moi sommes venus célébrer notre trentième anniversaire de mariage, pouvez-vous le croire ?

J'écarquille les yeux, comme s'il était complètement *fou* que cet homme aux cheveux blancs ait été marié pendant si longtemps et bredouille des mots ressemblant à *incroyable* et *inspirant* et *vous devez être... tellement heureux.*

Et puis il m'assène le coup de grâce :

– Pourquoi ne vous joindriez-vous pas à nous pour le dîner ?

Ethan et moi, assis côte à côte, autour d'une table, forcés de… nous toucher, sourire et prétendre être amoureux l'un de l'autre ? J'étouffe un ricanement.

– Oh, nous ne voudrions pas nous imposer. Vous n'avez probablement pas souvent l'occasion de vous échapper ensemble avec votre femme.

– Bien sûr que si ! Nos enfants sont partis, nous sommes tout le temps tous les deux. Allez. C'est notre dernier soir et je suis sûre qu'elle en a assez de me voir, honnêtement ! (Il laisse échapper un rire chaleureux.) Vous ne vous imposeriez pas du tout.

S'il existe une porte de sortie à cette situation, je me révèle incapable de la trouver suffisamment rapidement. Je crois que je vais être obligée de prendre le taureau par les cornes.

Tout sourires – et en espérant de tout cœur avoir l'air bien moins terrifiée que je ne le suis –, je cède. J'ai besoin de ce travail et je meurs d'envie de m'attirer les bonnes grâces de M. Hamilton. Je vais devoir demander une immense faveur à Ethan. Je vais lui être tellement redevable que j'en ai la nausée.

– Bien sûr, Monsieur Hamilton. Ethan et moi en serions ravis.

Il tend la main pour me serrer l'épaule.

– Appelez-moi Charlie.

Le couloir ondule et s'allonge devant moi. Je regrette qu'il s'agisse d'une illusion due à la peur et que huit kilomètres ne me séparent pas réellement de la suite. Mais ce n'est pas le cas et me voilà de retour dans la chambre, bien plus rapidement que je ne l'aurais voulu, tiraillée entre le désir qu'Ethan soit sorti, occupé à faire quelque chose d'extraordinaire jusqu'à demain et celui qu'il soit ici pour que nous puissions aller dîner avec les Hamilton.

Au moment où j'entre, je le repère sur le balcon. Que fait-il, enfermé dans une chambre d'hôtel à Maui ? Même si maintenant que j'y pense, cette perspective n'est pas désagréable. Pour une raison qui m'échappe, le fait de partager le gène casanier avec Ethan me déplaît.

Il s'est au moins changé et a enfilé un short et un tee-shirt. Ses pieds nus sont appuyés sur la rambarde. Le vent ébouriffe ses cheveux noirs dans tous les sens, mais je l'imagine observer la plage avec un air plein de jugement, en disant silencieusement aux vagues qu'elles pourraient mieux faire.

Lorsque je m'approche, je vois qu'il a un cocktail à la main. Ses bras nus sont bronzés et toniques ; ses jambes sont étonnamment musclées et semblent interminables. Je ne sais pas pourquoi je m'attendais à ce qu'il ressemble à un haricot vert avec des membres tortueux, en short et tee-shirt. Peut-être parce qu'il est tellement grand. Ou peut-être qu'il était plus facile de penser qu'il avait seulement un beau visage et que, sous ses vêtements, il était dégingandé et noueux.

Assez franchement, il est tellement bien foutu que c'en est un peu injuste.

Je fais coulisser la baie vitrée aussi discrètement que je peux ; il paraît assez détendu. Je suis sûre qu'il s'imagine en train de noyer des chiots, mais qui suis-je pour lui jeter la pierre ? Je n'en ferai rien, du moins pas avant qu'il dîne avec mon boss. Ensuite, tous les coups seront permis.

Je réalise que je vais devoir être charmante, donc je m'oblige à sourire.

– Salut.

Il se tourne et plisse ses yeux bleus.

– Olivia.

Waouh, je commence à en avoir assez de ses petits jeux stupides avec mon nom.

– Quoi de neuf, Elijah ?

– En train d'admirer la vue.

Eh bien, c'est… chouette.

– Je ne savais pas que tu faisais ça.

Il détourne le regard de la mer.

– Quoi ?

– Admirer des choses.

Ethan rit, incrédule, et je réalise soudain qu'il faut que je me montre plus sympathique si je souhaite obtenir ce que je veux.

– Comment c'était, ton massage ? demande-t-il.

– Génial. (Je cherche d'autres mots n'exprimant ni ma panique ni mon stress.) Super-relaxant.

Il me jette un autre coup d'œil.

– C'est à ça que tu ressembles quand tu es *détendue* ? Waouh.

Face à mon silence, il demande :

– Qu'est-ce qui t'arrive ? Tu es encore plus bizarre que d'habitude.

– Je ne t'avais jamais vu en short avant. (Ses jambes, plus spécifiquement les muscles de ses jambes, sont une nouveauté intéressante. Je rectifie sur-le-champ la note d'appréciation dans ma voix.) Gênant.

– Ouais, un peu comme porter un décolleté si plongeant qu'on voit tout, réplique-t-il en agitant la main. Quoi qu'il en soit, on m'a dit qu'on avait encore le droit de porter un short sur une île.

Je suis assez sûre qu'il s'agit d'une autre allusion détournée à ma robe de demoiselle d'honneur, mais je compte honnêtement ne pas prendre la peine de lui répondre.

– Au fait, incroyable, dis-je en tirant une chaise pour m'asseoir à côté de lui. Tu sais, quand à l'aéroport, on m'a proposé un job chez Hamilton ?

Il acquiesce, déjà ennuyé.

– Eh bien, devine qui se trouve ici ? (Je mime l'enthousiasme en agitant les mains.) M. Hamilton en personne !

Ethan tourne brusquement la tête vers moi. Et je comprends complètement la peur dans ses yeux : notre anonymat pourrait voler en éclats.

– *Ici*, ici ? À l'hôtel ?

– Je suis tombée sur lui au spa. J'ajoute, inutilement : En peignoir. Il m'a fait un câlin. C'était gênant. Bref, alooooors, il nous a invités à dîner ce soir. Avec sa femme.

Il ricane.

– Non merci.

Je serre les poings pour m'empêcher de me jeter sur lui et de le rouer de coups. Un coup de poing pourrait laisser des stigmates, donc j'étire mes doigts et les glisse sous mes cuisses.

– La masseuse m'a appelée Madame Thomas. *Devant Monsieur Hamilton.*

Je marque une pause pour voir s'il comprend. Lorsqu'il ne réagit pas, j'ajoute :

– Tu comprends ce que je suis en train de te dire ? Mon nouveau boss pense que je viens de me marier.

Très lentement, Ethan cligne et recligne des yeux.

– Tu aurais pu lui dire qu'on faisait semblant.

– Devant le personnel de l'hôtel ? Hors de question. En plus, il n'arrête pas de parler d'intégrité et de confiance ! Sur le moment, j'ai estimé que mentir était la meilleure option mais maintenant, nous sommes complètement fichus parce qu'il pense que *je viens de me marier.*

– Il le pense, parce que c'est exactement ce que tu lui as dit.

– La ferme, Éric, laisse-moi réfléchir. (Je me penche en avant et me mordille un ongle, songeuse.) On pourrait s'en sortir, non ? Après tout, il n'a aucune raison de découvrir la vérité. Il s’avérera que tu étais violent et que j’ai annulé mon mariage après ce voyage. Il ne saura jamais que j’ai été malhonnête. (Je me redresse, une idée en tête.) Oh ! Je pourrais lui raconter que tu es mort !

Ethan se contente de me dévisager.

– Nous sommes partis faire de la plongée, je commence en fronçant les sourcils, concentrée. Et malheureusement, tu n’es jamais remonté sur le bateau.

Il cligne des yeux, dubitatif.

– Quoi ? Ce n’est pas comme si tu allais être amené à le revoir après ce soir. Tu n’as même pas besoin de faire en sorte qu’il t’aime bien. Ou, tu sais, qu’il sache que tu continues à exister.

– Tu sembles assez sûre que je vais t’accompagner à ce dîner.

Je prends mon expression la plus adorable. Je croise et décroise les jambes. Je me penche vers lui, bats des cils et souris.

– S’il te plaît, Ethan ? Je sais que c’est une énorme faveur.

Il s’écarte.

– Est-ce que tu as quelque chose dans l’œil ?

Mes épaules s’affaissent, et je grogne. Je n’arrive pas à croire que je vais prononcer ces mots :

– Je te cède la chambre si tu viens ce soir et que tu joues ton rôle.

Il se mord les lèvres, songeur.

– Donc, il faut qu'on fasse semblant d'être mariés ? Genre, tactiles et… chaleureux ?

Ethan profère le mot *chaleureux* comme la plupart des gens prononceraient *démembrement*.

– Ce serait la plus belle chose que tu puisses faire pour moi. (Je pense que j'ai réussi. J'approche un peu ma chaise.) Je te promets d'être la meilleure fausse épouse de ta vie.

Il lève son verre et le termine. Je ne remarque clairement pas à quel point sa gorge semble longue et bien dessinée lorsqu'il déglutit.

– OK, je t'accompagne.

Je fonds pratiquement de soulagement.

– Merci, merci, oh Seigneur !

– Mais la chambre est à moi.

CHAPITRE 6

SOS
AMI
M. HAMILTON EST ICI ET JE LUI AI DIT
QUE J'ÉTAIS MARIÉE ET DEVINE QUOI ?
MAINTENANT, JE DOIS FAIRE SEMBLANT
D'ÊTRE LA FEMME D'ETHAN PENDANT
UN DÎNER ENTIER ET JE SERAI
PROBABLEMENT VIRÉE ET JE SERAI
OBLIGÉE DE M'INSTALLER
DANS TA BAIGNOIRE PARCE QUE
JE NE SAIS PAS MENTIR.
AMI, C'EST UNE URGENCE
DE JUMELLES

STOP
Il n'y a plus aucun liquide
dans mon corps.
Maman ne quitte pas mon chevet
depuis plus de 36 h.
Si je ne meurs pas à cause
de l'intoxication j'aurai peut-être
besoin que quelqu'un me tue.
Ou la tue.
DU CALME

Désolée, désolée.
MAIS JE SUIS EN TRAIN
DE PANIQUER.

Ton nouveau boss est à l'hôtel ?
À Maui ??

Il est venu
pour son anniversaire de mariage.
Quelqu'un m'a appelée Mme Thomas
et j'ai perdu la tête, apparemment.

Tout le monde va t'appeler
Mme Thomas pendant ce séjour.
Tu ferais mieux de t'y habituer.
Et calme-toi. Tu peux le faire.

C'est de moi dont on parle !
J'en suis absolument incapable.

Contente-toi de répondre simplement.
Quand tu es nerveuse,
tu as l'air coupable.

Mon Dieu, c'est exactement
ce qu'Ethan a dit.

Qui eût cru qu'Ethan était si intelligent ?
Maintenant si tu veux bien m'excuser,
je dois aller vomir
pour la 50e fois aujourd'hui.

Ne gâche pas mon voyage.

Je fixe mon téléphone en regrettant que ma sœur ne soit pas là. Je savais que c'était trop beau pour être vrai. Je tape un autre message rapide pour lui demander de m'appeler ce soir et de me dire comment elle se sent, puis j'écris à Diego.

Apprends-moi à mentir.

Qui est-ce ?

HELP DIEGO.

OK. À qui va-t-on mentir ?

À mon nouveau boss.

À Maui ???

Ne pose pas de questions, stp.
Explique-moi juste comment
tu as réussi à sortir avec des jumeaux
sans qu'ils ne découvrent le pot aux roses.
Apprends-moi, Yoda.

D'abord, mens seulement
quand c'est nécessaire et ne pars pas
dans tous les sens.
Tu expliques toujours beaucoup trop
et c'est gênant même pour les autres.

BREF !

Tu dois connaître ton histoire
sur le bout des doigts
N'essaie pas d'improviser.
Seigneur, tu es tellement nulle
pour improviser.
Ne gigote pas et ne te touche surtout
pas le visage. Tu fais ça aussi.
Reste tranquille.
Oh, et si tu peux, sois tactile avec eux.

Ça crée une atmosphère d'intimité
et ça leur donne envie de baisser leur
froc au lieu de te poser des questions

Beurk, on parle de mon boss !

Je dis juste que ça ne peut pas
faire de mal.

Diego.

C'est toi la scientifique.
Fais des recherches.

Je jette un coup d'œil à la barre de Google en entendant frapper à la porte.

– Sans vouloir verser dans le cliché du vieux couple et me chamailler avec toi parce que tu vas nous mettre en retard… (Il marque une pause et je peux pratiquement voir Ethan adresser un regard désapprobateur à sa montre.) Il est presque 18 heures.

– Je suis au courant.

J'essaie de retenir le ton sec que je m'apprêtais à utiliser. Quand Ethan a accepté de m'accompagner à ce dîner, je me suis précipitée dans la chambre pour essayer tous les vêtements que j'avais apportés avant d'écrire à ma sœur et à Diego, paniquée. La chambre est sens dessus dessous. Je ne suis pas sûre d'être davantage prête à ce qui m'attend que je ne l'étais il y a une heure. Je suis une épave.

La voix d'Ethan me parvient à travers la porte, plus fort cette fois.

– « Je suis au courant » genre *je suis presque prête* ou « je suis au courant » genre *je sais lire l'heure, la ferme, s'il te plaît* ?

Les deux, pour être honnête.

– Première option.

Ethan frappe à la porte.

– Je peux entrer dans ma chambre ?

Ma chambre. Je lui ouvre la porte, ravie de laisser un tel chaos derrière moi.

Ethan franchit le seuil. Il est sur le point de rencontrer mon boss et de passer les heures qui viennent à proférer mensonge sur mensonge et il porte un jean noir et un tee-shirt de la boutique Surly Brewery. On dirait qu'il s'apprête à dîner chez Chili's, pas avec mon nouveau boss et son épouse. Son calme apparent ne fait qu'amplifier ma panique car, bien sûr, il n'est pas inquiet ; il n'a rien à perdre. L'angoisse me serre le ventre. *Ethan* contrôle la situation, moi absolument pas.

Il observe la chambre et passe une main exaspérée dans ses cheveux. Qui, bien entendu, retombent parfaitement.

– Tu as réussi à fourrer tout ça dans une seule valise ?

– Je suis complètement perdue.

– C'est mon impression générale jusque-là. Sois plus précise.

Je me laisse tomber dans le lit, envoie balader un soutien-gorge rose sexy et grogne lorsqu'il s'accroche au talon de ma chaussure.

– Chaque fois que je mens, on me prend la main dans le pot de confiture. Une fois, j'ai raconté à mon professeur que j'avais raté une heure de cours pour m'occuper de ma colocataire malade et au moment où il a levé les yeux, ma colocataire nous est passée devant dans le couloir. Il la connaissait, parce qu'elle allait à ses conférences du mardi et du jeudi.

– Ton erreur a été d'aller en cours. Tu aurais dû te contenter d'envoyer un mail comme une menteuse normale.

– Ou il y a eu cette fois au lycée où j'ai demandé à mon cousin Miguel de faire semblant d'être mon père pour dire que j'étais malade mais le secrétariat a voulu avoir la confirmation de ma mère parce que mon père ne les avait jamais contactés auparavant.

– Eh bien, c'était juste un manque de planification de ta part. Quel est le rapport avec ta situation actuelle ?

– Le rapport, c'est que je dois faire semblant d'être la femme de quelqu'un et que j'ai dû me lancer dans des recherches pour apprendre à mentir.

Ethan tend la main vers ma jambe, pose une paume chaude sur mon mollet et retire le soutien-gorge de ma chaussure.

– D'accord. Les épouses ont-elles un air particulier ?

J'attrape le soutien-gorge qui se balance à son doigt.

– Je ne sais pas, un peu comme Ami ?

Il éclate d'un grand rire profond.

– Ouais, tu ne risques pas d'y arriver.

– *Hé.* Nous sommes jumelles.

– Ça n'a rien à voir avec le physique, explique-t-il, et le matelas s'affaisse sous son poids lorsqu'il s'assoit à côté de moi. Ami dégage une indescriptible confiance en elle. C'est la manière dont elle se tient. Comme si, quelle que soit la situation, elle avait assez de dignité pour vous deux.

J'hésite entre être fière de ma sœur – parce que, ouais, elle renvoie vraiment cette impression – et être curieuse de savoir ce qu'il pense de moi. Mon égocentrisme et mon goût pour la confrontation – qui se manifeste particulièrement en présence d'Ethan – prennent le dessus.

– Et moi, quelle impression est-ce que je donne ?

Il jette un coup d'œil à mon téléphone et je suis sûre qu'il lit les mots *Comment mentir avec aplomb* dans la barre de recherche. Il rit et secoue la tête.

– Comme si tu ferais mieux de te cacher la tête entre tes jambes et de prier.

Je suis sur le point de le pousser du lit lorsqu'il se lève, jette un regard théâtral à sa montre avant de me regarder à nouveau.

Allusion passive-agressive bien reçue. Je me redresse, m'observe une dernière fois dans le miroir et attrape mon sac.

– Finissons-en une bonne fois pour toutes.

Tandis que nous avançons en direction de l'ascenseur, je suis forcée de reconnaître l'injustice suprême de l'univers ; même sous la lumière peu flatteuse des plafonniers, Ethan parvient à rester beau. Je ne sais pas comment, mais les ombres magnifient ses traits au lieu de les exagérer. Face aux portes miroir, je remarque qu'il n'en va pas de même pour moi.

Comme s'il lisait dans mes pensées, Ethan me donne un coup de hanche.

– Arrête. Tu es bien comme ça.

Bien, je pense. *Comme une fille qui aime son fromage à poutine. Comme une fille dont les seins débordent de sa robe de demoiselle d'honneur. Comme une fille qui mérite ton dédain parce qu'elle n'est pas parfaite.*

– Je peux t'entendre tourner et retourner ce mot dans ta tête et lui donner toute une série d'interprétations auxquelles je n'ai même pas pensé. Tu es en beauté.

Une fois à l'intérieur, il appuie sur le bouton du rez-de-chaussée et ajoute :

– Comme toujours.

Ces trois derniers mots résonnent dans ma tête avant que je les comprenne. Je suis toujours en beauté ? Pour qui ? Ethan ?

Les étages défilent et j'ai l'impression que l'ascenseur retient son souffle comme moi. Je croise le regard de mon reflet dans les portes miroir et jette un coup d'œil à Ethan.

Comme toujours.

Ses pommettes ont viré à l'écarlate, il a l'expression de quelqu'un qui serait soulagé si les câbles sautaient et que la mort nous anéantissait pour toujours.

Je m'éclaircis la gorge.

– Dans une étude de 1990, des chercheurs ont prouvé qu'il est plus facile de se rendre compte que quelqu'un ment la première fois qu'il raconte son mensonge. On devrait accorder nos discours.

– Tu avais besoin de Google pour savoir ça ?

– Je suis meilleure quand je me prépare à l'avance. Tu sais, c'est en forgeant qu'on devient forgeron.

– Certes. (Il marque une pause, pensif.) Nous nous sommes rencontrés grâce à des amis communs – techniquement pas un mensonge, donc avec un peu de chance, tu ne ficheras pas tout en l'air – et nous nous sommes mariés la semaine dernière. Je suis l'homme le plus chanceux du monde, *et cætera, et cætera.*

Je hoche la tête, d'accord avec lui.

– Rencontrés grâce à des amis en commun, sortis ensemble pendant un moment et Seigneur, j'étais tellement surprise quand tu m'as suppliée de t'épouser.

Ethan retrousse les lèvres.

– J'ai mis un genou à terre quand on faisait du camping à Moose Lake. Je t'ai fait ma demande avec une bague en forme de sucette.

– Les détails, c'est parfait ! L'odeur du feu de camp avait imprégné nos cheveux et nos vêtements le lendemain, mais ce n'était pas grave parce qu'on était tellement heureux qu'on a longuement fêté ça en faisant des galipettes sous la tente.

Le silence envahit l'ascenseur. Je l'observe avec un étrange mélange d'horreur et de délectation parce que j'ai réussi à lui clouer le bec en faisant allusion à nos relations sexuelles imaginaires. Il finit par murmurer :

– D'accord. Mais je pense qu'on pourrait omettre ce détail devant ton boss.

– Et rappelle-toi, je poursuis en savourant sa gêne. Je n'ai jamais parlé de toi, je n'ai pas précisé que j'étais fiancée pendant l'entretien, donc il faudrait qu'on ait l'air un peu dépassés par les événements.

L'ascenseur tinte et les portes s'ouvrent au rez-de-chaussée.

– Je ne pense pas qu'on aura du mal à simuler ça.

– Et sois charmant. Mais pas charmant dans le sens *attachant*. Passablement charmant. Ils ne doivent pas nécessairement avoir envie de passer plus de temps avec toi que strictement nécessaire. Parce que tu vas probablement mourir ou te révéler être un monstre dans peu de temps. (Je repère son froncement de sourcils irrité et je ne peux m'empêcher de lui lancer une petite pique.) En gros, contente-toi d'être toi-même.

– Seigneur, qu'est-ce que je vais bien dormir ce soir ! (Il s'étire comme s'il se préparait à faire l'étoile de mer dans l'énorme lit.) Au fait, attention au côté gauche du canapé. Je m'y suis installé pour lire aujourd'hui et j'ai remarqué qu'un ressort est cassé, il pique.

Une douce musique retentit dans la réception alors que nous avançons vers la sortie. Le restaurant est à la lisière de la plage ; je trouve ça commode parce que lorsque tout m'explosera à la figure, je n'aurai que quelques mètres à parcourir pour aller me noyer dans l'océan.

Ethan ouvre la porte menant à la cour grandiose et me fait signe de marcher devant lui dans l'allée éclairée de lampions.

– C'est quelle entreprise, déjà ?

– Hamilton Biosciences. C'est l'une des entreprises pharmaceutiques les plus connues du pays et, en matière de recherche, ils viennent de sortir un nouveau vaccin contre la grippe. D'après tout ce que j'ai lu sur le sujet, il est révolutionnaire. Je voulais vraiment ce boulot, donc tu pourrais peut-être mentionner à quel point tu es heureux que j'aie été engagée et que je suis intarissable sur le sujet.

– Nous sommes censés être en pleine lune de miel et tu veux que je dise que tu n'arrêtes pas de parler de leur vaccin contre la grippe ?

– Oui. C'est ce que je veux.

– Quel est ton poste, déjà ? Agent d'entretien ?

Ah. Nous y voilà.

– Je suis référente médicale en région, Eragon. En gros, je parle aux médecins de nos produits d'un point de vue plus technique que les équipes de vente. (Je lui jette un coup d'œil tout en continuant à avancer. On dirait qu'il révise un contrôle à la dernière minute.) Sa femme et lui sont venus fêter leur trentième anniversaire de mariage. Avec un peu de chance, nous pourrons faire la conversation en leur demandant plein de détails sur eux et nous ne serons pas obligés de parler de nous du tout.

– Pour quelqu'un qui clame avoir la guigne, tu te reposes drôlement sur la chance.

Il marque un temps d'arrêt en réalisant qu'il vient de toucher un point sensible. Nous nous arrêtons devant une fontaine scintillante et Ethan sort une pièce de monnaie – mais pas *la* pièce de monnaie – de sa poche avant de la jeter dans l'eau.

– Sérieusement, calme-toi. Tout va bien se passer.

J'essaie de prendre sur moi. Nous continuons à avancer sur le petit sentier qui mène à un bâtiment au toit typique du style polynésien pour nous arrêter devant le poste de l'hôtesse.

– Je suppose que la réservation est au nom d'Hamilton, renchérit Ethan.

Intégralement vêtue de blanc à l'exception de l'énorme gardénia piqué dans ses cheveux, l'hôtesse parcourt un écran devant elle et lève les yeux en nous offrant un sourire éclatant.

– Par ici.

Je contourne le podium et c'est à ce moment que l'Événement a lieu. Ethan me pose une main sur les reins. Ce geste tout simple anéantit la frontière entre nos bulles d'espace personnel.

Il me regarde avec un doux sourire, ses yeux bleus empreints d'une lueur fervente, pleine d'amour, et me fait signe de passer devant lui de la main qui n'erre pas sur l'hémisphère Sud de mon corps. La transformation est… incroyable. Impressionnante. Mon ventre est plein de nœuds, mon cœur s'est logé dans ma gorge et j'ai une conscience *aiguë* de ce qui est en train de survenir à la surface de ma peau.

Le restaurant est construit sur pilotis au-dessus d'une lagune et notre table se trouve à côté d'une balustrade donnant sur l'eau. L'intérieur est élégant mais confortable, orné de photophores et de lanternes en osier qui font chatoyer l'endroit.

M. Hamilton se lève en nous voyant ; Dieu merci, il a troqué le peignoir moelleux contre une chemise à imprimé hawaïen. La moustache géante est toujours aussi imposante.

– Les voilà ! exulte-t-il en me faisant un signe de tête et en serrant la main d'Ethan. Chérie, voici Olive, la future membre de l'équipe dont je t'ai parlé, et son mari…

– Ethan, précise-t-il, et son sourire éblouissant me touche droit dans le vagin.

– Un plaisir de vous rencontrer, Ethan. Je vous présente mon épouse, Molly.

Charles Hamilton désigne la petite brune assise à côté de lui, dont les joues roses et les fossettes lui donnent un air bien trop juvénile pour une femme qui célèbre trois décennies de mariage.

Nous échangeons tous des poignées de mains et Ethan me tient ma chaise. Je souris et m'assois avec précaution. La partie rationnelle de mon cerveau sait qu'il ne le fera pas, mais mon cerveau reptilien s'attend à ce qu'Ethan la retire sous moi.

– Un grand merci pour l'invitation, commence Ethan en leur adressant un sourire extra-large. (Il pose très naturellement un bras sur le dossier de ma chaise et se penche vers la table). Olive est tellement excitée à l'idée de travailler avec vous. Elle est vraiment intarissable sur le sujet.

Je ris dans le genre *ah-ah-ah, oh, le chenapan* et lui écrase intentionnellement le pied sous la table.

– Je suis juste heureux qu'elle n'ait pas accepté une autre offre entre-temps, répond Monsieur Hamilton. Nous avons de la chance de pouvoir compter sur elle. Et quelle surprise d'apprendre que vous venez de vous marier !

– Tout est arrivé très vite, dis-je en me penchant vers Ethan et en tentant d'avoir l'air spontanée.

– Ça nous a pris de court. Comme une embuscade ! (Il grogne lorsque mon talon s'enfonce plus profondément dans son pied.) Et vous ? Je crois que je dois vous féliciter. Trente ans de mariage, c'est incroyable.

Molly adresse un immense sourire à son mari.

– Trente merveilleuses années, mais même après tout ce qu'on a traversé, à certains moments, je n'arrive pas à croire que nous ne nous soyons pas entre-tués.

Ethan rit calmement en m'adressant un autre regard amoureux.

– Waouh, mon cœur, tu imagines trente ans comme ça ?

Je réplique :

– Vraiment pas !

Tout le monde pouffe en pensant évidemment que je plaisante. Je passe une main dans mes cheveux pour les écarter de mon front avant de me souvenir que je ne suis pas censée gigoter dans tous les sens. Alors, je croise les bras devant ma poitrine et me rappelle qu'internet me conseillait aussi d'éviter ce genre de geste.

Bon sang.

– Lorsque Charlie m'a raconté qu'il était tombé sur vous, reprend Molly, eh bien, je n'arrivais pas à y croire. Et en pleine lune de miel en prime !

J'applaudis d'un air pitoyable :

– Youpi ! C'est tellement… cocasse.

La serveuse fait son apparition et Ethan fait mine de m'embrasser dans le cou. Son haleine est chaude sous mon oreille.

– Bordel, murmure-t-il. *Détends-toi.*

Il se redresse à nouveau, sourit à la serveuse tandis qu'elle déclame la liste des plats du jour. Après quelques questions, nous commandons une bouteille de pinot noir ainsi que nos plats respectifs.

Tout espoir que j'avais de dévier la conversation s'évapore à l'instant où la serveuse s'éloigne.

– Alors, comment vous êtes-vous rencontrés ? s'enquiert Molly.

Un silence. *Fais simple, Olive.*

– Un ami nous a présentés.

On me sourit poliment ; il est clair que Molly et Charlie attendent les détails de l'histoire. Je me trémousse sur ma chaise, recroise les jambes.

– Et, euh, il m'a invitée à sortir…

– Nos amis en commun venaient juste de commencer à sortir ensemble, m'interrompt Ethan, et leur attention – heureusement – se reporte sur lui. Ils avaient organisé une petite fête pour que leurs groupes d'amis se rencontrent. Je l'ai tout de suite remarquée.

Molly agite une main près de sa clavicule.

– Le coup de foudre.

– Quelque chose comme ça. (Un coin de sa bouche se relève.) Elle portait un T-shirt qui disait *Pense Comme un Proton, Reste Positif*, et j'ai pensé qu'une femme capable de comprendre un jeu de mots de physique-chimie devait être exceptionnelle.

M. Hamilton éclate de rire et frappe la table du poing. Franchement, j'ai du mal à empêcher ma mâchoire de se décrocher. L'histoire qu'Ethan est en train de raconter n'est pas réellement le récit de notre rencontre, mais peut-être de la troisième ou la quatrième fois que je l'ai vu – en réalité, du soir où j'ai décidé que je ne ferais plus jamais le moindre effort avec lui parce que chaque fois que j'essayais d'être amicale, il s'éloignait dans la pièce d'à côté.

Et le voilà, capable de décrire mes vêtements. J'ai du mal à me souvenir de ce que je portais hier, alors franchement, ce que portait quelqu'un d'autre il y a deux ans et demi…

– Et je suppose qu'on connaît la suite, lance M. Hamilton.

– En quelque sorte. Nous ne nous sommes pas immédiatement bien entendus. (Les yeux d'Ethan parcourent amoureusement mon visage.) Mais nous voilà ici. (Il regarde à nouveau les Hamilton.) Et vous ?

Charlie et Molly nous racontent qu'ils se sont rencontrés lors d'un bal pour célibataires organisé par leurs églises respectives. Charlie ne l'avait pas invitée à danser, donc Molly avait marché droit sur lui pour prendre les devants. Je fais de mon mieux pour prêter attention à la conversation, vraiment, mais ça devient presque impossible depuis qu'Ethan est si proche de moi. Son bras est toujours posé sur le dossier de ma chaise et si je me penche très légèrement en arrière, ses doigts effleurent la courbure de mon épaule et ma nuque. De petites flammes s'allument en moi chaque fois qu'il me touche.

Et donc, je ne me penche clairement pas en arrière à deux reprises.

Une fois que nos entrées arrivent, nous attaquons nos plats. Le vin coule à flots, Ethan charme tout le monde, et ce dîner, loin d'être seulement tolérable, devient exquis. Je n'arrive pas à savoir si j'ai envie de le remercier ou de l'étrangler.

– Vous saviez que quand Olive était petite, elle s'est coincée dans l'une de ces machines de fête foraine ? lance Ethan en racontant l'anecdote de mon enfance que j'aime le moins, mais je l'admets, la plus drôle. Vous pouvez la chercher sur YouTube et regarder son extraction. C'est de l'or en barre.

Molly et Charlie prennent un air horrifié pour la petite Olive, mais je peux garantir qu'un peu plus tard, ils s'en donneront à cœur joie devant la vidéo.

– Comment es-tu au courant ? je lui demande, sincèrement curieuse.

Je ne lui ai évidemment jamais confié l'anecdote, mais j'ai aussi vraiment du mal à l'imaginer engager une conversation à mon sujet avec qui que ce soit ou – et encore moins, (ce qui serait absurde) – *taper mon nom sur Google.* À cette idée, je dois déployer un effort surhumain pour ne pas éclater de rire.

Ethan m'attrape la main et entrelace nos doigts. Ils sont chauds, forts et ne me laissent pas la possibilité de me dégager. Je m'en veux d'y prendre autant de plaisir.

– C'est ta sœur qui me l'a racontée. Je crois que ses mots exacts étaient « la peluche la plus durement gagnée de l'histoire ».

La tablée entière s'esclaffe. M. Hamilton rit si fort que son visage prend une nuance de rouge choquante, plus choquante encore à cause du contraste avec l'argenté de sa moustache géante.

– Rappelle-moi de la remercier quand on sera de retour à la maison, dis-je en retirant ma main et en vidant le reste de mon verre de vin.

Toujours hilare, Molly s'essuie délicatement les yeux avec une serviette.

– Combien de frères et sœurs avez-vous, Olive ?

Je suis le conseil d'Ethan et fais simple :

– Seulement une.

– C'est une jumelle, en réalité, ajoute Ethan.

Molly est intriguée.

– Êtes-vous de vraies jumelles ?

– Oui.

– Elles se ressemblent *comme deux gouttes d'eau,* lui raconte Ethan, mais leurs personnalités ne pourraient pas être plus opposées. Comme le jour et la nuit. L'une est saine d'esprit et l'autre, c'est ma femme.

Charlie et Molly pouffent encore une fois et je saisis la main d'Ethan, lui adresse un sourire du type *oh, je t'aime, espèce d'imbécile* tout en m'efforçant de lui casser méthodiquement les doigts. Il tousse, ses yeux se remplissent de larmes.

Molly interprète mal son expression et nous contemple avec tendresse.

– Oh, quel bon moment ! Une si belle manière de clore ce voyage.

Il est assez évident qu'elle ne pourrait pas être plus charmée par mon faux mari. Elle se penche vers la table, les fossettes creusées par son sourire.

– Ethan, Olive a-t-elle mentionné que nous avions un groupe de conjoints chez Hamilton ?

Groupe de conjoints ? Du contact régulier ?

– Absolument pas.

Elle se frotte déjà les mains.

– Nous nous retrouvons chaque mois. La plupart du temps, ce sont des femmes qui se réunissent, mais Ethan, vous êtes tellement adorable. Je sais déjà que tout le monde va vous *adorer*.

– Nous sommes une entreprise très soudée, explique M. Hamilton. Et plus que des collègues de travail, nous considérons nos employés comme des membres de notre famille. Vous vous y adapterez parfaitement. Olive, Ethan, je suis tellement heureux de vous souhaiter la bienvenue à tous les deux chez Hamilton.

– Je n'arrive pas à croire que tu aies raconté l'histoire des peluches, dis-je une fois en chemin vers notre chambre. Tu sais qu'ils vont la chercher sur Google, ce qui signifie que M. Hamilton me verra en sous-vêtements.

Heureusement, nous respectons à nouveau l'espace de l'autre. Passer du temps avec un Ethan que je n'ai pas constamment envie de gifler est suffisamment perturbant comme ça. Passer du temps avec un Ethan charmant et affectueux me donne l'impression d'être soudain capable de marcher au plafond.

Cela dit, le dîner a été un succès retentissant et, aussi heureuse que je le sois de ne pas avoir tout gâché et de conserver mon travail, je suis irritée qu'Ethan soit aussi doué pour tout. Je n'ai pas la moindre idée de la manière dont il y parvient ; il est totalement dépourvu de charme 99 % du temps et puis, boum, il se transforme en Monsieur Aimable.

– C'est une histoire marrante, Olive, rétorque-t-il en marchant plus vite et en me distançant. Aurais-je dû leur raconter que tu m'as offert le logiciel Testament et Dernières Volontés au dernier Noël en famille ? Enfin, franchement…

– Je pensais simplement à tes êtres chers.

– … et de mon côté, je faisais la *conversation*…

Ethan s'arrête si brusquement que je rentre dans son dos dur comme un mur de pierre.

Je reprends mon équilibre, horrifiée que mon visage se soit enfoui dans la splendeur de ses trapèzes.

– Tu es en train de faire un infarctus ?

Il plaque une main sur son front, fait brusquement demi-tour pour s'éloigner dans la direction opposée.

– Ça ne peut pas être en train d'arriver.

Je tourne la tête pour suivre son regard, mais il m'attire derrière un énorme palmier en pot et nous nous pelotonnons l'un contre l'autre.

– *Ethan ?* s'exclame une voix, suivie par un cliquètement de talons hauts sur le sentier de pierre. Puis un murmure : Je *jurerais* que je viens de voir Ethan !

Il se tourne vers moi.

– Énorme faveur : joue le jeu avec moi.

Nous sommes si proches que je sens son haleine sur mes lèvres. Je distingue le chocolat qu'il a mangé au dessert et l'effluve de pin de son déodorant.

Je m'efforce de tout détester en bloc.

– Tu as besoin de mon aide ?

Si ma question n'est qu'un murmure, c'est seulement parce que j'ai trop mangé au dîner et que je suis un peu essoufflée à cause de la marche.

– Oui.

Un sourire s'épanouit sur mes lèvres. Soudain, je suis le Grinch, un chapeau de père Noël sur la tête.

– Je ne fais rien gratuitement.

Il paraît irrité pendant deux secondes avant que la panique n'anéantisse sa colère.

– La chambre est à toi.

Les pas se rapprochent puis une tête blonde envahit mon champ de vision.

– Oh Seigneur. C'est *bien* toi ! s'écrie-t-elle en m'ignorant complètement pour serrer Ethan dans ses bras.

– Sophie ? marmonne-t-il en feignant la surprise. Je… que fais-tu ici ?

S'extirpant de son embrassade, Ethan me jette un coup d'œil, les yeux écarquillés.

Elle se tourne pour désigner l'homme qui marche à côté d'elle et j'en profite pour articuler – parce que, oh mon Dieu – *C'est Simba ?!*

Il hoche la tête, visiblement désespéré.

Qu'est-ce que c'est gênant ! C'est encore pire que de tomber sur son nouveau boss nue sous un peignoir !

– Billy, lance fièrement Sophie en tirant un type par la main, et je reste bouche bée parce que c'est le portrait craché de Norman Reedus, l'acteur de *The Walking Dead,* en un peu plus gras.

– C'est Ethan. Le mec dont je t'ai parlé. Ethan, je te présente Billy. Mon fiancé.

Même dans l'obscurité, je remarque qu'Ethan blêmit.

– Fiancé, répète-t-il.

Le mot résonne durement et c'est infiniment plus embarrassant dans la mesure où elle a présenté Ethan comme *le mec dont je t'ai parlé.* Ethan et Sophie n'ont-ils pas été en couple pendant environ deux *ans* ?

Pas besoin d'être un génie pour assembler les pièces du puzzle : la réaction d'Ethan en la voyant sur le chemin, la manière dont il s'est refermé lorsque je lui ai parlé de sa copine dans l'avion. Une rupture toute fraîche, et elle est déjà fiancée ? *Aïe.*

Mais c'est comme si quelqu'un venait d'appuyer sur un bouton quelque part dans son dos, parce que le robot Ethan est de retour. Il entre en action mécaniquement, avançant d'un pas pour tendre à Billy une main assurée.

– Ravi de faire ta connaissance.

Je me décale sur le côté et passe un bras nonchalant sous le sien.

– Salut. Je suis Olive.

– Exact, pardon, se reprend-il. Olive, je te présente Sophie Sharp. Sophie, voilà Olive Torres. (Il marque une pause et la tension revient entre nous, à cause de ce qui est sur le point d'arriver. J'ai l'impression de me trouver à l'arrière d'une moto au bord d'une falaise, et d'ignorer s'il va vraiment faire vrombir le moteur et nous précipiter dans l'abîme. Apparemment, oui.) Ma femme.

Les narines de Sophie frémissent et, pendant une fraction de seconde, elle semble envahie par une pulsion de meurtre. Mais l'expression disparaît et elle le gratifie d'un sourire décontracté.

– Waouh ! Ta femme ! Incroyable !

Le problème, lorsqu'on ment sur des relations, c'est que les humains sont des créatures ô combien inconstantes. Pour ce que j'en sais, Sophie pourrait très bien avoir rompu, mais savoir qu'Ethan n'est plus sur le marché le rendra inaccessible, et donc plus attirant. Je n'ai pas la moindre idée de ce qui a précipité la fin de leur relation, je ne sais pas non plus s'il aurait envie de la récupérer. Mais si tel était le cas, je me demande s'il réalise l'ironie qui fait qu'être marié augmente les probabilités pour qu'elle le veuille et y soit disposée.

Elle nous dévisage tour à tour.

– Quand vous êtes-vous mariés ?

Je suis certaine que nous sommes tous capables de percevoir les efforts qu'elle déploie pour que sa voix ne soit pas aussi tranchante qu'un rasoir, ce qui rend la situation encore plus gênante (et géniale).

– Hier !

J'agite mon annulaire, et l'alliance dorée chatoie dans la lumière des torches.

Son regard revient vers lui.

– Je n'arrive pas à croire que je n'en aie rien su !

– Enfin, répliqua Ethan avec un petit rire sec. Ce n'est pas comme si nous avions gardé le contact, Soph.

Et *oh.* Tension. C'est tellement, tellement gênant (et croustillant). Ma curiosité est officiellement piquée.

Elle se fend d'une petite moue faussement effarouchée.

– Quand même ! Tu ne m'as rien dit. Waouh. Ethan… *marié.*

Il est impossible de ne pas remarquer que sa bouche se durcit, sa mâchoire se contracte.

– Ouais, confirme-t-il. Tout s'est enchaîné très rapidement.

– C'est comme si nous venions de tomber amoureux ! je renchéris en lui offrant un sourire chaleureux.

Il m'embrasse rapidement sur la joue et je me force à ne pas sursauter comme s'il m'avait frappée avec un lézard mort.

– Et tu es fiancée, reprend-il en levant le pouce le plus raide de l'univers. Tu vois… nous sommes tous les deux passés à autre chose.

Sophie est petite, mince, et porte un joli débardeur en soie, un jean ajusté et de hauts talons noirs. Son bronzage semble tout droit sorti d'une bouteille d'autobronzant et je suppose que sa couleur de cheveux aussi, mais ce sont les seuls défauts que je lui trouve. J'essaie de l'imaginer dans vingt ans – vaguement ridée, ses longs ongles rouges tapotant une cannette de Coca-Cola light – mais pour l'instant, elle est toujours belle, d'une manière semi-inatteignable qui me donne l'impression d'être courtaude en comparaison. Il est facile de l'imaginer à côté d'Ethan sur une photo de Noël, vêtus de gilets assortis, devant leur cheminée de pierre.

– On pourrait peut-être aller dîner ou autre chose, lâche-t-elle, l'air si peu enthousiaste que je commence à glousser avant qu'Ethan ne me saisisse la main pour la serrer dans la sienne.

– Ouais, je réponds en essayant d'être naturelle. Dîner. Nous dînons tous les jours.

Ethan baisse les yeux dans ma direction et je réalise qu'il ne me lance pas un regard noir, mais qu'il lutte contre un fou rire.

Billy change soudain de sujet, aussi peu enthousiaste que nous tous à la perspective de ce dîner.

– Combien de temps restez-vous ici ?

Je ne pourrais honnêtement pas supporter un autre dîner de faux-semblants, donc je me contente de me taire. Lorsqu'Ethan répond (« dix jours »), je le prends par la taille et le regarde avec ce que j'espère être un air sexy.

– En réalité, chéri, je me sentirais très mal si on s'engageait pour se dédire ensuite. Tu sais bien qu'on est à peine sortis de la chambre aujourd'hui. (Mes doigts remontent sur sa poitrine, enjôleurs. Je joue avec les boutons de sa chemise. Waouh, il y a une véritable forteresse de muscles là-dessous.) Je t'ai déjà partagé ce soir. Je ne peux pas faire la moindre promesse pour demain.

Ethan lève un sourcil et je me demande si son expression est si tendue parce qu'il est incapable d'envisager la possibilité de coucher avec moi, encore moins pendant toute un après-midi. Il reprend ses esprits, dépose un baiser rapide sur le bout de mon nez et répond :

– Tu n'as pas tort.

Il se tourne vers Sophie.

– On verra si l'occasion se présente, non ?

– Absolument. Tu as toujours mon numéro ?

– Je suppose que oui, répond-il avec un hochement de tête perplexe.

Sophie recule de plusieurs pas et ses talons dorés cliquettent comme des griffes de chaton sur l'allée.

– OK, eh bien… félicitations et j'espère vous recroiser bientôt !

Elle tire sur le bras de Billy et ils recommencent à marcher dans l'allée.

– Ravie d'avoir fait ta connaissance, je crie avant de me tourner vers Ethan. Je serai peut-être une épouse terrible un jour mais au moins, nous savons maintenant que je peux simuler.

– J'imagine qu'il est bon d'avoir des objectifs.

J'écarte les mains de son corps et les secoue sur les côtés.

– Seigneur, pourquoi m'as-tu embrassée sur le nez ? Nous ne nous étions pas mis d'accord là-dessus.

– J'ai dû penser que ça ne te choquerait pas dans la mesure où tu venais de me tripoter le ventre.

Je pouffe et m'écarte de lui à l'abri des regards indiscrets.

– Je nous ai sauvés d'un autre dîner. Si je n'étais pas intervenue, tu passerais la soirée de demain face à Barbie Malibu et Daryl Dixon. Je t'en prie.

– Ton boss s'en va et, maintenant, mon ex-copine est là ? (Ethan évacue sa frustration en marchant à grandes enjambées et je dois trottiner pour rester à son niveau.) Nous trouvons-nous en enfer ? Maintenant, nous sommes obligés de continuer à jouer la comédie pendant tout le séjour.

– Je dois admettre que je me sens partiellement responsable. Si quelque chose se passe bien et que je suis dans les parages, *attention.* Tu gagnes un voyage gratuit ? Ton boss est là. Ton boss s'en va ? L'ex-copine de ton complice sort de nulle part.

Il ouvre la porte et une bouffée d'air glacial m'enveloppe, accompagnée du gargouillement apaisant de la fontaine de la réception.

Je lui rappelle :

– Je suis un chat noir. Un miroir cassé.

– Ne sois pas ridicule. (Il sort une autre pièce – toujours pas *celle-là* – et lui donne une pichenette en direction de l'eau qui clapote). La chance, ça ne fonctionne pas comme ça.

– Explique-moi comment fonctionne *vraiment* la chance, s'il te plaît, Ethan, je grogne, en suivant la trajectoire de la pièce des yeux.

Il m'ignore.

– Peu importe, dis-je. Cet hôtel est immense. On parle de plusieurs milliers de mètres carrés, et il y a *neuf* piscines. Je parie qu'on ne recroisera pas Simba et Daryl de sitôt.

Ethan laisse un demi-sourire réticent étirer ses lèvres.

– Tu as raison.

– Bien sûr que j'ai raison. Mais je suis aussi épuisée. (Je traverse la réception et appuie sur le bouton pour appeler l'ascenseur.) Je dis qu'il est temps de nous coucher. Demain sera un autre jour.

Les portes s'ouvrent et nous entrons en même temps, mais très loin l'un de l'autre.

J'appuie sur le bouton du dernier étage.

– Et grâce à Miss Sophie, un lit géant m'attend de pied ferme.

Son expression reflétée dans le miroir est beaucoup moins arrogante qu'il y a quelques heures.

CHAPITRE 7

Une fois de retour dans la suite, elle semble deux fois moins grande que lorsque nous sommes arrivés et je suis sûre que cela a à voir avec le fait que nous sommes sur le point de nous débarrasser de nos vêtements pour aller dormir. Et je n'y suis pas prête.

Ethan laisse tomber son portefeuille et sa carte magnétique sur le comptoir. Je jure qu'en atterrissant sur le marbre, ils font autant de bruit que deux cymbales qui s'entrechoquent.

– Quoi ? lance-t-il en réponse à mon sursaut exagéré.

– Rien. Juste. (Je désigne ses affaires.) *La vache.*

Il me dévisage pendant un long moment avant de sembler décider que ma remarque n'est pas digne de son attention, et il se penche pour retirer ses chaussures près de la porte. Je traverse la suite, mes pas crissent sur le tapis comme des bottes dans un champ d'herbe à hauteur de genou. Est-ce une plaisanterie ? Chaque son est-il amplifié ici ?

Et si j'ai besoin d'aller aux toilettes ? Vais-je devoir faire couler l'eau de la douche pour étouffer les bruits ? Et s'il pète dans son sommeil et que je l'entends ?

Et si *je* pète dans mon sommeil ?

Oh, Seigneur !

Je le suis dans le couloir et j'ai l'impression de marcher vers une mort certaine. Une fois dans la chambre, Ethan se dirige vers l'une des commodes sans un mot et je vais vers l'autre. On dirait la routine tranquille d'un couple marié, rendue *hyper-gênante* par le malaise ambiant et le fait que nous soyons sur les nerfs.

L'énorme lit se dresse comme une guillotine entre nous.

– Je ne sais pas si tu as remarqué, mais il n'y a qu'une seule douche, dit-il.

– Ouais, j'ai vu.

Au contraire de la salle d'eau, seulement dotée d'un petit lavabo et de toilettes, la salle de bains de la chambre est grandiose. La douche est aussi grande que ma cuisine de Minneapolis et on pourrait facilement envisager d'équiper la baignoire d'un plongeoir.

Je fouille dans mon tiroir en priant pour que, dans la précipitation post-mariage apocalyptique, je me sois souvenue de prendre un pyjama. Ce qui me fait réaliser la quantité de temps que je passe en sous-vêtements chez moi.

– Tu la prends le soir, en général ? me demande-t-il.

Je me tourne dans sa direction.

– Euh, pardon ?

Ethan soupire profondément, comme un vampire qui souffrirait le martyre depuis des siècles.

– Ta douche, Oscar !

– Oh. (Je serre mon pyjama contre moi). Oui, je me douche le soir.

– Tu veux y aller la première ?

– Dans la mesure où je vais dormir dans la chambre, pourquoi ne commencerais-tu pas ?

De peur de lui sembler trop généreuse, j'ajoute :

– Comme ça, tu débarrasseras le plancher plus rapidement.

– Tu es tellement attentionnée !

Il me passe devant en direction de la salle de bains, la porte se referme derrière lui dans un *clic* sonore. Même si les portes du balcon sont closes, je perçois le ressac de la marée qui monte, des vagues qui s'écrasent sur la berge. Mais le bruit des vagues n'est pas assez fort pour couvrir le froissement des vêtements qu'Ethan retire et laisse tomber sur le carrelage, ses pas lorsqu'il avance vers la douche ou le grognement léger qui lui échappe lorsqu'il se glisse sous le jet d'eau chaude.

Les joues écarlates, je trottine immédiatement vers la porte du balcon et reste dehors jusqu'à ce qu'il finisse. Honnêtement, je n'aurais envie d'écouter *ça* que s'il se noyait sous la douche.

Je suis sûre qu'ethan adorerait m'entendre dire que la nuit a été interminable et que j'ai à peine fermé l'œil, mais le lit est incroyable, putain. Désolée pour le canapé, mec.

En réalité, je suis tellement reposée et redynamisée que je me lève convaincue que nos rencontres fortuites avec des gens de la vie réelle ne sont pas une catastrophe. Il n'y a pas de problème ! Nous n'avons aucun problème ! Sophie et Billy n'ont pas plus envie de nous revoir que nous et, quoi qu'il en soit, leur chambre se trouve probablement de l'autre côté de l'hôtel. En outre, les Hamilton partent aujourd'hui. Nous sommes tirés d'affaire.

Mais bien sûr, il a fallu que nous tombions sur eux sur le chemin du petit déjeuner. Apparemment, nos liens se sont sérieusement renforcés hier soir : ils nous serrent dans des câlins étroits… et nous donnent leurs numéros de portable personnels.

– J'étais sérieuse quand je parlais du club des conjoints, dit Molly à Ethan sur un ton de conspiratrice. Nous nous amusons bien, si tu vois ce que je veux dire. (Elle lui adresse un clin d'œil.) Passe-nous un petit coup de fil à ton retour.

Ils se tournent vers le comptoir de la réception et nous leur faisons signe tout en jouant des coudes pour nous frayer un chemin en direction du restaurant. Ethan se penche, et marmonne dans sa barbe :

– Je n'ai vraiment aucune idée de ce qu'elle voulait dire quand elle a parlé de *s'amuser*.

– Ça pourrait être innocent, du genre, des épouses qui se réunissent pour boire un verre et se plaindre de leurs maris. *Ou* ça pourrait être plus osé, comme dans *Beignets de tomates vertes*.

– « Osé comme dans *Beignets de tomates vertes* » ?

J'acquiesce d'un air sombre.

– Un groupe de femmes qui observent leurs lèvres avec des miroirs de poche.

Ethan semble lutter contre l'envie de sprinter dans l'allée pour se jeter dans l'océan.

– Je crois que tu apprécies un peu trop la situation.

– Seigneur, je suis complètement détraquée, n'est-ce pas ? Apprécier Maui !

Nous nous arrêtons devant l'hôtesse, donnons notre numéro de chambre et la suivons en direction d'une alcôve au fond du restaurant, tout près du buffet.

Je glousse.

– Un buffet, chéri ! Ce que tu préfères.

Une fois assis, Ethan – qui n'a apparemment pas aussi bien dormi que moi – parcourt le menu d'un air critique. S'il pouvait y mettre le feu par la force de son esprit, il le ferait. J'avance vers le buffet et remplis mon assiette de morceaux géants de fruits tropicaux et de toutes sortes de viandes grillées. Lorsque je reviens, Ethan a apparemment commandé à la carte et tient une grande tasse de café dans ses énormes mains. Il ne se rend même pas compte que je suis revenue.

– Salut.

Il grogne.

– Avec toute cette nourriture à disposition, tu commandes à la carte ?

Il soupire et répond :

– Je n'aime pas les buffets, Olive, pour l'amour du ciel. Après ce dont nous avons été témoin il y a deux jours, j'aurais pensé que tu partagerais mon avis.

Je croque dans un morceau d'ananas et suis ravie de le voir grimacer lorsque je commence à parler la bouche pleine.

– C'est juste pour t'embêter.

– Je vois ça.

Seigneur, il est de si mauvais poil le matin.

– Mais sérieusement, tu crois que j'apprécie *trop* ces vacances ? Est-ce que tu t'entends ?

Il repose prudemment sa tasse, comme s'il devait faire appel à toute la force de sa volonté pour ne pas s'en servir comme un projectile.

– Nous nous en sommes bien sortis hier soir, déclare-t-il calmement. Mais la situation s'est drôlement compliquée. Mon ex-copine – avec qui j'ai plusieurs amis en commun – pense que nous sommes mariés. La femme de ton nouveau boss veut faire des trucs de fille avec moi.

Je le coupe :

– Ce n'était qu'une hypothèse. Il se peut que la version qu'à Molly de l'amusement soit plutôt du genre réunion Tupperware.

– Tu ne trouves pas que c'est compliqué ?

Je hausse les épaules en renvoyant la faute vers le coupable.

– Pour être honnête, c'est toi qui t'es senti obligé d'être aussi ridiculement charmant hier soir.

Il reprend sa tasse et souffle sur le café.

– Parce que tu m'as *demandé* de l'être.

– Je voulais que tu déploies le charme du *sociopathe.* Un charme *trop lourd*, pour qu'ensuite les gens repensent à toi et se disent : « Tu sais, je n'ai pas su dire pourquoi sur le moment, mais il était presque trop parfait. » Ce genre de charme. Pas, genre mignon et bourré d'autodérision.

Un coin de la bouche d'Ethan se relève et je sais à quoi m'attendre avant qu'il ne commence :

– Tu me trouves mignon.

– Mignon-écœurant.

Son sourire s'élargit.

– Mignon-écœurant. D'accord.

La serveuse lui apporte son plat et lorsque je lève les yeux, je remarque que le sourire d'Ethan a disparu et qu'il fixe un point derrière mon épaule, blême.

– Tu viens de te souvenir que le bacon des restaurants a mille fois plus de chances d'être infecté par la salmonelle ? Ou tu as trouvé un cheveu dans ton assiette et tu penses avoir attrapé le lupus ?

– Je vais me répéter encore une fois : faire attention à ce qu'on mange n'a rien à voir avec de l'hypocondrie ou de l'imbécillité.

Je lui adresse un salut militaire du style *bien sûr, capitaine* mais soudain, je comprends. Il panique pour une tout autre raison que le petit déjeuner. Je jette un coup d'œil aux alentours et mon rythme cardiaque s'accélère brutalement : Sophie et Billy sont assis juste derrière moi. Ethan a une vue directe sur son ex et son nouveau fiancé.

Même si je rêve constamment de flanquer des gifles à Ethan, je peux aussi imaginer à quel point il est désagréable de tomber constamment sur son ex qui célèbre ses fiançailles alors qu'on prétend seulement être marié. Je me souviens d'avoir croisé mon ex Arthur juste après ma soutenance de mémoire. Nous étions sortis pour *me* célébrer, *moi* et ma réussite, et voilà que le mec qui m'avait larguée parce qu'il « ne pouvait pas se permettre de se laisser distraire par une relation » était là. Il se pavanait, une nouvelle petite amie à un bras et le journal médical dans lequel il venait de publier un article dans l'autre main. Mon humeur festive s'était immédiatement évaporée et j'avais quitté ma propre fête une heure plus tard pour rentrer chez moi et regarder une saison entière de *Buffy*.

Une petite bulle de sympathie monte dans ma poitrine.

– Ethan…

– Pourrais-tu *essayer* de mâcher la bouche fermée ? lâche-t-il, et la bulle s'anéantit dans une explosion nucléaire.

– Pour ton information, il fait très humide ici et je suis *congestionnée.*

Je me penche pour siffler :

– Dire que je commençais à être désolée pour toi.

– Parce que je suis mignon et écœurant à la fois ? demande-t-il en repoussant la nourriture dans son plat, avant de jeter un coup d'œil par-dessus mon épaule et de se concentrer sur mon visage.

– Parce que ton ex loge dans le même hôtel que nous et qu'il s'avère qu'elle est assise juste derrière moi.

– Vraiment ? (Il lève les yeux et affecte la surprise sans beaucoup de succès.) Tiens donc.

Je lui adresse un sourire arrogant, même s'il évite soigneusement mon regard. À cause de la très légère nuance de vulnérabilité qui se peint sur son visage, la bulle de sympathie revient.

– C'est quoi ton petit déjeuner préféré ?

Il se fige, un morceau de bacon à mi-chemin en direction de sa bouche.

– Quoi ?

– Allez. Petit déjeuner. Qu'est-ce que tu aimes ?

– Les bagels.

Il prend une bouchée, mâche et avale, et je réalise qu'il ne va pas en dire plus.

– *Les bagels ?* Vraiment ? Avec toutes les options du monde, tu vas me dire que ton petit déjeuner préféré est un bagel ? Tu vis à Minneapolis. Est-il possible de dégoter un bon bagel là-bas ?

Il estime apparemment que ma question est rhétorique parce qu'il se concentre à nouveau sur son plat, parfaitement heureux de battre des cils dans ma direction et de ne pas prononcer un mot. Je réalise pourquoi je le déteste – il m'a fait honte à cause de la nourriture et de ma silhouette, et a toujours été un connard monosyllabique – mais quel est son problème avec *moi* ?

Je tente un dernier effort *amical* :

– Et si on faisait quelque chose d'amusant aujourd'hui ?

Ethan me dévisage comme si je suggérais d'organiser une fusillade.

– Ensemble ?

– Oui, ensemble ! Toutes nos activités gratuites sont prévues pour deux personnes, dis-je en agitant la main entre nous. Et comme tu viens de me le faire remarquer, nous sommes censés nous comporter comme si nous étions *mariés*.

Ethan baisse la tête, les épaules rentrées.

– Pourrais-tu peut-être éviter de le crier dans le restaurant ?

Je prends une grande inspiration et compte jusqu'à cinq pour me retenir de tendre la main et lui donner un coup dans l'œil. Je me penche vers la table :

– Écoute. Nous sommes empêtrés tous les deux dans des mensonges maintenant, alors pourquoi ne pas en profiter ? C'est tout ce que j'essaie de faire : profiter au maximum.

Il m'examine calmement pendant plusieurs instants.

– C'est très optimiste de ta part.

Je m'écarte de la table et me lève.

– Je vais aller voir à quelle activité nous pouvons nous inscr…

– Elle nous regarde, m'interrompt-il, tendu, en jetant un coup d'œil rapide derrière moi. Merde.

– Quoi ?

– *Sophie.* Elle n'arrête pas de regarder dans notre direction. (Dans sa panique, son regard croise le mien.) Fais quelque chose.

– Comme quoi ? je siffle entre mes dents, paniquant moi aussi.

– Avant de partir. Je ne sais pas. Nous sommes amoureux, n'est-ce pas ? Juste…

Il se lève violemment, m'attrape par les épaules, m'attire vers lui et plaque sa bouche contre la mienne, avec raideur. Nos yeux restent ouverts, écarquillés d'horreur. J'en ai le souffle coupé et je peux compter jusqu'à trois – une éternité – avant que nous nous écartions.

Il affecte un sourire aimant et parle tout bas.

– Je n'arrive pas à croire que je viens de faire ça.

– Je vais me laver la bouche à la Javel.

Il s'agit indubitablement de la pire version d'un baiser d'Ethan Thomas et ce n'était… pas si terrible que ça. Sa bouche est chaude, ses lèvres lisses et fermes. Même lorsque nous nous contemplions avec épouvante, j'étais capable de le trouver beau en gros plan. Peut-être encore plus beau de près que de loin.

Ses yeux sont d'une incroyable nuance de bleu, ses cils ridiculement longs. Et il dégage de la chaleur. Tellement de chal…

Mon cerveau est en plein court-circuit. *La ferme, Olive.*

Oh Seigneur. Prétendre que nous sommes mariés signifie que nous allons peut-être devoir recommencer.

– Génial. (Il me dévisage, les yeux écarquillés.) Génial. On se retrouve dans la chambre.

L'idée de construire une maison de A à Z m'a toujours terrifiée, parce que je ne suis pas une personne intéressée par les détails comme les poignées de porte, les tiroirs et les dalles d'une terrasse. Il y aurait beaucoup trop de choix à faire sur des choses qui me sont complètement indifférentes.

Parcourir la liste des activités me donne un peu la même impression. Nous avons le choix entre le parachute ascensionnel, la tyrolienne, le quatre-quatre, le snorkeling, des cours de danse polynésienne, un massage de couple et bien d'autres choses encore. Honnêtement, tout m'irait. Mais Trent, l'organisateur des activités, zélé à l'extrême, m'examine avec l'air d'attendre quelque chose, prêt à inscrire « mon » nom à l'horaire de mon choix.

Mon problème principal est de savoir quelle activité me vaudra le moins de grimaces de la part d'Ethan.

– Un bon point de départ, sans doute, suggère Trent, serait peut-être un tour en bateau ? Notre bateau se rend au Cratère de Molokini. C'est très calme là-bas. Vous déjeunez et vous buvez un coup. Vous pouvez plonger au tuba ou avec une réserve d'oxygène – mais ce n'est pas tout à fait comme de la plongée avec bouteilles – ou vous pouvez rester sur le bateau si vous ne voulez pas vous baigner.

Une option pour rester dans son coin et ne pas parler au lieu de s'amuser ? Clairement un bonus connaissant Ethan.

– Parfait.

Enthousiaste, Trent inscrit *Ethan et Ami Thomas* sur la liste des passagers du bateau et m'informe que nous devons nous présenter à la réception à dix heures.

À l'étage, Ethan a déjà enfilé un short de surf, mais n'a pas encore mis de chemise. Une réaction étrange et violente me parcourt lorsqu'il se tourne et que je réalise qu'il a de vrais muscles sur ses muscles. En voyant les bribes de poils noirs sur son large torse, je serre les poings.

– Comment *oses*-tu ?

Je me rends compte que j'ai parlé à haute voix quand Ethan me jette un coup d'œil avec un sourire suffisant juste avant d'enfiler son tee-shirt. Dès lors que ses abdominaux se retrouvent hors de ma vue, la flamme de la haine dans mon bas-ventre s'apaise.

– Quel est le programme ? demande-t-il.

Je m'accorde trois secondes de silence pour me remémorer son torse nu avant de répondre :

– Nous allons au Molokini en bateau. Plongée, cocktails, *et cætera.*

Je m'attends à ce qu'il roule des yeux ou à ce qu'il se plaigne, mais sa réaction me surprend.

– Vraiment ? Cool.

Méfiante, je laisse cette version curieusement optimiste du suppôt de Satan dans le salon pour enfiler mon maillot de bain et préparer mes affaires pour la journée. Quand j'émerge de la chambre, Ethan se retient vaillamment de faire tout commentaire sur le bikini qui contient à peine ma poitrine ou sur mon paréo froissé. Nous nous dirigeons vers la réception puis suivons les indications jusqu'au van de douze places qui nous attend.

Un pied en l'air pour grimper à l'intérieur, Ethan s'arrête si soudainement que je m'écrase dans son dos. Encore une fois.

– Qu'est-ce qui t'a… ?

Ethan me fait taire en projetant sa main en arrière pour m'attraper par la hanche. Et puis je l'entends : la voix suraiguë, l'équivalent vocal d'ongles crissant sur un tableau noir, de Sophie.

– Ethan ! Olive et toi allez faire de la plongée ?

– En effet ! Quelle incroyable coïncidence ! (Il se tourne et me fusille du regard avant de sourire à l'ennemi.) Il ne nous reste plus qu'à nous installer au fond, n'est-ce pas ?

– Bien sûr. Je crois que ces sièges sont les seuls disponibles.

Le ton de Billy est joueur et lorsqu'Ethan se penche pour monter, je comprends pourquoi.

Il y a déjà huit personnes dans le van et seule la banquette du fond est disponible. Ethan est tellement grand qu'il doit presque ramper pour se frayer un chemin à travers les sacs, chapeaux et ceintures de sécurité qui quadrillent le chemin. Avec à peine plus de facilité, je m'installe à côté de lui et le fixe. Étonnamment, le fait qu'il ait l'air malheureux comme les pierres ne me remplit pas d'une joie abjecte comme je m'y attendais. Je me sens… coupable. J'ai clairement mal choisi.

Mais c'est d'Olive et Ethan dont nous parlons ; être sur la défensive est notre religion. Ça ressemble au Fiasco du Vol Bon Marché, version 2.0.

– Tu aurais pu choisir l'activité, tu sais.

Il ne répond pas. Pour une personne si convaincante en jeune marié la veille quand il s'agissait de couvrir mon mensonge, il semble très peu disposé lorsqu'il s'agit du sien. Il doit vraiment détester la perspective de me devoir quelque chose.

– Nous pouvons faire autre chose. Il est encore temps de partir.

Une fois de plus, il reste silencieux et puis soupire légèrement lorsque le chauffeur ferme la porte coulissante du van et nous adresse un pouce levé à travers la fenêtre, indiquant que nous sommes prêts à partir.

Je donne un coup de coude discret à Ethan. Il ne comprend clairement pas que je voulais lui dire *tiens bon, champion*, parce qu'il me donne un coup de coude en réponse. Imbécile. Je l'imite, plus fort maintenant, et il s'apprête à m'en asséner un autre, mais je l'évite en me tournant pour enfoncer mes phalanges dans ses côtes. Je ne m'attendais pas à trouver son point le plus chatouilleux : Ethan laisse échapper un cri assourdissant, aigu et hystérique, qui me rend momentanément sourde. Il est tellement surprenant que tous les passagers du van se tournent pour savoir ce que nous fabriquons sur la banquette arrière.

– Désolée, je lance avant de lui murmurer : C'est un bruit que je n'avais jamais entendu chez un homme.

– Peux-tu éviter de m'adresser la parole, s'il te plaît ?

Je me penche.

– *J'ignorais* qu'elle allait venir.

Ethan me jette une œillade dubitative.

– Je ne compte plus t'embrasser, juste au cas où ce serait ton objectif secret.

Quiquandcomment ? Quel enfoiré. Bouche bée, je rétorque :

– Honnêtement, je préférerais lécher la semelle de ma chaussure plutôt que de sentir ta bouche sur la mienne.

Il se tourne pour regarder par la fenêtre. Le van démarre et le chauffeur augmente le volume de la musique mélodieuse de l'île : me voilà prête pour une sieste de vingt minutes lorsque, devant nous, une adolescente sort de la crème solaire et commence à se vaporiser avec l'aérosol, un bras puis l'autre. Ethan et moi sommes immédiatement asphyxiés dans un nuage d'émanations huileuses, dans l'incapacité d'ouvrir une porte ou une fenêtre.

Nous échangeons un regard de profonde souffrance.

– Pourrais-tu arrêter de te mettre de la crème solaire ? lance Ethan avec une douce autorité qui a un effet étrange sur ma respiration.

L'adolescente se tourne et déclare platement :

– Oups, pardon, avant de ranger la bouteille dans son sac à dos.

À côté d'elle, son père est absorbé dans la lecture du magazine *Populace Science* et ne se rend compte de rien.

Le brouillard d'écran solaire se dissipe lentement. Même si nous apercevons Sophie et Billy se rouler des pelles à deux rangs de nous, nous pouvons nous concentrer sur le paysage. La route suit la mer qui ondule à notre gauche et les montagnes d'un vert brillant à notre droite. Une bouffée de tendresse m'envahit :

– Maui, c'est tellement beau.

Je sens qu'Ethan se tourne pour me dévisager, mais j'évite délibérément son regard au cas où il aurait l'air perplexe parce que mes paroles ne contiennent pas la moindre animosité à son égard. Son froncement de sourcils pourrait ruiner la bouffée de bonheur qui m'a submergée.

– Oui.

Je ne sais pas pourquoi je m'attends toujours à ce qu'il me contredise, mais je suis systématiquement étonnée lorsque nous tombons d'accord. Et sa voix est tellement grave ; on dirait presque une tentative de séduction. Nos regards se croisent puis s'éloignent mais malheureusement, notre attention est attirée devant nous, à travers les têtes de l'adolescente à l'écran solaire et de son père, là où Billy et Sophie, dégoulinants de sentimentalité, chuchotent à seulement quelques millimètres l'un de l'autre.

Je demande doucement :

– Quand avez-vous rompu ?

Pendant un moment, on dirait qu'il ne va pas répondre, mais il finit par soupirer.

– Il y a environ six mois.

– Et elle est déjà fiancée. (Je laisse échapper un petit sifflement). Aïe.

– Enfin, pour ce qu'elle sait, je suis *marié*, donc je n'ai aucune raison de me sentir blessé.

– Tu peux te sentir aussi blessé que tu veux, mais ça ne doit pas se *voir*.

Il ne répond pas et je réalise que j'ai touché dans le mille. Il s'efforce en permanence d'avoir l'air indifférent.

Je murmure :

– Pour ce que ça vaut, Billy ressemble à un gigolo. C'est une pâle version de Reedus sans le charme effrayant mais sexy. En plus *gros*.

Ethan me sourit avant de paraître se souvenir que nous ne pouvons pas nous voir en peinture. Sa bouche se raidit.

– Ils sont juste là, en train de se rouler des pelles. Il y a, genre, huit autres personnes dans ce van. Je vois leurs langues. C'est… dégoûtant.

– Je parie qu'Ethan Thomas n'a jamais eu un comportement aussi déplacé.

– Enfin, réplique-t-il en fronçant les sourcils. J'aime penser que je peux être tendre, mais certaines choses sont infiniment plus agréables si elles se déroulent dans l'intimité.

Une vague de chaleur m'engloutit et j'acquiesce, tout à fait d'accord avec lui. L'idée qu'Ethan fasse des choses sexy et inconnues *dans l'intimité* transforme tout mon corps en gélatine.

Je m'éclaircis la gorge, soulagée de détourner les yeux. Je prends une grande inspiration et retrouve l'état solide. *Chère Olive Torres : je te présente Ethan. Il n'est pas digne de te faire rougir.*

Ethan se penche un peu en attirant mon attention.

– Tu penses pouvoir y arriver aujourd'hui ?

– *Y* arriver ?

– À jouer à la fausse épouse.

– Qu'est-ce que j'y gagne ? je demande.

– Hum. (Ethan se tapote le menton.) Par exemple, l'assurance que je ne dirai pas à ton boss que tu es une menteuse.

– OK. Ça me semble équitable.

Alors que je me remue les méninges pour déterminer ce que je pourrais faire pour l'aider à gagner la guerre nébuleuse du Meilleur Nouveau Partenaire, guerre que je soupçonne que nous avons commencée avec Sophie et Billy, je me penche vers lui :

– Sans vouloir te donner trop d'espoirs, je suis vraiment impressionnante dans ce bikini. Je ne vois pas de meilleure revanche que de sortir avec une fille dotée d'un décolleté d'enfer.

Il fait la moue.

– Quelle déclaration féministe inspiratrice.

– Je peux apprécier mon corps en bikini et avoir envie de mettre le feu au patriarcat. (Je baisse les yeux vers ma poitrine.) Qui pourrait deviner l'effet qu'a un peu plus de chair sur mes os ?

– Était-ce ce dont tu parlais à la réception ? Quand tu affirmais avoir perdu ton travail et passer ton temps à faire beaucoup de pâtisserie ?

– Ouais. Je fais de la pâtisserie quand je suis stressée. (Je marque une pause.) Je grignote aussi en permanence. Mais enfin, tu le sais déjà.

Il me dévisage pendant plusieurs longues secondes avant de lâcher :

– Tu as un job maintenant. Tu peux laisser ta vie de pâtissière derrière toi, si c'est ce que tu souhaites.

Lorsque je lève les yeux, je le surprends à détourner le regard de mes seins. Si je n'étais pas aussi certaine du contraire, je pourrais être tentée de penser qu'il espère que je continue à faire de la pâtisserie pendant encore un petit moment.

– Ouais, j'ai un job. Espérons que je sois capable de le garder.

– Nous nous en sommes sortis hier soir, n'est-ce pas ? me rappelle-t-il. Tu vas garder ce travail.

– Et peut-être mes nichons aussi.

Il rougit un peu et cette manifestation de gêne me ravit complètement. Mais à ce moment-là, ses yeux plongent à nouveau dans mon décolleté, presque comme s'il ne pouvait pas s'en empêcher.

– Tu n'avais aucun problème à me reluquer dans la robe Skittle.

– Pour être honnête, c'était un peu comme si tu portais une ampoule fluorescente sur le dos. Ça attirait l'œil.

– Quand on en aura fini avec tout ça, je demanderai à quelqu'un de te découper quelque chose dans cette robe. Une cravate, peut-être. Un boxer sexy.

Il s'étrangle un peu en secouant la tête. Après quelques instants de silence, il me confie :

– Je viens de me souvenir que Sophie a failli se faire mettre des implants lorsque nous étions ensemble. Elle a toujours voulu de plus gros…

Il mime l'action de tenir ses seins dans ses mains.

– Tu peux le dire.

– Dire quoi ?

– Poitrine. Seins. Nichons. Nibards.

Ethan se passe une main sur le visage.

– Seigneur, Oliver.

Je le dévisage en le mettant au défi de me regarder. Finalement, il s'exécute et on pourrait le croire sur le point de mourir de honte.

Je l'encourage :

– Donc, elle voulait des implants…

Il acquiesce.

– Je parie qu'elle regrette de ne pas avoir pris la décision pendant qu'elle profitait encore de mes fiches de paye.

– Eh bien, c'est un début. Ta fausse épouse a une super-poitrine. Sois fier.

Hésitant, il lance :

– Mais ça ne doit pas se résumer à ça.

– Qu'est-ce que tu veux dire par là ? Je ne compte pas porter de string.

– Non, juste… (Il passe une main exaspérée dans ses cheveux.) Ça ne peut pas se résumer au fait de sortir avec une fille sexy maintenant.

Attendez, quoi ? Sexy ?

Il enchaîne comme s'il ne venait pas de lâcher une bombe.

– Tu dois aussi faire semblant de *m'apprécier*.

Une boucle retombe sur son œil à la fin de cette phrase, transformant ce moment en une prise digne d'Hollywood qui me nargue complètement. Un petit feu d'artifice – juste un feu de Bengale, je le jure – explose dans ma poitrine parce qu'il est trop mignon, putain. Et percevoir sa vulnérabilité, même pendant une seconde, est tellement perturbant que j'en arrive à envisager un jour de regarder son visage et de ne pas le haïr.

– Je peux faire semblant de t'apprécier.

Je marque une pause en ajoutant, par instinct d'autopréservation :

– Probablement.

Quelque chose s'adoucit dans son maintien. Il approche une main et prend la mienne, dans un geste affectueux. Un réflexe me pousse à m'écarter brusquement, mais il me retient délicatement et dit :

– Bien. Parce que nous allons devoir être bien plus convaincants sur ce bateau.

CHAPITRE 8

Le bateau en question est énorme, avec un large pont inférieur, un intérieur cosy doté d'un bar et d'un grill, et un pont supérieur baigné par le soleil. Alors que les autres passagers trouvent des endroits pour ranger leurs sacs et grignotent quelque chose, Ethan et moi nous dirigeons droit sur le bar, commandons nos cocktails et gravissons l'échelle qui mène au pont supérieur désert. Je suis sûre qu'il ne le restera pas longtemps, mais nous apprécions pleinement ce répit dans nos performances d'acteurs.

Il fait chaud ; je retire ma robe, Ethan enlève son tee-shirt. Nous sommes tous les deux à moitié nus, en pleine lumière, et nous savourons le silence ambiant.

Nos regards s'évitent soigneusement. Soudain, je regrette que nous ne soyons pas entourés d'autres gens.

Je lance :

– Sympa, ce bateau.

– Ouais.

– Ton cocktail est bon ?

Il hausse les épaules.

– Alcool bon marché. Mais ça passe.

Le vent fait voleter mes cheveux devant mon visage et Ethan tient ma vodka tonic pendant que je sors un élastique de mon sac pour les attacher. Ses yeux quittent l'horizon pour se poser sur mon bikini rouge, puis il détourne à nouveau le regard.

– Je t'ai vu.

Il sirote son verre.

– Pardon ?

– Tu as maté mes seins.

– Bien sûr. C'est comme s'il y avait deux autres personnes avec nous. Je ne voudrais pas paraître impoli en les ignorant.

Une tête émerge du sommet de l'échelle, à point nommé – putain de Daryl Dixon, suivi de près par Sophie, cerise sur le gâteau. Je jure que j'entends les hurlements de l'âme d'Ethan.

Ils montent, des margaritas dans des verres en plastique à la main.

– Salut, vous ! s'exclame Sophie en s'approchant. Oh mon Dieu ! N'est-ce pas *ma-gni-fi-que* ?

– *Vraiment* ma-gni-fi-que, je renchéris en ignorant l'expression horrifiée d'Ethan.

Impossible qu'il me juge plus durement que je ne me juge moi-même.

Nous nous tenons ensemble, le quatuor le plus improbable du monde, et je tente d'apaiser la tension que je sens entre nous.

– Et donc, Billy, où vous êtes-vous rencontrés tous les deux ?

Billy plisse les yeux en direction du soleil.

– Au supermarché.

– Billy est assistant gérant magasin d'un *Cub Foods* à St. Paul, précise Sophie. Il était en train de ranger des fournitures d'école, j'achetais des assiettes en carton de l'autre côté de l'allée.

Je patiente, en m'attendant à une suite. Mais apparemment, c'est tout.

Le silence se fait jusqu'à ce qu'Ethan vienne à la rescousse.

– Celui de Clarence ou… ?

– Hum, nan, fredonne-t-elle en aspirant dans sa paille et en secouant la tête, Arcade.

– Je ne fais jamais mes courses là-bas, dis-je. (Encore un silence.) J'aime celui qui est sur University.

– Ils offrent une très bonne sélection de produits, ajoute Ethan.

Sophie me dévisage quelques secondes avant de regarder Ethan.

– Elle ressemble à la petite copine de Dane.

Mon estomac fait des loopings et, à l'intérieur de ma boîte crânienne, mon cerveau prend la forme du *Cri* de Munch. Bien entendu, Sophie a déjà rencontré Ami. Individuellement, Ethan et moi sommes des personnes plus intelligentes que la moyenne, alors pourquoi sommes-nous si stupides ensemble ?

Je tente de lui transmettre ma panique par télékinésie, mais il se contente d'acquiescer calmement.

– Ouais, elles sont jumelles.

Billy laisse échapper un « *Mec* » impressionné, mais Sophie n'est clairement pas aussi séduite par la perspective de films porno maison.

– Et ce n'est pas un peu bizarre ? demande-t-elle.

J'ai envie de brailler OUI – TRÈS – TOUT EST TRÈS BIZARRE, mais je parviens à fixer ma bouche à ma paille et à vider la moitié de mon verre. Après une longue pause, Ethan rétorque :

– Pas vraiment.

Une mouette nous survole. Le bateau tangue à cause des vagues. J'arrive au fond de mon verre et aspire bruyamment l'air mouillé dans ma paille jusqu'à ce qu'Ethan me donne un coup de coude dans les côtes. C'est tellement pénible.

Sophie et Billy finissent par décider qu'il est temps de s'installer quelque part et ils se dirigent vers un banc rembourré directement en face de là où nous sommes – assez près pour que nous partagions clairement le même espace général mais suffisamment loin pour que nous ne soyons plus obligés de faire la conversation ou d'entendre les trucs dégoûtants que Billy murmure actuellement à l'oreille de Sophie.

Ethan m'entoure les épaules du bras dans un geste maladroit et robotique censé crier *Nous Sommes Tendres Nous Aussi,* ce qui me rappelle encore une fois qu'il était beaucoup plus délicat hier soir. À l'aise, je pose une main sur sa taille. J'avais oublié qu'il était torse nu et ma paume effleure directement sa peau. Ethan se raidit un peu à côté de moi, donc je m'appuie plus franchement, caresse l'os de sa hanche du pouce.

Je comptais le faire pour l'asticoter mais en fait… c'est agréable.

Sa peau est chauffée par le soleil, ferme, elle accapare toute mon attention.

C'est un peu comme manger une seule bouchée d'un plat délicieux ; je ne suis pas rassasiée. Le point de contact où mon pouce touche sa hanche devient soudainement la partie la plus brûlante de mon corps.

Avec un roucoulement gnangnan, Billy attire Sophie sur ses genoux, et elle agite ses petits pieds en l'air en gloussant. Après quelques instants de silence durant lesquels j'aurais vraiment pu le voir venir, Ethan s'assoit, lui aussi, et m'attire brusquement sur ses cuisses. Mon atterrissage est beaucoup moins gracieux – je suis bien moins menue – et je laisse échapper un rot à cause du mouvement abrupt.

Je siffle :

– Qu'est-ce que tu fais ?

– Seigneur, je n'en *sais* rien, murmure-t-il, affligé. Contente-toi de jouer le jeu.

– Je sens ton *pénis*.

Il se décale sous moi.

– C'était tellement plus facile hier soir.

– Parce que tu n'étais pas investi !

– Qu'est-ce qu'elle fout là-haut ? râle-t-il. Le bateau est immense !

– Vous êtes trop mignons tous les deux, nous crie Sophie en souriant. Tellement complices.

– Tellement complices, répète Ethan en souriant, les dents serrées. Nous ne nous lassons jamais l'un de l'autre.

– Totalement, je renchéris en faisant encore empirer la situation lorsque je lève les deux pouces.

Sophie et Billy ont l'air tellement à l'aise. Ce qui n'est clairement pas notre cas. C'était une chose de dîner avec les Hamilton hier soir, lorsque nous avions nos propres chaises et que nous jouissions chacun de notre espace personnel. Mais ici, mes jambes tartinées de crème solaire glissent sur celles d'Ethan et il doit encore ajuster ma position. Je rentre le ventre et mes cuisses tremblent à cause de l'effort que je déploie pour ne pas m'appuyer sur lui de tout mon poids. Comme s'il le sentait, il m'attire un peu plus contre son torse pour m'aider à me décontracter.

– Est-ce confortable ? marmonne-t-il.

– Non.

À cet instant, je suis consciente de tous les donuts que j'ai mangés au cours de ma vie.

– Tourne-toi.

– Quoi ?

– Comme ça…

Il fait pivoter mes deux jambes vers la droite et me blottit contre son torse.

– C'est mieux ?

– Euh… (Oui. C'est mieux.) Peu importe.

Il appuie un bras contre la rambarde du pont et j'en passe vaillamment un autour de son cou, en tentant d'avoir l'air d'une personne qui a des relations sexuelles fréquentes avec lui.

Quand je lève les yeux, il a encore le regard rivé sur ma poitrine.

– Très subtil.

Il détourne les yeux, rougit, et une décharge électrique descend dans mon cou.

– Ils sont assez impressionnants, tu sais, avoue-t-il finalement.

– Je sais.

– Et le bikini les met davantage en valeur que la robe Skittle.

– Ton opinion est tellement importante pour moi. (Je me décale, en me demandant pourquoi je suis écarlate.) Et je sens encore ton pénis.

– Eh bien oui, répond-il avec un petit clin d'œil. Ce serait difficile de ne pas le sentir.

– Est-ce une blague sur sa taille ou sur ta gaule ?

– Euh, définitivement une blague sur sa taille, Orville.

Je termine les dernières gouttes de mon cocktail, puis lui souffle mon haleine de vodka bon marché au visage.

Il plisse les yeux et lance :

– Tu es une vraie séductrice.

– On me le dit souvent.

Il tousse et je pourrais jurer qu'Ethan Thomas lutte contre un vrai sourire.

Et je comprends. J'ai beau le détester… je crois que je commence à *nous* apprécier ensemble.

– As-tu déjà fait de la plongée au tuba ?

– Oui.

– Ça te plaît ?

– Oui.

– As-tu en général la langue plus déliée que lorsque tu es avec moi ?

– Oui.

Nous nous taisons tous les deux, mais nous sommes vraiment très proches, et de l'autre côté du pont, seuls les bruits mouillés de Sophie et Billy qui s'embrassent nous parviennent. Ethan et moi ne pouvons pas *ne pas* parler.

– Quelle est ta boisson préférée ?

Il me dévisage patiemment, l'air affligé.

– Sommes-nous obligés de nous lancer là-dedans ?

Je désigne du menton l'ex d'Ethan et son fiancé qui semblent être sur le point de se jeter l'un sur l'autre.

– Tu préfères les regarder ? Ou *me* rouler des pelles.

– Caipirinhas, répond-il. Toi ?

– Je suis une fervente des margaritas. Mais si tu aimes les caipirinhas, je connais un bar à quelques kilomètres de chez moi qui prépare les meilleures que j'aie goûtées de ma vie.

– On devrait y aller, lance-t-il.

Mais évidemment, il a parlé sans réfléchir parce que nous laissons tous les deux immédiatement échapper un rire qui signifie *oups, ça ne risque pas d'arriver !*

– Est-il étrange que je ne te trouve pas aussi désagréable que je le pensais initialement ? demande-t-il.

Je retourne sa tactique des réponses monosyllabiques contre lui.

– Oui.

Il lève les yeux au ciel.

Par-dessus l'épaule d'Ethan, le Cratère Molokini apparaît dans notre champ de vision. Il est d'un vert intense, en forme de croissant, d'une incroyable beauté. Même d'ici, je vois que la baie bleue dégagée est parsemée de bateaux qui ressemblent au nôtre.

– Regarde. (Je désigne l'horizon.) Nous ne sommes pas perdus au milieu de la mer.

Il laisse échapper un « waouh » discret. Et pendant un instant, nous apprécions pleinement le moment, ensemble. Jusqu'à ce qu'Ethan décide de tout gâcher :

– J'espère que tu ne te noieras pas.

Je lui souris.

– Si je me noie, mon mari sera le premier suspect.

– Je retire mon commentaire « désagréable ».

Un autre corps se joint à notre quatuor gênant sur le toit : l'instructeur de plongée, Nick, un type aux cheveux décolorés par le soleil, à la peau trop bronzée et aux dents d'un blanc éclatant, qui s'autodésigne comme « enfant de l'île » alors que je suis à peu près sûre qu'il est né en Idaho ou dans le Missouri.

– Qui a prévu de plonger et qui a prévu de s'en tenir au tuba ? nous demande-t-il.

Je jette un regard plein d'espoir en direction de Sophie et Billy de l'autre côté du pont – qui ont enfin décollé leurs visages l'un de l'autre, Dieu merci –, mais ils crient tous les deux avec enthousiasme « Plongée ! », donc je suppose que nous nous les coltinerons aussi sous l'eau.

Nous confirmons que nous comptons aussi plonger, et Ethan me soulève apparemment sans le moindre effort, grâce à ses bras remarquablement forts. Il me pose à distance raisonnable de lui et reste derrière moi. Quelques secondes s'écoulent avant qu'il ne semble se souvenir que nous devons rester en mode jeunes mariés tactiles, alors il croise les bras devant ma poitrine, en collant mon dos à son torse. Nous sommes tous les deux déjà poisseux à cause de la chaleur et le contact entre nos corps a un effet ventouse.

Je grogne :

– Dégoûtant. Tu transpires tellement.

Son avant-bras s'écrase contre mes seins. Je recule d'un pas et lui marche sur le pied.

– Oups, je mens. Désolée.

Il fait glisser son torse contre mon dos, de haut en bas, me contaminant intentionnellement avec sa sueur masculine.

C'est une plaie… donc pourquoi suis-je en train de résister à l'envie d'éclater de rire ?

Sophie se faufile jusqu'à lui.

– Tu as ta pièce porte-bonheur ? demande-t-elle.

Et j'aimerais être capable d'expliquer pourquoi un petit monstre de jalousie rugit dans ma poitrine. Elle est fiancée à quelqu'un d'autre. Ces petites plaisanteries et secrets de couple ne lui appartiennent plus.

Avant que je puisse dire quoi que ce soit, Ethan glisse son bras sur ma poitrine jusqu'à poser une main sur mon ventre et me serre étroitement contre lui.

– Je n'en ai plus besoin. Je l'ai, elle.

Sophie laisse échapper un « waouh » qui sonne vraiment faux et me dévisage. Et Seigneur, c'est un échange silencieux très pesant. Dans nos têtes, nous nous lançons dans un concours de danse. Elle me jauge du regard, en cherchant peut-être à comprendre comment Ethan a pu sortir avec elle puis m'épouser.

Je suppose que c'est elle qui a rompu, sinon il ne tiendrait pas autant à jouer la comédie avec moi. Et je me demande si la répugnance que je lis sur ses traits est due au fait qu'Ethan soit si facilement passé à autre chose ou qu'il soit passé à autre chose avec quelqu'un qui ne lui ressemble en rien.

Je me laisse aller contre lui dans une démonstration impulsive de solidarité et me demande s'il remarque que ses hanches se cambrent légèrement contre mon dos par réflexe : un coup de reins inconscient. Et j'ai beau tenter de me maîtriser, je suis toute chose.

Quelques secondes se sont écoulées depuis qu'il a suggéré que j'étais son porte-bonheur et il me semble qu'il est trop tard pour lui dire qu'en réalité, je suis l'opposé – qu'avec ma chance, je vais m'enfoncer une écharde dans le pied, saigner dans l'océan et attirer un banc de requins affamés.

– Vous êtes prêts à vous éclater ? demande Nick, me tirant de ma torpeur.

Sophie laisse échapper un cri enthousiaste digne d'un ex-membre de sororité :

– Oh que oui !

Puis elle tope dans la main de Billy. Je m'attends à ce qu'Ethan se sente forcé de lever le poing en l'air, donc je suis surprise de sentir ses lèvres se poser délicatement sur ma joue.

– Oh que oui ! murmure-t-il dans mon oreille en riant sous cape.

Nick nous équipe de combinaisons, nous fournit des palmes et des masques. Les masques couvrent seulement nos yeux et nos nez ; parce que nous irons plus profond que si nous plongions au tuba, on nous fournit aussi un embout pour la bouche connecté à une bouteille d'oxygène pour nous permettre de respirer. Cette dernière est installée sur un petit flotteur que nous tirerons à la surface tout en nageant. Chaque ensemble bouteille et flotteur alimente deux plongeurs donc, bien évidemment, Ethan et moi sommes mis ensemble d'office – ce qui signifie aussi que nous sommes totalement dépendants l'un de l'autre.

Lorsque nous glissons dans l'eau et que nous prenons possession de notre équipement de plongée, je vois Ethan scruter l'embout en tentant probablement d'estimer combien de personnes ont bavé dedans et quelle est la probabilité qu'il ait été lavé entre deux clients. Après m'avoir jeté un coup d'œil et s'être rendu compte de mon absence totale de compassion pour sa crise hygiénique, il prend une grande inspiration et le fourre dans sa bouche en adressant à Nick un signe ambivalent.

Nous nous emparons du flotteur qui porte notre réserve partagée d'oxygène. Après avoir échangé un dernier coup d'œil au-dessus de la surface de l'eau, nous plongeons, un peu désorientés de devoir respirer dans l'embout et de voir à travers la vitre de plexiglas. Et, selon notre habitude, nous commençons à nager dans des directions opposées. La tête d'Ethan remonte à la surface et il la secoue impatiemment, en indiquant dans quelle direction il veut aller.

J'abandonne et le laisse prendre toutes les initiatives. Sous l'eau, je suis immédiatement fascinée par tout ce qui nous entoure. Des poissons kihikihi noirs, jaunes et blancs nous entourent. Des poissons flûte envahissent notre champ de vision, agitant leurs écailles argentées et brillantes. Plus nous nous approchons des coraux et plus tout semble irréel. Les yeux écarquillés derrière son masque, Ethan me désigne un banc brillant de poissons soldats rougeoyants qui se mêlent à une masse d'exubérants chirurgiens jaunes. Les bulles jaillissent de son respirateur comme des confettis.

Je ne sais pas comment mais, soudain, je cesse de lutter pour nager plus vite et à l'instant d'après, la main d'Ethan prend la mienne, m'aidant à avancer vers un petit banc de o'ili à points gris. L'océan est si tranquille, je n'ai honnêtement jamais ressenti un tel calme muet, en apesanteur, et certainement pas en la présence d'Ethan. Bientôt, nous nageons dans une harmonie totale, nos palmes s'agitent paisiblement derrière nous. Il me montre ce qu'il voit ; je fais la même chose. Il n'y a pas de mots, pas de railleries. Je ne ressens plus le moindre désir de le frapper ou de lui arracher les yeux, je suis confrontée à une vérité déroutante : tenir sa main sous l'eau n'est pas seulement tolérable, c'est agréable.

De retour au bateau, nous émergeons trempés, le souffle court. L'adrénaline pulse dans mes veines – j'ai envie de dire à Ethan qu'on devrait faire ça tous les jours que nous passerons ici. Mais à l'instant où nous retirons nos masques et où nous sortons de l'eau, la réalité me revient en pleine figure. Nos regards se croisent et, quoi qu'il ait eu envie de dire lui aussi, ses paroles meurent dans sa gorge, exactement comme les miennes.

– C'était marrant, dis-je simplement.

– Ouais.

Il retire le haut de sa combinaison de plongée, la tend à Nick puis s'avance vers moi lorsqu'il me voit batailler avec ma fermeture Éclair. Je tremble parce qu'il fait frais, donc je le laisse m'aider. Je dois déployer d'immenses efforts pour ne pas remarquer à quel point ses mains sont grandes et avec quelle dextérité il parvient à décoincer ma fermeture Éclair.

– Merci. (Je me penche pour récupérer mes vêtements secs dans mon sac. Il ne me plaît pas. Pas du tout.) Où est-ce que je peux me changer ?

Nick grimace.

– Il n'y a qu'une cabine de toilettes et elle tend à être occupée en permanence sur le chemin du retour. Quand les cocktails pèsent sur la vessie. Si j'étais vous, j'irais tout de suite, vous pouvez entrer ensemble, bien sûr.

Je répète :

– En… semble ?

Mon regard est attiré en direction des marches qui mènent aux toilettes et je remarque que les gens ont déjà commencé à rassembler leurs affaires pour y aller.

– Rien que tu n'aies pas vu avant ! s'exclame Ethan avec un sourire malicieux.

Je lui envoie une milice de pensées nuisibles.

Mais il regrette bientôt d'avoir été si cavalier. Les toilettes ont la taille d'un placard à balais. Un placard à balais microscopique, au sol glissant. Nous nous marchons sur les pieds dans l'espace détrempé, en serrant nos vêtements contre nos poitrines. D'ici, on dirait que le bateau traverse une tempête ; nous sommes les victimes du roulis, si léger soit-il.

Il lance :

– Toi d'abord.

– Pourquoi moi d'abord ? *Tu* n'as qu'à commencer.

– Nous pouvons nous changer tous les deux et en finir, suggère-t-il. Reste face à la porte, je regarderai le mur.

J'entends le bruit mouillé de son maillot de bain au moment où je fais descendre mon bas de bikini sur mes jambes tremblantes. J'ai une conscience aiguë du fait que le cul d'Ethan est probablement à seulement quelques centimètres du mien. Une terreur pure me submerge lorsque j'imagine à quel point il serait mortifiant que nos culs froids et mouillés se touchent.

Un peu paniquée, je tâtonne pour récupérer ma serviette et glisse, le pied droit en avant, dans la flaque d'eau près du lavabo. Mon pied s'accroche sur quelque chose, Ethan crie de surprise et je réalise que ce *quelque chose* était son tibia. Sa main heurte brutalement le mur et il perd l'équilibre, lui aussi.

Je tombe sur le dos et Ethan m'atterrit dessus dans un bruit de clapotis. Si je ressens de la douleur, je suis trop distraite par le chaos pour y faire attention. Un atroce moment de silence s'abat sur nous lorsque nous réalisons tous les deux ce qui vient d'arriver : nous sommes complètement nus, mouillés et collants, un seul et même enchevêtrement de bras, de jambes et de *parties intimes*, dans le jeu de Twister le plus gênant jamais joué.

Je pousse un cri perçant :

– Oh Seigneur, bouge de là !

– Putain, Olive ? Tu m'as fait tomber !

Il tente de se lever mais le sol n'arrête pas de bouger, ce qui signifie qu'il retombe sur moi en se démenant pour retrouver l'équilibre. Une fois debout, il est clair que nous préférerions tous les deux mourir de mortification. Nous abandonnons toute stratégie pudique pour en finir au plus vite ; il nous est clairement impossible d'ignorer les éclairs de fesses, de seins et autres appendices de l'autre, mais au point où nous en sommes, ça n'a plus la moindre importance.

Ethan s'efforce d'enfiler un short propre, mais il lui faut à peu près quatre fois plus de temps pour y parvenir à cause de sa peau mouillée. Heureusement, il réussit l'opération habillage et se tourne, en appuyant son front contre le mur, les yeux fermés, tandis que je me débats avec mon soutien-gorge et mon tee-shirt.

– Je voulais que tu saches… je commence en parvenant finalement à me couvrir la poitrine. Je suis sûre qu'on te le dit souvent, mais c'était de loin la pire expérience sexuelle de ma vie.

– Je pense qu'on aurait dû se protéger.

Je me tourne pour être sûre de ce que j'ai entendu dans sa voix – encore un fou rire réprimé – et le surprends en train de sourire, le visage tourné vers le mur.

– Tu peux te retourner maintenant. Je suis visible.

– Vraiment ? Je ne sais pas si je devrais te croire.

Il se tourne, *rougit* et me sourit. C'est beaucoup d'un coup.

Je m'attends à une réaction agacée qui ne vient pas. À la place, le vrai sourire qu'il m'adresse me donne l'impression d'avoir reçu une prime.

– Tu n'as pas tort.

Il semble tout aussi surpris que je ne le rembarre pas et tend la main pour ouvrir la porte.

– J'ai mal au cœur. Sortons d'ici.

Nous émergeons des toilettes, le visage écarlate pour des raisons immédiatement mal interprétées par les autres passagers, Ethan reçoit un check de la part de deux inconnus. Il me suit jusqu'au bar, où je commande une margarita et lui une boisson au gingembre pour l'aider à calmer son mal de mer.

Un coup d'œil dans sa direction confirme qu'il ne plaisantait pas en disant qu'il avait mal au cœur, il est devenu vert. Nous trouvons des sièges à l'intérieur, à l'ombre mais près d'une fenêtre, et il se penche en avant et appuie son front contre la vitre, en tentant de respirer.

Je blâme ce moment précis, car il crée une minuscule fracture dans son rôle d'être malfaisant. Un être malfaisant ne montrerait pas de faiblesse et, bien évidemment, lorsque je tends la main pour lui frotter le dos, un être vraiment malfaisant ne se laisserait pas faire en grognant de soulagement. Il ne se décalerait pas pour que je puisse l'atteindre plus facilement et poserait encore moins sa tête sur mes genoux, en me fixant avec gratitude lorsque je plonge délicatement les doigts dans ses cheveux, pour le calmer.

Ethan et moi commençons à collectionner plus de bons que de mauvais moments ; la balance penche désormais dans une direction inconnue.

Et je crois que ça ne me déplaît pas.

Ce qui me met incroyablement mal à l'aise.

– Je te déteste toujours, j'affirme en repoussant une boucle noire sur son front.

Il acquiesce.

– Je sais bien.

CHAPITRE 9

Une fois de retour sur la terre ferme, ses couleurs lui reviennent, mais au lieu de tenter le diable – ou de risquer de devoir dîner avec Sophie et Billy – nous décidons de nous replier dans notre suite et de commander au room-service.

Même s'il dîne dans le salon et moi dans la chambre, je réalise quelque part, entre ma première bouchée de raviolis et mon quatrième épisode de *GLOW*, que j'aurais pu envoyer Ethan dans la suite et sortir de mon côté. J'aurais pu m'adonner à une centaine d'activités différentes sans même quitter l'enceinte de l'hôtel, et pourtant me voilà à une pièce de distance, parce qu'Ethan ne s'est pas senti bien aujourd'hui. Le point positif, c'est que je suis tout près s'il a besoin de quelqu'un.

Besoin de quelqu'un… comme *moi* ? Je suis tentée de me moquer de moi et de cette nouvelle sensibilité. Comment puis-je penser qu'Ethan fera appel à *moi* pour trouver du réconfort si nous ne sommes pas coincés sur un bateau. Il n'y songerait même pas et ce n'est pas la raison pour laquelle nous sommes ici, de toute manière !

Je commence à me morigéner jusqu'à sentir que mon cerveau va exploser : je me répète que je suis ici pour profiter de mes vacances et pas pour céder au charme de ce type. Après tout, il a seulement été à peu près amical avec moi dans ce paradis et jamais dans la vie réelle. Mais soudain, je me souviens de ce que j'ai ressenti sous l'eau au cratère, de la sensation de son torse contre mon dos sur le pont du bateau, de la douceur de ses cheveux entre mes doigts. Mon cœur se met à battre la chamade quand je repense à la manière dont sa respiration a commencé à se synchroniser avec le mouvement de mes ongles qui lui grattaient doucement le crâne.

Et puis j'éclate de rire en revoyant notre Twister impudique dans les Toilettes Maudites.

– Tu ris en repensant aux toilettes ? crie-t-il de l'autre pièce.

– Cette histoire me fera rire jusqu'à la fin des temps.

– Pareil.

Je me surprends à sourire en direction du salon et me rends compte que rester dans l'Équipe 1 Haïr-Ethan-Thomas ne vaut finalement peut-être pas la peine.

Le soleil se lève sur l'île, illuminant progressivement le ciel brumeux. Hier matin, l'humidité de la nuit s'est évaporée avec l'arrivée du soleil, mais pas aujourd'hui. Aujourd'hui, il pleut.

Il fait frais quand je me faufile hors de la chambre à la recherche d'un café. La suite est plongée dans l'obscurité, mais Ethan est réveillé. Il est affalé de toute sa longueur sur le canapé-lit, un gros livre ouvert devant lui. Il a la sagesse de ne pas m'adresser la parole avant que la caféine ait eu le temps de faire son chemin dans mon système.

Finalement, je m'avance dans le salon.

– Qu'as-tu prévu aujourd'hui ?

Je suis toujours en pyjama, mais je me sens déjà bien plus humaine.

– Exactement ce que je suis en train de faire. (Il referme son livre, le pose sur son torse. L'image est immédiatement classée dans mon encyclopédie personnelle comme une Posture d'Ethan dans la sous-catégorie Étonnamment Sexy.) Mais de préférence au bord de la piscine, une boisson alcoolisée à la main.

Nous plissons les yeux en même temps en direction de la fenêtre. De lourdes gouttes secouent les feuilles des palmiers et la pluie coule lentement sur la baie vitrée du balcon.

Je soupire :

– Moi qui voulais faire du paddle…

Il reprend son livre.

– Je ne le sens pas bien.

Ma réaction spontanée est de lui adresser un regard noir, mais il a déjà les yeux ailleurs. Je saisis le guide de l'hôtel sur le meuble TV. Il y a bien une activité envisageable malgré la pluie ; Ethan et moi sommes capables de passer du temps ensemble *dehors,* mais il va y avoir un bain de sang si nous restons enfermés toute la journée dans la suite.

Je saisis le téléphone et ouvre l'annuaire. Ethan s'approche de moi et parcourt la liste d'activités par-dessus mon épaule. Il me frôle soudainement, et une énorme bouffée de chaleur me submerge. À l'instant d'après, le voilà qui colle son épaule à mon épaule. Ma voix devient plus hésitante à mesure que je parcours la liste.

– Tyrolienne… hélicoptère… randonnée… sous-marin… kayak… quatre-quatre… tour de vélo…

Il m'arrête avant que j'arrive au suivant.

– Oh. Paintball.

Je le dévisage, le regard vide. Le paintball, pour moi, a toujours été l'activité de prédilection des mâles alpha débordants de testostérone et obsédés par les armes. Ce qui ne me semble pas être le cas d'Ethan.

– Tu as déjà joué au paintball ?

– Non, répond-il. Mais ça a l'air marrant. Ça ne peut pas être bien difficile, n'est-ce pas ?

– Attention à de ne pas tenter le diable, l'univers pourrait te le renvoyer à la figure, Ethan.

– L'univers n'a rien à faire de ma partie de paintball, *Olive*.

– Un jour, mon père m'a donné un pistolet lance-fusées quand je suis partie en voyage avec un ex-petit ami. Il s'est déclenché dans le pick-up et a mis le feu à nos bagages alors qu'on se baignait dans une rivière. Nous avons dû nous précipiter au *Walmart* le plus proche pour acheter des vêtements, parce que nous n'avions que nos maillots mouillés sur nous. C'était une petite ville, dont les habitants étaient assez angoissants pour mériter de figurer dans *Délivrance.* Je n'ai jamais eu autant l'impression d'être sur le point d'être dévorée que lorsque j'arpentais le magasin pour trouver des sous-vêtements.

Il m'examine pendant plusieurs longues secondes.

– Tu as beaucoup d'histoires comme ça, n'est-ce pas ?

– Tu n'as pas idée. (Je jette encore un coup d'œil à la fenêtre.) Mais sérieusement. S'il a plu toute la nuit, il y aura de la boue partout, non ?

Il s'appuie contre le comptoir.

– Donc, tu veux bien être recouverte de peinture, mais pas de boue ?

– Je crois que le but du jeu est de ne *pas* finir recouvert de peinture.

– Tu ne peux vraiment pas t'empêcher de me contredire, soupire-t-il. C'est tellement exaspérant.

– N'étais-*tu* pas en train de me corriger quand tu parlais de la peinture mais pas de la boue ?

Il grogne, mais je le vois réprimer un sourire. Je désigne l'autre côté de la pièce.

– Pourquoi tu n'ouvres pas le minibar pour trouver une échappatoire à ton exaspération ?

Ethan se penche en avant, s'approchant encore plus près de moi. Il sent incroyablement bon, ce qui est incroyablement énervant.

– Allons faire un paintball aujourd'hui.

Je continue à tourner les pages en secouant la tête.

– Tu rêves.

– Allez, m'amadoue-t-il. Tu pourras choisir l'activité suivante.

– Pourquoi aurais-tu envie de passer du temps avec moi ? On ne s'apprécie même pas.

Il sourit.

– Décidément, tu ne penses pas stratégie ! Tu vas avoir l'occasion de me tirer des balles de peinture dessus.

Un vidéo-montage du jeu se déroule dans ma tête : mon pistolet crachant un flot de balles de peinture vert Skittle, des éclaboussures vertes sur la veste d'Ethan. Et finalement, le coup de grâce, une impressionnante explosion verte juste au-dessus de l'aine.

– Tu sais quoi ? Je vais réserver tout de suite.

L'hôtel met à notre disposition un bus pour nous emmener jusqu'au terrain de paintball. Nous nous arrêtons sur le parking d'un hangar, entouré par la forêt. Il ne pleut pas vraiment – il s'agit plutôt d'une bruine régulière – et, oh ouais, il y a de la *boue.*

À l'intérieur, le bureau est minuscule et sent – vous l'aurez deviné – la crasse et la peinture. Un grand type blanc, en surpoids, nous accueille derrière le comptoir. Il porte une chemise hybride entre les fleurs hawaïennes et le camouflage, et son badge indique HOGG. Ethan et lui discutent des différentes options du jeu, mais j'écoute à peine. Au-dessus du comptoir, les murs sont couverts de casques et de protections corporelles, de lunettes et de gants. Une affiche accrochée à une porte dit : reste calme et recharge. Il y a aussi des pistolets, vraiment beaucoup de pistolets.

Ce n'est probablement pas le meilleur moment pour réaliser que je n'ai jamais tenu un pistolet de ma vie et encore moins appuyé sur une gâchette.

Hogg s'éloigne dans l'arrière-salle et Ethan se tourne vers moi. Il désigne le mur sur lequel sont placardés une liste de noms et un classement – les joueurs qui ont gagné une sorte de guerre de paintball.

– Ça a l'air assez intense.

Je désigne l'autre côté de la pièce et un poster qui dit : attention, me boules risquent de t'exploser au visage.

– Je crois que le mot que Hogg cherchait est « classe ». (Je ramasse un pistolet vide de paintball qui ressemble à une mitraillette.) Tu te souviens de cette scène de *Comment se débarrasser de son patron* où Jane Fonda est habillée dans le genre safari et arpente le bureau à la recherche de M. Hart ?

– Non, répond Ethan en inclinant la tête en direction de l'équipement sur le mur, adorablement distrait. Pourquoi ?

Je lui souris lorsqu'il tourne le regard vers moi.

– Sans raison particulière. (Je désigne le mur) : As-tu déjà tiré au pistolet dans ta vie ?

Le Minnesota compte pas mal d'adeptes du tir sportif et, qui sait, Ethan est peut-être l'un d'entre eux.

Il acquiesce sans ajouter un mot et, soudain, mon cerveau est envahi d'images, toutes plus folles les unes que les autres. Une tête de zèbre empaillée décorant son salon. Ou un lion. Seigneur, et s'il était l'une de ces horribles personnes qui vont chasser le rhinocéros en Afrique ?

Ma haine, quand j'envisage cette version d'Ethan Thomas, commence à retrouver toute sa gloire brûlante jusqu'à ce qu'il précise :

– J'ai juste accompagné Dane au stand de tir deux fois. C'est plus son truc que le mien. (Il marque un temps d'arrêt en voyant mon expression.) Quoi ?

Je prends une grande inspiration et remplis mes poumons d'oxygène en réalisant que je viens de faire ce que je fais apparemment toujours, c'est-à-dire opter pour le pire scénario possible.

– Avant que tu clarifies, j'ai eu une image de toi avec un chapeau de safari et un pied posé sur un cadavre de girafe.

– Arrête, me coupe-t-il. C'est dégoûtant.

Je hausse les épaules en grimaçant.

– C'est ma manière de penser.

– Alors, apprends à me connaître. Accorde-moi le bénéfice du doute.

Il prononce ces mots calmement, de manière désinvolte, puis fronce les sourcils en lisant l'inscription sur une ceinture posée sur le comptoir, *La première règle de sécurité avec les armes à feu : Ne pas me faire chier.*

Mais je suis toujours sous le choc de sa perspicacité – du coup, je me sens encore plus exposée – lorsque Hogg revient, ses bras épais croulant sous le matériel. Il nous tend à tous les deux des combinaisons et des gants à motifs camouflage, un casque et une paire de lunettes de protection. Le fusil est en plastique, il est vraiment très léger, avec un long canon et un réservoir en plastique fixé au sommet, où se trouvent les balles de paintball. Mais tout le reste de l'équipement est lourd. J'essaie de m'imaginer en train de courir avec tout cet attirail, en vain.

Ethan inspecte son équipement et pose un coude sur le comptoir.

– Avez-vous des, euh, protections ?

– Protections ?

Le sommet des oreilles d'Ethan rougit, ce qui me donne la certitude qu'il a lu dans mes pensées et qu'il a vu les éclaboussures vertes imaginaires tout autour de son entrejambe. Il adresse à Hogg un regard lourd de sens, mais Hogg se contente de secouer la tête en riant.

– Ne t'inquiète pas pour ça, mon petit gars. Tout va bien se passer.

Je lui tapote l'épaule.

– Ouais, mon petit gars. Je m'occupe de toi.

La partie se déroule sur vingt hectares de forêt dense. Des douzaines de refuges en bois longent les arbres, des tas de bûches sont éparpillés un peu partout pour permettre aux adversaires de se mettre à l'abri, et quelques ponts s'étendent au-dessus de nos têtes, reliant les arbres entre eux. On nous demande de nous rassembler en groupes, avec les autres joueurs, sous un auvent de tôle. La pluie ressemble plus à un brouillard qu'à des gouttelettes maintenant, mais le fond de l'air humide est frais, et je frissonne sous ma combinaison.

Ethan me jette un coup d'œil et ses yeux se plissent derrière ses lunettes, rieurs. Il n'a pas cessé de s'esclaffer depuis que je suis sortie de la cabine en tenue de paintball.

– On dirait que tu sors d'un dessin animé.

Je rétorque :

– Je te rassure, c'est aussi super-flatteur sur toi.

Mais c'était une repartie un peu nulle dans la mesure où l'attirail militaire lui va à merveille. Il s'est transformé en soldat sexy. Je n'aurais jamais cru que ça pouvait me plaire, mais apparemment si.

– Elmer Fudd, ajoute-t-il. Qui part à la chasse au lapin.

– Tu veux bien te taire ?

– Tu ressembles à un soldat Benjamin pathétique.

– Soldat Benjamin est déjà assez pathétique.

Ethan jubile.

– Je sais !

Béni soit-il : notre instructeur, Bob, s'approche de nous. Il est petit mais râblé et fait les cent pas devant notre groupe comme un général préparant ses troupes. Son attitude me donne immédiatement l'impression que Bob voulait devenir policier mais que cela n'a pas fonctionné.

Il nous explique que nous jouerons une version de paintball appelée *rencontre de la mort.* Cela semble à la fois génial et terrible : notre groupe d'une vingtaine de personnes est réparti en deux équipes et, en gros, nous allons courir dans tous les sens en nous tirant dessus jusqu'à ce que tous les membres d'une équipe soient éliminés.

– Chaque joueur dispose de cinq vies, poursuit-il en jetant des regards sévères à tout le monde. Chaque fois que vous serez touché, vous verrouillerez le lanceur, vous boucherez le canon et retournerez au camp. (Il désigne un petit bâtiment entouré de grillages protecteurs ; un écriteau sur lequel a été rédigé CAMP DE BASE pend en l'air). Vous y resterez jusqu'à ce que votre temps d'attente se soit écoulé, puis vous retournerez à la partie.

Ethan se penche et son haleine chaude me chatouille l'oreille :

– Tu ne m'en voudras pas de t'éliminer directement, n'est-ce pas ?

Je lève les yeux vers lui. Ses cheveux sont mouillés à cause de l'humidité, et il retient un sourire. Il se mord littéralement les lèvres et, pendant un trouble instant, j'ai envie de toucher sa bouche.

Mais je suis surtout ravie qu'il ne suppose pas que nous ferons équipe aujourd'hui.

– Oh, quelle terrible menace !

– Vous devrez respecter des règles strictes, continue Bob. Priorité à la sécurité. Si vous pensez que c'est stupide, arrêtez-vous là. Vous devez toujours garder vos lunettes. Si vous n'utilisez pas votre fusil, il doit être verrouillé et le canon bouché. La règle s'applique si on vous a touché et que vous sortez du terrain.

Quelqu'un frappe dans ses mains juste derrière moi et je regarde par-dessus mon épaule. Un homme chauve, grand et massif, hoche la tête à chaque nouvelle recommandation de l'instructeur. On dirait qu'il vibre d'impatience. Il est aussi torse nu ce qui semble… *étrange*, et il porte une ceinture porte-outils avec des cartouches supplémentaires de peinture et autres fournitures. J'échange un regard perplexe avec Ethan.

– Vous avez déjà joué au paintball, je suppose, déduit Ethan.

– Aussi souvent que je peux, lance l'homme avant de se présenter : Clancy.

Il tend la main pour serrer celle d'Ethan.

– Ethan. (Il me dévisage et j'agite la main.) Elle s'appelle Skittle.

– En réalité, dis-je en le fusillant du regard, c'est…

– Vous devez être assez fort alors, conclut Ethan.

Clancy croise ses bras poilus devant sa poitrine.

– J'ai atteint le niveau prestige dans *Call of Duty* environ vingt fois, donc je vous laisse juger.

Je n'arrive pas à résister.

– Si je peux me permettre, pourquoi restez-vous torse nu ? Cela ne fait pas mal quand on vous touche ?

– La douleur fait partie de l'expérience, explique Clancy.

Ethan acquiesce comme si c'était logique, mais je le connais assez bien maintenant pour distinguer l'amusement dans son regard.

Je reprends :

– Des recommandations pour les débutants ?

Clancy est clairement ravi que je lui aie posé la question.

– Utilisez les arbres – c'est mieux que les surfaces planes parce que vous pouvez tourner autour discrètement. Lorsque vous faites le guet, restez toujours penché. (Il illustre ses propos en se courbant et en se redressant plusieurs fois.) Protégez le reste de votre corps. Si vous ne le faites pas, vous apprendrez ce qu'on ressent en recevant une balle de peinture dans les biscuits à 300 km/h. (Il m'adresse un clin d'œil.) Avec tout le respect que je vous dois, Skittle.

J'esquisse un geste vague de la main.

– Personne n'aime être frappé dans les biscuits.

Il acquiesce avant de continuer.

– Plus important encore, ne vous jetez à terre sous *aucun* prétexte. Si vous touchez le sol, vous êtes mort.

Les gens autour de nous applaudissent alors que Bob termine son discours et commence à nous répartir en deux équipes. Ethan et moi sommes un peu déçus d'être tous les deux mis dans l'équipe Tonnerre. Ce qui signifie, tristement, que je ne le traquerai pas dans la forêt. Son désarroi augmente lorsqu'il voit l'équipe adverse : une poignée d'adultes et un groupe de sept adolescents de quatorze ans venus pour un anniversaire.

– Attendez, s'écrie Ethan en les désignant. Nous n'allons quand même pas tirer sur des *gamins*.

L'un d'entre eux, des bagues aux dents et la casquette à l'envers, avance d'un pas.

– Qui est-ce que tu traites de gamin ? Tu as peur, papi ?

Ethan sourit, détendu.

– Si ta mère t'a déposé ici, alors tu es un gamin.

Son ami ricane un peu plus loin en l'encourageant.

– En fait, c'est *ta* mère qui m'a déposé ici. Elle m'a touché la bite sur la banquette arrière.

En écoutant ça, Ethan éclate d'un grand rire :

– Ouais, c'est tout à fait le style de BarbaraThomas.

Il se tourne.

– Regarde comme il se défile comme une petite lavette, s'exclame le gamin.

Bob s'en mêle et jette un regard désapprobateur à l'adolescent.

– Surveille tes paroles. (Il se tourne vers Ethan.) Réserve ça pour le jeu.

– Je crois que Bob vient de me donner la permission d'éliminer ce petit connard, marmonne Ethan, médusé, en baissant ses lunettes.

– Ethan, il est maigrichon, je renchéris.

– Ce qui signifie que je ne gaspillerai pas beaucoup de munitions sur lui.

Je pose une main sur son bras.

– Tu prends peut-être ce match un peu trop au sérieux.

Il me sourit et m'adresse un clin d'œil pour me faire comprendre qu'il plaisante. Quelque chose se met à palpiter dans ma cage thoracique. L'Ethan Joueur est la dernière évolution de mon partenaire de voyage et je suis complètement séduite.

***

– Je crois que j'aurais dû prêter un peu plus d'attention aux règles. (Ethan halète à côté de moi, couvert de boue et de peinture violette. Moi aussi. Alerte spoiler : le paintball, ça fait mal, putain !) Y a-t-il une limite de temps pour ce jeu ?

Il sort son téléphone et commence à chercher sur Google, en grognant parce qu'il n'y a presque pas de réseau.

J'appuie la tête contre l'abri en bois et plisse les yeux en direction du ciel. Le plan de notre équipe était de nous répartir sur le terrain et de nous cacher près des bunkers tandis que quelques défenseurs restaient en territoire neutre et couvraient la progression des attaquants. Je ne sais pas exactement quand notre plan est tombé à l'eau, mais à un certain stade, nous avons lancé une embuscade peu judicieuse et seuls quatre d'entre nous sommes encore de la partie. L'intégralité des membres de l'équipe adverse – dont les adolescents vulgaires – est encore en lice.

Maintenant, Ethan et moi sommes coincés derrière un mur décrépit, traqués de toutes parts par des enfants bien plus féroces que nous aurions pu seulement imaginer.

Je demande :

– Sont-ils toujours là ?

Ethan se relève pour regarder par-dessus la barricade et se rassoit immédiatement.

– Ouais.

– Combien ?

– J'en ai vu seulement deux. Je ne crois pas qu'ils sachent où nous sommes.

Il rampe, à l'affût, avant d'abandonner rapidement.

– L'un d'eux est assez loin, l'autre surveille le pont. Je pense qu'on ferait mieux d'attendre. Quelqu'un viendra et attirera l'attention de l'éclaireur tôt ou tard, et nous pourrons courir pour atteindre les arbres là-bas.

Quelques secondes s'écoulent, émaillées par des cris lointains et d'occasionnelles explosions de peinture. La situation pourrait difficilement être plus surréaliste. Je n'arrive pas à croire que je m'amuse autant.

Je propose :

– On devrait peut-être essayer de les semer. (La perspective de recevoir plus de balles de peinture dans les fesses ne me met pas en joie, mais notre cachette est froide et humide et je commence à avoir des crampes aux cuisses.) Nous arriverons peut-être à nous échapper. Ça me surprend, mais tu n'es pas si nul.

Il me jette un coup d'œil avant de scruter la forêt.

– Tu as l'agilité d'un rocher. On ferait mieux de ne pas bouger.

Je tends la main pour le frapper, ravie quand il laisse échapper un cri de douleur feinte.

Parce que nous sommes tapis ici pour rester hors de la vue d'un groupe de garçons pubères et agressifs, je suis tentée d'engager la conversation, mais j'hésite. Ai-je *vraiment* envie d'apprendre à connaître Ethan ? Avant, j'estimais que j'en savais suffisamment long à son sujet, c'est un type qui passe sa vie à juger les autres et qui a une dent contre les filles qui mangent des produits riches en calories dans des foires d'État. Mais j'ai aussi appris que :

1. Il a un job en rapport avec les maths.
2. Autant que je sache, il a eu une seule copine depuis que je l'ai rencontré il y a deux ans et demi.

3. C'est un expert en froncement de sourcils (mais il a aussi un très beau sourire).

4. Il insiste sur le fait qu'il n'a pas de problème à partager sa nourriture mais qu'il ne mange juste jamais dans les buffets.

5. Il emmène souvent son jeune frère vivre des voyages aventureux hors de prix.

D'autres éléments de la liste s'immiscent dans mes pensées comme des parasites.

1. Il est vraiment hilarant.
2. Il a le mal de mer.
3. Il semble être tout en muscles ; ce qui doit confirmer d'une manière ou d'une autre qu'il a de vrais organes sous la peau.
4. Il est compétitif, mais sans excès.
5. Il peut être excessivement charmant quand se profile l'appât d'un matelas confortable.
6. Il pense que *je suis toujours en beauté.*
7. Il se souvient du tee-shirt que je portais la troisième fois que nous nous sommes vus.
8. D'après ce que je sais, il cache un pénis intéressant dans son pantalon.

Pourquoi suis-je en train de penser au pénis d'Ethan ? Vraiment dégoûtant.

Évidemment, je suis arrivée ici avec ce que je croyais être une idée assez claire de qui il est, mais je dois admettre que mes préjugés sont en train de s'émietter.

– Eh bien, comme nous avons du temps à tuer, je lance en m'asseyant au lieu de rester accroupie. Puis-je te poser une question totalement personnelle et indiscrète ?

Il se frotte la jambe.

– Si ça signifie que tu ne me frapperas plus, alors oui.

– Qu'est-ce qui s'est passé entre Sophie et toi ? Aussi, comment se fait-il que vous soyez sortis ensemble ? Elle est très… euh, *90210 Beverly Hills, Nouvelle génération.* Et tu sembles plus… euh… *The Big Bang Theory.*

Ethan ferme les yeux et se penche pour regarder au-delà de la barricade.

– On devrait peut-être essayer de courir pour voir…

Je le tire en arrière.

– Il nous reste seulement une vie à chacun et je t'utiliserai comme bouclier humain si nous courons. Parle.

Il prend une grande inspiration puis soupire longuement.

– Nous sommes restés ensemble environ deux ans. Je vivais à Chicago à ce moment-là, je ne sais pas si tu te souviens, et je suis venu rendre visite à Dane. J'ai fait un saut à son bureau, elle travaillait dans le même bâtiment. Je l'ai vue sur le parking.

Elle a fait tomber un carton plein de documents et je l'ai aidée à les ramasser.

– On dirait le début incroyablement cliché d'un film.

Il me surprend en éclatant de rire.

– Et tu as déménagé ? Juste comme ça ?

– Pas « juste comme ça ». (Il essuie la boue de son visage d'une main et j'apprécie ce geste, parce que c'est clairement une preuve de vulnérabilité plus que de vanité. Je prends soudain conscience que c'est la première fois que je *parle* vraiment à Ethan.) J'ai pris cette décision après quelques mois, parce qu'on m'avait offert un poste là-bas depuis un moment. Une fois de retour à Minneapolis, nous avons décidé, tu sais, pourquoi pas ? Il nous a semblé logique de nous installer ensemble.

Je referme les lèvres quand je me rends compte que je suis restée bouche bée.

– *Waouh.* Il me faut plusieurs mois pour décider si j'aime suffisamment un nouveau shampoing pour continuer à l'utiliser.

Ethan éclate de rire, mais ce n'est pas un rire particulièrement heureux et ma poitrine se serre.

– Que s'est-il passé ?

– Elle ne m'a pas trompé, pas que je sache du moins. Nous nous sommes installés dans un appartement à Loring Park et tout se passait bien. *Vraiment* bien. (Il croise mon regard pendant un court instant, comme pour s'assurer que je le crois.) J'allais lui faire ma demande le 4-Juillet.

Je lève un sourcil interrogateur à cause de la date spécifique et il se gratte le cou, gêné.

– Je pensais que ça pouvait être sympa à cause des feux d'artifice.

– Ah, tu as sorti le grand jeu ? Je n'aurais pas imaginé que ce soit ton genre.

Il rit en grognant.

– Je suis allé jusqu'au bout, si c'est ce que tu es en train de te demander. Un ami avait organisé un barbecue et nous sommes allés chez lui. Nous avons passé un moment là-bas puis je l'ai emmenée sur le toit et je lui ai demandé sa main. Elle a pleuré et nous nous sommes enlacés, mais je me suis rendu compte seulement plus tard qu'elle n'avait jamais prononcé le mot oui. Ensuite, nous sommes retournés à l'intérieur et nous l'avons aidé à ranger. Sophie m'a dit qu'elle ne se sentait pas bien et qu'elle me retrouverait à la maison. Quand je suis arrivé, elle avait disparu.

– Attends, tu veux dire *disparu disparu* ?

Il hoche la tête.

– Ouaip. Toutes ses affaires avaient disparu. Elle avait fait ses valises et m'avait laissé un mot sur le tableau effaçable de la cuisine.

Je fronce les sourcils.

– Un *tableau effaçable* ?

– « Je ne crois pas qu'on devrait se marier. Désolée. » C'est ce qu'elle avait écrit. *Désolée.* Comme si elle me disait qu'elle avait taché ma chemise préférée avec de la sauce tomate. Tu sais que j'ai nettoyé ce tableau cent fois et que ces maudits mots ne se sont jamais effacés ? Et je ne le dis pas de manière métaphorique. Elle a utilisé un Sharpie, pas un marqueur effaçable, ils étaient donc indélébiles.

– Waouh. C'est horrible. Tu sais qu'il est possible de se débarrasser de mots écrits au marqueur indélébile en repassant dessus avec un marqueur effaçable ? Même si ce n'est peut-être plus particulièrement utile maintenant…

Il cligne des yeux.

– Je m'en souviendrai pour la prochaine fois.

– Je n'arrive pas à croire que tu aies fait une chose aussi romantique et qu'elle t'ait répondu sur un tableau blanc. Seigneur, sans vouloir t'offenser, Sophie est une vraie garce.

Cette fois, son rire est plus fort, plus léger et ses yeux pétillent à nouveau.

– Je ne le prends pas mal. Elle a agi comme une garce même si, finalement, je suis content qu'elle l'ait fait. Je pensais qu'on était heureux, mais en réalité, notre relation était seulement une relation de surface. Je ne pense pas que ça aurait fonctionné beaucoup plus longtemps. (Il marque une pause). Je crois que je voulais me poser, avant toute chose peut-être. Je crois que j'ai sorti le grand jeu à la mauvaise personne. Je réalise que j'ai besoin de quelqu'un à qui je peux parler. Elle était plutôt du genre superficiel.

Ça ne colle pas tout à fait à l'image de jet-setteur intrépide que j'ai de lui mais une fois encore, le voir agrippé aux accoudoirs dans l'avion n'y correspondait pas non plus. Maintenant, j'ai de nouvelles informations sur Ethan à ajouter à la liste.

1. Il ne sait pas que Google regorge de conseils en matière de nettoyage.
2. Il pratique l'introspection.
3. Même s'il le nierait probablement, c'est un romantique.

Ethan possède-t-il deux facettes opposées ? Ou est-ce que je n'ai jamais creusé au-delà de ce que Dane et Ami me racontaient sur lui depuis tout ce temps ?

Je me souviens de la manière dont il s'est figé lorsqu'il a vu Sophie sur le chemin du retour vers l'hôtel et demande :

– Vous étiez-vous revus depuis ? Avant…

– Avant le dîner avec Charlie et Molly ? Non. Elle vit toujours à Minneapolis. Je le sais. Mais je ne l'ai jamais croisée. Et j'ignorais complètement qu'elle était fiancée.

– Qu'est-ce que ça te fait ?

Il tapote une branche de bois et son regard se perd au loin.

– Je ne sais pas. Tu sais ce que j'ai réalisé sur le bateau ? Nous avons rompu en juillet. Elle a dit qu'ils s'étaient rencontrés alors qu'il rangeait des fournitures scolaires. En août ? Peut-être en septembre ? Elle a attendu un mois. J'étais une telle épave ensuite, vraiment. Je crois que quelque part je pensais que nous allions nous remettre ensemble jusqu'à ce que je tombe sur elle à l'hôtel et que je comprenne tout d'un coup que je délirais complètement.

– Je suis désolée, dis-je simplement.

Il acquiesce en souriant en direction de la forêt.

– Merci. C'était dur, mais je vais mieux maintenant.

Mieux maintenant ne signifie pas nécessairement être *passé à autre chose,* mais des tirs dans les airs m'empêchent de demander confirmation. Ils tombent très près de nous. Nous sursautons tous les deux et Ethan se hisse en l'air pour évaluer la situation tandis que je chancelle en me levant à côté de lui.

– Qu'est-ce qui se passe ?

– Je ne sais pas…

Il reste à l'affût derrière l'enceinte protectrice, un doigt sur la gâchette.

J'attrape mon propre fusil et mon cœur bat dans mes tempes. Ce n'est qu'un jeu et je pourrais techniquement me rendre n'importe quand, mais mon corps ne semble pas être conscient que ce n'est pas réel.

– Combien de cartouches te reste-t-il ?

J'ai été un peu trop enthousiaste avec la gâchette au début de la partie, tirant au hasard sans chercher à viser réellement. Mon fusil est léger.

– Pas beaucoup. (Je jette un coup d'œil dans le réservoir où quatre balles jaunes s'entrechoquent.) Quatre.

Ethan ouvre son réservoir et laisse tomber deux cartouches supplémentaires dans le mien. Des pas martèlent la terre. C'est Clancy, toujours torse nu, ressemblant à un nuage de peau colorée et pâteuse. Il tire une balle et se replie derrière un arbre.

– Fuyez ! hurle-t-il.

Ethan m'attrape par la manche pour m'éloigner du mur et désigne la forêt.

– Vas-y !

Je pars en sprintant, mes pieds s'enfoncent dans la terre meuble. Je ne sais pas s'il est derrière moi, mais j'accélère pour me mettre à l'abri derrière un arbre et m'accroupis. Ethan s'arrête au milieu de la clairière et se retourne. Un joueur isolé erre.

– C'est le sale gosse, murmure-t-il en souriant. Regarde-le, tout seul. Il fait moins le malin.

J'observe la forêt autour de nous, mal à l'aise.

– Il attend peut-être quelqu'un.

– Ou bien il est perdu. Les gamins sont bêtes.

– Mon cousin de dix ans a construit un chat robot avec du chewing-gum, des vis et une cannette de Coca-Cola. Les gamins actuels sont bien plus intelligents que nous ne l'étions. Allons-y !

Ethan secoue la tête.

– Commençons par l'éliminer. Il lui reste seulement une vie.

– Il *nous* reste seulement une vie.

– C'est un jeu, le but, c'est de gagner.

– Nous allons devoir rester assis pendant tout le trajet du retour. Mon cul plein de bleus n'a rien à faire de la victoire.

– On n'a qu'à attendre deux minutes. Si on ne peut pas viser, on partira en courant.

J'accepte à contrecœur et Ethan me fait signe de couper par les arbres et de le surprendre de l'autre côté. Je le suis de près, en regardant autour de moi et en tentant d'être la plus discrète possible. Mais Ethan a raison, il n'y a personne à l'horizon.

Lorsque nous atteignons la lisière de la petite clairière, le gamin est toujours là, tranquille, occupé à repousser des branches avec son fusil. Ethan se penche pour me murmurer à l'oreille :

– Il a ses écouteurs, putain. Il faut être bien arrogant pour écouter de la musique au milieu d'une zone de guerre, non ?

Je recule pour voir son visage.

– Tu es vraiment en train de passer un bon moment, n'est-ce pas ?

Son sourire est sincère.

– Oh ouais !

Ethan lève son fusil en avançant à couvert à côté de moi.

Nous sommes à deux pas de la clairière lorsque le gamin lève les yeux avec un rictus sournois, dévoilant son appareil dentaire. Il nous fait un doigt d'honneur et c'est seulement à ce moment- là que je réalise que c'était un piège. Nous ne nous tournons pas à temps pour voir son ami nous surprendre par-derrière, mais à l'instant d'après, mon cul est entièrement violet.

– Je n'arrive pas à croire qu'il nous ait fait un doigt d'honneur avant que son pote ne nous tire dessus, grommelle Ethan. Petit connard arrogant.

Nous sommes dans la salle de relaxation du spa de l'hôtel et nous attendons qu'on nous appelle, enveloppés de peignoirs blancs identiques. Nous avons tous les deux tellement de courbatures que nous ne rechignons même pas à la perspective de ce qu'implique la partie *couple* d'un massage de couple : être nus et enduits d'huile dans la même pièce, ensemble.

La porte s'ouvre et une dame souriante aux cheveux noirs entre. Nous la suivons dans un couloir faiblement éclairé jusqu'à une pièce qui l'est encore moins. Un jacuzzi intégré dans le sol bouillonne au centre, une vapeur attrayante s'en échappe.

Je croise le regard d'Ethan avant de détourner les yeux. Je m'agrippe à mon peignoir, consciente que je ne porte pas de sous-vêtements. Je pensais qu'on se dirigeait droit vers les tables de massage, et que nous ne devrions endurer que quelques rapides moments de manœuvres gênantes au moment de nous glisser sous nos draps respectifs.

Je lance :

– Je pensais qu'on avait seulement réservé des massages ?

– Votre offre inclut un moment de relaxation dans le bain à remous, ensuite les masseurs vous accueilleront. (Sa voix est douce et calme.) Avez-vous besoin d'autre chose, Monsieur et Madame Thomas ?

Instinctivement, j'ouvre la bouche pour la corriger, mais Ethan me devance.

– Je pense que ça ira, répond-il en lui offrant son sourire le plus lumineux. Merci.

– Profitez bien.

Elle s'incline, puis referme doucement la porte derrière elle.

Le jacuzzi gargouille entre nous.

Son sourire s'évanouit et il lève les yeux vers moi, maussade.

– Je ne porte rien là-dessous.

Il désigne la ceinture de son peignoir et ajoute :

– Je suppose que tu es tout aussi…

– Ouaip.

Il considère l'eau fumante et son désir devient presque palpable.

– Écoute, dit-il au bout d'un moment, fais ce que tu veux, mais je suis à peine capable de marcher. Je vais entrer dans l'eau.

Il termine tout juste sa phrase qu'il tire sur le nœud et je distingue un éclair de torse nu. Je me retourne brusquement, soudain très intéressée par la table de friandises et de bouteilles d'eau contre le mur. J'entends des bruits de pas et le froissement du tissu qui tombe par terre avant qu'il ne gémisse de sa voix grave :

– Bordeeeeel. (Cette exclamation ressemble à un diapason et un frisson remonte dans mon dos.) Olivier, tu dois tester ça.

Je récupère un petit bol de fruits secs et grignote.

– Sans façon.

– Nous sommes deux adultes et on ne voit rien. Regarde.

Je me tourne et jette un regard réticent par-dessus mon épaule. Il a raison, l'eau bouillonnante lui arrive au niveau des épaules, mais c'est quand même un problème. Qui aurait pu deviner que je serais aussi attirée par des clavicules ? Un sourire étire sa bouche et il se met à l'aise, en étirant les bras sur le côté et en soupirant d'un air théâtral.

– Seigneur, c'est incroyable.

Tous mes muscles douloureux et mes hématomes gémissent en réponse. La vapeur prend la forme de doigts qui me font signe de m'approcher. Les bulles, les jets et la senteur subtile de la lavande sont omniprésents.

Des clavicules nues.

– *OK*, dis-je. Ferme les yeux. (Il s'exécute, mais je parie qu'il arrive quand même à voir.) Cache-les avec tes mains. (Il pose une main sur ses yeux en souriant.) Les *deux* mains.

Une fois assurée qu'il ne voit rien, je me débats pour retirer mon peignoir.

– Quand j'ai dit oui à cette lune de miel, j'ignorais qu'elle impliquerait autant de nudité.

Ethan rit derrière ses mains et je plonge un pied dans l'eau. La chaleur m'enveloppe – c'est presque trop chaud – et je siffle en plongeant plus profondément dans les bulles. La sensation est irréelle, les remous me massent tout le corps.

Je laisse échapper un soupir tremblant.

– Oh mon Dieu, c'est tellement bon.

Ethan se redresse.

– Tu peux regarder. Je suis visible.

Il baisse les mains, circonspect.

– C'est sujet à débat.

Des jets me massent les épaules et les plantes de pieds. Ma tête s'affaisse sur le côté.

– C'est tellement agréable que je me fiche complètement de ce que tu dis.

– Eh bien alors, je regrette de ne pas avoir l'énergie nécessaire pour dire quelque chose de très intelligent.

Je laisse échapper un ricanement. J'ai l'impression d'être ivre.

– Je suis tellement heureuse d'être allergique aux fruits de mer.

Ethan se laisse couler dans l'eau.

– Je sais qu'on en paie le prix, mais t'es-tu amusée aujourd'hui ?

C'est peut-être parce que l'eau chaude a transformé mes bleus et mes muscles douloureux en gelée, mais je dois admettre que oui.

– Même en considérant que j'ai été obligée de jeter mes baskets préférées et que je peux à peine m'asseoir ? Ouais, je me suis amusée. Et toi ?

– Oui. En réalité, en dehors de Sophie, ces vacances ne sont pas si terribles.

Je lui jette un coup d'œil.

– Waouh, n'y va pas trop fort avec les compliments !

– Tu sais ce que je veux dire. Je pensais que j'allais rester tout seul au bord de la piscine, trop manger et rentrer chez moi bronzé. Je pensais que je te *tolérerais*.

– J'ai l'impression que je devrais me sentir offensée, mais… pareil, en fait.

– Voilà pourquoi j'hallucine tellement de me retrouver *ici*.

Ethan nous désigne avant d'attraper deux bouteilles d'eau sur le bord du bain à remous. Mes yeux suivent le mouvement, la manière dont les muscles de son dos se regroupent puis s'étirent, la manière dont les gouttes d'eau roulent sur sa peau. Tellement de peau.

– Seigneur, ta sœur paniquerait si elle nous voyait maintenant.

Je cligne des yeux en tendant la main vers la bouteille qu'il me tend.

– Ma sœur ?

– Ouais.

– Ma sœur pense que tu es cool.

– Elle… vraiment ?

– Ouais. Elle a du mal à supporter tous les voyages que vous organisez, Dane et toi, mais elle ne comprend pas ma « haine d'Ethan ».

– Hein ? fait-il en considérant ce que je viens de dire.

– Mais ne t'inquiète pas, je ne lui dirai pas que j'ai apprécié de brefs instants en ta compagnie. Une Ami contente d'elle-même est la pire Ami.

– Tu ne crois pas qu'elle s'en rendra compte ? N'avez-vous pas une relation télépathique de jumelles ou quelque chose comme ça ?

Je ris en ouvrant ma bouteille d'eau.

– Désolée de te décevoir, mais non.

– Qu'est-ce que ça fait d'avoir une jumelle ?

– Qu'est-ce que ça fait de ne *pas* avoir de jumeau ? je réplique, et il rit.

– Un point pour toi.

Ethan doit avoir chaud parce qu'il glisse vers un autre banc dans le jacuzzi, un peu plus haut, exposant davantage de peau à l'air libre.

Le problème, voyez-vous, c'est qu'il y a aussi plus de peau face à moi.

Beaucoup plus.

Je vois des épaules, des clavicules, une partie du torse… et lorsqu'il tend la main pour retirer les cheveux de son front, je distingue plusieurs centimètres d'abdominaux sous ses tétons.

– Avez-vous toutes les deux toujours été aussi…

Ethan ne finit pas sa phrase et agite une main paresseuse comme si je savais ce qu'il me demandait.

Et c'est le cas.

– Différentes ? Ouais. D'après ma mère, depuis que nous sommes bébés. Et tant mieux parce qu'essayer de rivaliser avec Ami m'aurait rendue folle.

– C'est un sacré numéro. Ça te semble bizarre qu'elle se soit mariée ?

– C'est différent depuis qu'elle a rencontré Dane, mais ça allait forcément arriver, tu sais ? La vie d'Ami se déroule selon un ordre logique. C'est moi qui suis coincée quelque part.

– Mais c'est sur le point de changer. Ça doit être excitant.

– Oui.

Il est étrange d'aborder ces sujets avec Ethan, mais sa question semble sincère, tout comme son intérêt. Il veut me faire parler, me poser des questions.

– Tu sais, je ne crois pas savoir ce que tu fais dans la vie. Quelque chose en relation avec les maths ? Tu t'es pointé à l'anniversaire d'Ami en costume-cravate, mais je pouvais aussi bien parier que tu venais d'expulser des orphelins hors du pays ou que tu provoquais des banqueroutes dans de petites boutiques familiales.

Ethan lève les yeux au ciel.

– Je travaille dans le planning stratégique pour une entreprise de recherche sur l'identification digitale.

– J'ai l'impression que tu viens de l'inventer. Comme dans *Le père de la mariée,* lorsque la protagoniste raconte à Steve Martin que son fiancé est consultant indépendant en communication et qu'il réplique qu'il s'agit d'un code pour dire « au chômage ».

Il rit, sa bouteille d'eau à la main.

– Tout le monde ne peut pas avoir des jobs aussi transparents que « dealer de drogue ».

– Ah ah !

– Plus particulièrement, je me spécialise dans l'analyse budgétaire, mais en termes plus simples, je dis à mon entreprise quelle est la somme que chacun de nos clients devrait dépenser en matière de publicité digitale.

– Est-ce une manière sophistiquée pour dire « mets ce post Facebook en avant ! Concentre-toi sur Twitter ! » ?

– Oui, Olive, répond-il sèchement. C'est souvent ce que c'est. Mais tu as raison, en gros. Il y a beaucoup de maths là-dedans.

Je fronce le nez.

– Je passe mon tour !

Il me sourit d'un air timide, qui me fait vibrer les os.

– Honnêtement ? J'ai toujours adoré jouer avec les nombres et les données, mais c'est le niveau au-dessus.

– Et ça te plaît vraiment ?

Il hausse les épaules et elles sont assez musclées pour captiver mon attention.

– J'ai toujours rêvé d'un job où je pourrais manipuler des chiffres toute la journée, les tourner dans tous les sens, essayer de résoudre des algorithmes et élaborer des modèles d'anticipation. Ce job me permet de faire tout ça. Je sais que ça a l'air super-geek, mais je l'apprécie vraiment.

Waouh. Mon job a toujours été seulement un job. J'adore parler de sciences, mais je n'apprécie pas toujours la partie commerciale de mon poste. En réalité, je le tolère parce que c'est ce que j'ai étudié et que j'excelle en la matière. Mais écouter Ethan parler de son travail est étonnamment sexy. Ou est-ce l'eau qui continue à bouillonner entre nous. La chaleur me rend somnolente, j'ai un peu le tournis.

Tout en faisant attention au niveau de l'eau sur ma poitrine, je tends la main vers une serviette.

– J'ai l'impression d'être en train de fondre.

Ethan fredonne pour me donner raison.

– Je vais sortir le premier et dire aux masseuses que nous sommes prêts.

– Parfait.

Il me fait signe de me retourner.

– Même si nous avons déjà tout vu, ajoute-t-il. (Je l'entends se sécher, et l'imaginer me cause un effet étrange et électrique.) Les Toilettes Maudites s'en sont chargées, en somme.

– J'ai l'impression que je devrais te présenter des excuses, dis-je. Tu as vomi juste après.

Il rit calmement et marmonne dans sa barbe :

– Comme si *cela* pourrait être ma réaction si je te voyais nue, Olive.

La porte s'ouvre puis se referme. Lorsque je me retourne pour lui demander ce qu'il voulait dire, il a déjà disparu.

Ethan ne revient pas me chercher et au moment où Diana, notre nouvelle massothérapeute, m'escorte jusqu'à la salle des massages de couple, je comprends pourquoi. Il semble être figé d'horreur, les yeux rivés vers la table de massage.

– Qu'est-ce qui te prend ? je marmonne dans ma barbe tandis que Diana traverse la pièce pour diminuer l'intensité de la lumière.

– Est-ce que tu vois deux tables ici ? susurre-t-il.

J'observe les alentours sans comprendre ce qu'il veut dire jusqu'à ce que… Oh.

– Attends, je souffle en levant les yeux vers lui. Je croyais qu'on allait se faire masser tous les deux ?

Diana sourit calmement.

– Bien sûr, ce sera le cas. Mais je vais vous expliquer comment faire et vous vous entraînerez l'un sur l'autre. Ce sera chacun son tour.

Je tourne la tête vers Ethan et je sais que la même pensée s'impose à nous : *oh non, hors de question.*

Diana interprète mal notre effarement, parce qu'elle glousse en ajoutant :

– Ne vous inquiétez pas. Beaucoup de couples sont nerveux en arrivant, mais je vais vous montrer plusieurs techniques, puis je vous laisserai vous entraîner pour que vous ne vous sentiez pas évalués ou supervisés.

Cet endroit est-il une maison close ? Je meurs d'envie de lui poser la question mais, évidemment, je me retiens. Même si je suis à deux doigts. Ethan fixe la table, le regard vide.

– Maintenant, reprend Diana en contournant la table pour soulever le drap et inviter l'un de nous deux à se glisser dessous. Lequel de vous veut apprendre le premier et qui veut commencer à se faire masser ?

Le silence d'Ethan doit signifier qu'il tergiverse autant que moi et que la question *Sommes-nous obligés de rester ?* tourne également en boucle dans son esprit.

Depuis que j'ai entendu sa dernière remarque à propos de ma nudité, je n'ai aucune idée de la manière dont le cerveau d'Ethan reçoit l'information, mais étant donné ma nouvelle fascination pour ses clavicules, poils du torse et abdominaux, je suis assez tentée d'aller jusqu'au bout. Et je me demande s'il serait plus facile de recevoir un massage en premier pour ne pas avoir à le toucher et à paraître indifférente. Cela dit, un simple regard en direction de ses énormes mains puissantes et je ne suis pas sûre que sentir ces doigts oints d'huile frottant mon dos nu serait beaucoup plus facile.

– Je veux commencer par apprendre, dis-je en même temps qu'Ethan lance : Je vais la masser en premier.

Nos regards se croisent.

– Non, dis-je. Tu peux t'installer. Je m'occupe de… hum… la friction.

Il rit, mal à l'aise.

– Sérieusement, il n'y a pas de problème. Je te masse en premier.

– Je vais aller chercher des serviettes, nous avertit doucement Diana, et je vous laisse quelques instants pour vous décider.

Une fois qu'elle est partie, je me tourne vers lui.

– Allonge-toi, Elmo.

– Je préférerais m'occuper du…

Il mime le massage comme s'il allait me malaxer les seins.

– Je ne pense pas que ce sera *ce genre* de massage.

– Non, je voulais juste dire… (Il grogne et se frotte le visage.) Contente-toi de monter sur la table. Je vais me tourner pour que tu puisses te glisser sous les draps. Nue ou… tu sais.

Les lumières sont faibles ici, mais je vois qu'il rougit.

– Es-tu… oh, Seigneur, Ethan, as-tu peur de bander sur la table ?

Il lève le menton et déglutit. Cinq secondes s'écoulent avant qu'il ne réponde.

– En réalité, oui.

Et ce simple mot fait tressauter mon cœur dans ma poitrine. Sa réponse est si honnête et sincère que ma gorge se serre à la perspective de le taquiner.

– Oh, dis-je en me léchant les lèvres. (Soudain, j'ai la bouche extrêmement sèche. Je jette un coup d'œil à la table et sens ma peau devenir moite.) OK. Je vais me glisser dans les draps. Juste… euh, ne te moque pas de mon corps.

Son silence est complet, il ne bouge pas un cil, avant de murmurer avec emphase :

– Je ne ferais *jamais* une chose pareille.

– Euh, bien sûr, dis-je en sentant que ma voix s'étrangle dans ma gorge. Sauf que ça t'est *déjà* arrivé.

Il ouvre la bouche pour répondre, les sourcils froncés, mais Diana revient avec sa pile de serviettes. Ethan soupire d'un air incrédule, par le nez, et même lorsque je détourne les yeux, je sens qu'il voudrait que je le regarde en face. J'ai toujours apprécié mon corps – j'aime même presque mes nouvelles courbes –, mais je ne veux pas me retrouver dans une position où je sens que quelqu'un est obligé de me toucher alors qu'il n'en a aucune envie.

Encore une fois, si je ne lui fais pas confiance et n'ai pas envie qu'il me touche, je pourrais me contenter de dire à Diana que ça ne nous tente pas aujourd'hui.

Alors, pourquoi je n'en fais rien ?

Ai-je finalement vraiment *vraiment* envie de sentir les mains d'Ethan sur moi ?

Et s'il n'en a pas envie, il peut le lui dire lui-même, n'est-ce pas ?

Je le regarde en cherchant un signe d'inconfort, mais son rougissement adorable a disparu, remplacé par une expression de détermination fervente. Nos yeux se croisent pendant une… deux… trois secondes, et puis son regard tombe sur mes lèvres, mon cou, il m'observe de haut en bas. Il lève les sourcils, ouvre légèrement la bouche et je remarque que sa respiration s'accélère. Quand je croise à nouveau son regard, je comprends ce qu'il tente de me dire : *j'aime ce que je vois.*

Les joues écarlates, je tripote la ceinture de mon peignoir ; nous sommes censés être mariés, ce qui signifie que nous sommes censés ne rien ignorer du corps de l'autre. Même si nous avons clairement eu un aperçu dans les toilettes du bateau, je ne suis pas sûre d'être prête à ce qu'Ethan ait une telle vision de moi lorsque je ferai tomber le peignoir et monterai sur la table. Heureusement, au moment où Diana lève le drap et détourne le visage pour me laisser un peu d'intimité, Ethan fait lui aussi mine de remettre sa ceinture. Je retire rapidement mon peignoir et me glisse dans le cocon doux et chaleureux.

– Nous commencerons par le dos, m'explique-t-elle de sa voix apaisante. Ethan, venez de ce côté de la table.

Je roule sur le ventre aussi gracieusement que possible, en accommodant mon visage dans l'oreiller facial. Je tremble, excitée, nerveuse, et me mets à bouillir à cause des couvertures chauffées dont le charme a déjà disparu et que je voudrais balancer par terre.

Diana parle tout doucement à l'oreille d'Ethan, lui explique comment replier le drap, glousse en précisant que si nous le faisons à la maison, il ne sera pas nécessaire d'être aussi pudiques. Il rit lui aussi ; l'Ethan charmant et enjoué est de retour et j'avoue que j'ai plus de facilité à fixer le sol plutôt qu'à regarder dans les yeux l'homme que je déteste toujours mais avec qui j'ai aussi envie de baiser jusqu'à sombrer dans le coma.

J'entends une pompe s'actionner, puis le bruit mouillé de l'huile sur des mains et le chuchotement de Diana « cette quantité environ », puis « je commence ici ».

Ses mains se posent sur mes épaules, malaxent d'abord doucement puis de plus en plus intensément. Elle commente chacun de ses gestes, explique comment partir du point d'insertion musculaire, avant d'épouser toute la longueur et la forme du muscle. Elle explique où appliquer de la pression, et où rester délicat, aux endroits les plus sensibles. Je commence à me détendre, à m'enfoncer plus profondément dans le matelas, et puis elle propose délicatement : « Maintenant, vous pouvez essayer. »

Davantage d'huile. Mouvement des corps à côté de la table et une profonde inspiration tremblotante.

Et puis la chaleur des mains d'Ethan envahit mon dos, suivant la trajectoire de celles de Diana, et je fonds, au point que je dois me mordre les lèvres pour ne pas gémir. Ses mains sont énormes, plus puissantes que celles de la thérapeute – une professionnelle – et lorsqu'il remonte vers mon cou et écarte une mèche de cheveux, j'ai l'impression qu'il vient de m'embrasser.

– C'est agréable ? demande-t-il doucement.

Je déglutis avant de répondre.

– Ouais… c'est bien.

Je sens qu'il s'arrête, puis me masse plus bas quand elle l'y encourage, décalant le drap pour exposer mes reins. Même en étant consciente que Diana se tient à côté de lui, je ne crois pas avoir déjà eu aussi chaud ou avoir jamais été aussi excitée. Ses mains me caressent la peau, ses doigts me malaxent, glissants et torrides.

– Maintenant, lance Diana, quand vous arriverez au derrière, rappelez-vous : pressez les fesses ensemble, ne les écartez pas.

J'étouffe un rire incrédule dans l'oreiller en m'agrippant aux draps. À côté de moi, ses mains se posent sur mon coccyx, Ethan laisse échapper un petit gloussement.

– Hum. Noté.

Avec précaution, elle lui montre comment replier discrètement le drap et exposer une jambe et une fesse. J'ai déjà été massée par le passé, donc bien sûr, mon cul a déjà été massé par des professionnels… mais je ne me suis jamais sentie aussi à découvert de toute ma vie.

Étrangement, je ne déteste pas cette sensation.

Plus d'huile, plus de bruits glissant de mains qui se frottent puis qui atterrissent sur moi, s'enfonçant dans le muscle comme Diana le lui explique. Derrière mes paupières fermées, mes yeux se révulsent de plaisir. Qui aurait cru qu'un massage des fesses pouvait être aussi extraordinaire ? C'est tellement agréable, en réalité, que j'oublie toute gêne et laisse échapper quelque chose qui ressemble à un gémissement :

– Qui eût cru que tu masses aussi bien ?

Le rire d'Ethan est un son profond, grave, qui me fait vibrer.

– Oh, je suis sûre que vous saviez qu'il avait de bonnes mains, lance Diana d'un air joueur.

Je suis sur le point de lui dire de déguerpir et de nous laisser tranquilles dans notre chambre de maison close.

Il descend le long de mes jambes, jusqu'à mes pieds. Je suis chatouilleuse et il se révèle adorable : il prend ses précautions mais m'empêche de bouger, me rassure silencieusement en me faisant comprendre que je peux avoir confiance en lui. Il remonte dans mon dos puis redescend le long de mes bras, masse mes paumes puis mes doigts jusqu'aux dernières phalanges avant de les reposer délicatement sous les draps.

– Joli travail, Ethan, s'exclame Diana. Êtes-vous toujours avec nous, Ami ?

Je grogne.

– Pensez-vous pouvoir le masser maintenant ? s'enquiert Diana d'une voix rieuse.

Je grogne encore, plus longuement. Je ne suis pas sûre d'être capable de bouger tout de suite. Et si c'était le cas, ce serait pour rouler sur le côté et attirer Ethan sous les draps avec moi. La douleur sourde dans mon bas-ventre ne va pas s'envoler toute seule.

– C'est en général ce qui se passe, commente-t-elle.

– Pas de problème pour moi, répond Ethan.

C'est peut-être mon cerveau réduit en purée, mais sa voix semble plus grave, plus lente, comme du miel épais. Il est peut-être un peu excité, lui aussi.

– Ce qui est top avec cette technique, dit Diana, c'est que maintenant, vous allez pouvoir lui montrer.

Je sens que des corps bougent derrière moi, et sa voix s'éloigne. Elle doit être au niveau de la porte quand elle lance :

– Je vous laisse échanger si vous voulez ou vous pouvez retourner au spa pour un bain chaud.

Je devine qu'elle est partie, mais le silence semble imperceptiblement plus lourd.

Après quelques longues minutes, Ethan me demande prudemment :

– Ça va ?

Tant bien que mal, je parviens à bredouiller :

– *OhmonDieu.*

– Est-ce un « oh mon Dieu » c'était incroyable ou un « oh mon Dieu » c'était atroce ?

– Incroyable.

Il rit et je chavire.

– Parfait.

– Ne prends pas la grosse tête.

Je sens qu'il s'approche jusqu'à ce que son haleine me frôle le cou.

– Oh, Olivia. Mes mains étaient partout sur toi et tu es tellement détendue que tu arrives à peine à parler. (Il s'éloigne d'un pas et sa voix me parvient de plus loin, comme s'il était allé jusqu'à la porte.) Crois-moi, je pourrais difficilement être plus content de moi.

CHAPITRE 10

En me réveillant, je grogne immédiatement de douleur ; en dépit du massage-merveille, je suis tellement courbaturée à cause des balles reçues dans les bois que j'ai du mal à sortir des draps. Quand je m'inspecte du regard, je réalise que mes bras sont constellés d'hématomes si colorés que, pendant une seconde, je me demande si je me suis douchée après le paintball. J'ai un bleu violet foncé sur la hanche, de la taille d'un abricot, quelques-uns sur les cuisses et un énorme sur l'épaule, qui ressemble à une étrange géode.

Je jette un coup d'œil à mon téléphone et ouvre le dernier message d'Ami.

Je prends des nouvelles
pour savoir s'il y a eu un mort.

Contre toute attente,
nous sommes toujours vivants.
Comment te sens-tu ?

Pareil.

Pas encore prête à m'aventurer
dans le monde réel, mais vivante.

Et Le Mari ?

Oh, il est sorti.

Sorti ?

Ouais. Il se sent mieux
et il était un peu agité.

Mais tu es toujours malade.
Pourquoi ne prend-il pas soin de toi ?

Il est enfermé à la maison
depuis des jours.
Il avait besoin d'un peu de temps
pour lui.

Je jette un regard mauvais à mon téléphone, en sachant que je n'ai pas de réponse en stock qui éviterait une dispute. Je marmonne « Il n'avait peut-être plus de crème à raser » au moment où Ethan traverse le couloir en direction de la salle de bains.

– J'arrive à peine à bouger, dit-il à travers la porte de la chambre.

– Je suis recouverte de pois. (Je gémis en regardant mes bras.) Je ressemble à une marionnette de *Fraggle Rock.*

Il frappe à la porte.

– Es-tu visible ?

– Le suis-je jamais ?

Il ouvre la porte et passe la tête par l'embrasure.

– Je n'ai aucune envie de faire la conversation aujourd'hui. Quoi qu'on fasse, est-ce que ça peut être juste tous les deux, s'il te plaît ?

Puis il s'éloigne en laissant la porte ouverte et en m'abandonnant seule avec mon cerveau, occupée à tenter de traiter cette information. Une fois de plus : quand est-ce que le plan par défaut est-il devenu de passer toutes ces vacances ensemble ? Et quand cette idée a-t-elle cessé de nous flanquer la nausée ? Quand ai-je commencé à m'endormir en pensant aux mains d'Ethan sur mon dos, mes jambes et *entre* mes jambes ?

La chasse d'eau s'actionne, le robinet s'ouvre et j'entends qu'il se brosse les dents. La folie me guette, je suis habituée au rythme auquel il se brosse les dents, je ne suis plus choquée par la vue de ses cheveux décoiffés le matin. Je ne suis plus horrifiée à la perspective de passer une journée en tête à tête avec lui. En fait, mon esprit fait défiler diverses options.

Ethan émerge de la salle d'eau et marque un temps d'arrêt en me voyant dans la chambre.

– Qu'est-ce qui t'arrive ?

Je me regarde pour comprendre ce qu'il veut dire. Je suis assise droite comme un « i », mon masque de nuit sur le front, les mains crispées sur les couvertures au niveau de ma poitrine, les yeux écarquillés.

L'honnêteté me semble être la meilleure politique entre nous.

– Je panique un peu, parce que tu as suggéré qu'on passe la journée ensemble et que ça ne me donne pas envie de descendre du balcon en rappel.

Ethan rit.

– Je promets d'être aussi insupportable que possible.

Puis il se tourne pour se diriger vers le salon et crie :

– Et content de moi, aussi.

Au souvenir d'hier, mon ventre se tord et mes parties intimes se réveillent. Ça suffit. Je me lève et le suis, indifférente à la perspective qu'il me voie dans un pyjama qui dévoile presque tout, ou qu'il soit en boxer et porte un tee-shirt troué. Après notre moment dans les toilettes du bateau, le jacuzzi, et ses mains sur ma peau huileuse hier, nous n'avons plus vraiment de secrets l'un pour l'autre.

Je suggère :

– On pourrait s'installer au bord de la piscine ?

– Trop de gens.

– Plage ?

– Pareil.

Je regarde par la fenêtre en réfléchissant :

– On pourrait louer une voiture et rouler le long de la côte ?

– En voilà une bonne idée.

Il joint les deux mains derrière sa nuque et ses biceps se contractent, attirant mon regard. Je lève les yeux au ciel – pour me réprimander, évidemment, d'avoir remarqué ce détail – et parce que c'est d'Ethan dont il est question et qu'il a un œil de lynx, il recommence, crâneur :

– Qu'est-ce que tu regardes ?

Il commence à alterner entre ses deux bras, et parle avec un rythme de staccato en écho aux mouvements de ses biceps.

– On-dirait-qu'Olive-aime-les-muscles.

– Tu me rappelles tellement Dane, là tout de suite, dis-je en luttant contre un fou rire, mais ce n'est bientôt plus nécessaire quand je vois que le maintien tout entier d'Ethan change.

Il laisse tomber ses bras et se penche en avant, appuyant ses coudes sur ses cuisses.

– Ah, OK.

– Est-ce une insulte ? je lui demande.

Il secoue la tête, puis semble méditer sa réponse pendant quelques instants. Suffisamment longtemps pour que je me lasse et décide d'aller faire du café dans la cuisine.

Finalement, il commence :

– J'ai l'impression que tu n'apprécies pas beaucoup Dane.

Oh, voilà un terrain glissant.

– Je l'aime bien, fais-je en esquivant la question, puis je souris. Je l'apprécie plus que je ne t'apprécie.

Un silence étrange suit cette boutade. Étrange, parce que nous savons tous les deux que je raconte n'importe quoi. Le froncement de sourcils d'Ethan se transforme lentement en sourire.

– Menteuse.

– OK, j'avoue que je ne te considère plus comme Satan, mais tu restes clairement l'un de ses acolytes. Enfin, je continue en apportant deux mugs dans le salon et en posant le sien sur la table basse, j'ai toujours pensé que Dane était du genre joueur de football américain qui berce des Budweiser dans ses bras, mais ce qui me perturbe, c'est que tu dois pouvoir être *pire que ça* alors que tu as l'air tellement sérieux.

– Qu'est-ce que tu entends par « pire » ?

– Arrête, je le coupe. Tu sais. Tu prévois toujours des voyages extravagants chaque fois qu'Ami organise un truc romantique. Saint-Valentin à Vegas. L'anniversaire de leur rencontre l'année dernière, quand tu l'as emmené au Nicaragua pour *surfer*. Dane et toi en train de skier à Aspen le jour de ses – eh bien, de *nos* – trente et un ans. J'ai fini par terminer le gâteau d'anniversaire gratuit d'Ami à Olive Garden dans son intégralité parce qu'elle était trop ivre pour tenir une fourchette.

Ethan me dévisage, désorienté.

Je demande :

– Quoi ?

Il secoue la tête, sans me quitter des yeux. Finalement, il lance :

– *Je* n'ai jamais organisé ces voyages.

– Pardon ?

Avec un rire sans humour, il passe une main dans ses cheveux. Son biceps se contracte encore une fois. Je l'ignore.

– C’est Dane qui organise tous les voyages. D’ailleurs, l’accompagner à Vegas à la Saint-Valentin m’a valu des problèmes avec Sophie. Mais je ne savais pas qu’il loupait d’autres événements. Je pensais simplement qu’il avait besoin de passer du temps entre frères.

Quelques secondes de silence s’écoulent, pendant lesquelles je repasse tous ces souvenirs dans ma tête parce que je le sens sincère. Je me souviens précisément d’avoir été présente lorsque Dane a parlé à Ami du voyage au Nicaragua et lui a dit qu’il raterait l’anniversaire de leur premier rendez-vous. Elle semblait dévastée et il s’est justifié comme ça : « Ethan – cet imbécile – a acheté des billets non remboursables. Je ne peux pas refuser, bébé. »

Je suis sur le point de le raconter à Ethan, mais il me prend de court.

– Je suis sûr qu’il ne réalisait pas que les voyages coïncidaient avec ces événements. Il ne le ferait pas. Seigneur, il se sentirait très mal.

Bien entendu, il le voit sous cet angle. Si les rôles étaient inversés, je ferais ou dirais n’importe quoi pour défendre ma sœur. Je m’efforce de prendre un peu de recul et dois admettre que ce n’est pas le moment de régler ça, et que ça ne nous regarde pas. C’est entre Ami et Dane, pas entre Ethan et moi.

Ethan et moi nous entendons bien, ne gâchons pas tout, tu veux bien ?

– Je suis sûre que tu as raison.

Il lève les yeux vers moi avec une expression de reconnaissance et peut-être avec un peu plus de lucidité aussi. Pendant tout ce temps, je pensais qu'il était derrière ces voyages – il le saisit maintenant. Non seulement ce n'est pas le connard critique que je croyais mais il n'est pas non plus la terrible influence responsable de la mélancolie de ma sœur. C'est beaucoup de changement d'un coup.

– Allez, je lance. On s'habille et on se dégote une voiture.

Ethan me prend la main lorsque nous quittons l'hôtel.

– Au cas où on tomberait sur Sophie, précise-t-il.

– Bien sûr.

Ma voix est en tout point identique à celle de l'intello émue du film pour adolescents qui accepte tout beaucoup trop facilement, mais peu importe. Tenir la main d'Ethan est étrange mais pas entièrement déplaisant. En fait, c'est assez agréable pour que je me sente un peu coupable. Nous ne les avons pas croisés, ni elle ni Billy, depuis le snorkeling, donc toutes ces démonstrations d'affection sont probablement inutiles. Mais pourquoi prendre le risque, pas vrai ?

En outre, je suis de plus en plus fan de ses mains.

Nous louons une Mustang cabriolet vert citron parce que nous sommes des idiots de touristes. Je suis sûre qu'Ethan s'attend à ce qu'on se dispute pour savoir qui prendra le volant, mais je lui lance joyeusement les clés. Qui n'aurait pas envie d'être promenée en voiture à Maui ?

Une fois sur la côte Nord-Ouest, Ethan accélère autant que possible – les gens ne roulent pas vite sur l'île. Il lance une playlist de Muse, mais je pose mon veto et change pour The Shins. Il grogne et, à un feu rouge, choisit Editors.

– Je ne suis pas d'humeur pour ça, dis-je.

– C'est moi qui conduis.

– Je m'en fiche.

Avec un petit gloussement, il me fait signe de choisir la prochaine chanson. Je mets Death Cab et il me sourit, d'un sourire à en faire pâlir le soleil. Bercée par la chanson douce, le vent qui nous entoure, je ferme les yeux, visage au vent, ma tresse voletant derrière moi.

Pour la première fois depuis des jours, je suis complètement, sans le moindre doute possible ou la moindre hésitation, *heureuse.*

– Cette initiative fait de moi la personne la plus intelligente du monde, dis-je.

– J'aimerais te contredire pour te contredire, mais ce serait hypocrite.

Il me sourit et mon cœur opère une culbute préoccupante sous mon sternum parce que je réalise que j'ai tort : pour la première fois depuis des *mois* – peut-être même des années –, je suis heureuse. Et avec Ethan, ce que je n'aurais jamais cru possible.

Experte en autosabotage, je reviens à mes vieilles habitudes.

– Tu ne dois pas bien le vivre.

Ethan s'esclaffe.

– C'est *amusant* de te contredire.

Je réalise alors que ce n'est pas une pique mais bien un compliment.

– Arrête ça.

Il me jette un coup d'œil avant de se concentrer à nouveau sur la route.

– Arrête quoi ?

– D'être *sympa.*

Et Seigneur, quand il me regarde à nouveau pour déterminer si je plaisante, je ne peux m'empêcher de sourire. Ethan Thomas a un effet étrange sur mes émotions.

– Je t'ai promis d'être exaspérant et arrogant, n'est-ce pas ?

– Oui, j'acquiesce. Donc vas-y.

– Tu sais, pour quelqu'un qui me déteste, tu as beaucoup gémi quand je te touchais, enchaîne-t-il.

– La ferme !

Il me sourit puis regarde à nouveau la route.

– « Pressez-les ensemble, ne les écartez pas. »

– Veux-tu bien te taire ?

Il s'esclaffe d'un rire franc que je n'ai jamais entendu mais, après tout, je découvre un Ethan inconnu : la tête légèrement renversée en arrière, les yeux brillants de joie. Il semble aussi heureux que moi.

Et, miraculeusement, nous passons des heures ensemble sans nous disputer une seule fois. Ma mère m'envoie quelques textos, Ami aussi, mais je les ignore toutes les deux. Honnêtement, je suis en train de passer l'une des meilleures journées de ma vie. *La vie réelle peut attendre.*

Nous explorons la côte à la beauté sauvage, trouvons plusieurs points de vue à couper le souffle et nous arrêtons pour manger des tacos sur la route près d'une baie parsemée de coraux et dont l'eau cristalline est couleur aigue-marine. J'ai presque quarante photos d'Ethan sur mon téléphone maintenant, et malheureusement, aucune d'entre elles ne pourrait être utilisée pour le faire chanter parce qu'il rayonne sur tous les clichés.

Il se penche en avant, désigne l'écran de mon téléphone lorsque je parcours mes photos en m'arrêtant sur une photo de lui. Son sourire est tellement large que je peux compter ses dents, et le vent assez fort pour avoir collé sa chemise à son torse. Derrière lui, le geyser Nakalele jaillit majestueusement à une hauteur de trente mètres dans les airs.

– Tu devrais encadrer celle-ci pour ton nouveau bureau, lance-t-il.

Je lui jette un coup d'œil par-dessus mon épaule, incapable de deviner s'il plaisante. Scruter son expression ne m'apporte aucune certitude sur la question.

– Ouais, je ne crois pas. (J'incline la tête.) Elle est étrangement obscène.

– Il y avait beaucoup de vent ! proteste-t-il, en supposant que je fais référence à tous les détails visibles de son torse sous le tee-shirt bleu.

Ce qui… oui, mais…

– Je parlais de l'énorme éjaculation derrière toi.

Ethan se tait et je lui jette un autre coup d'œil, choquée qu'il n'ait pas réagi tout de suite à la plaisanterie. On dirait qu'il se mord la langue. Je remarque que j'ai quitté le territoire des insultes et que je m'aventure maintenant sur celui des sous-entendus. Je suppose qu'il s'interroge sur mes intentions

Et puis il semble décider que je ne compte pas flirter – ce qui est vrai, mais maintenant que j'y pense, j'aurais peut-être dû – et se penche pour manger la dernière bouchée de son taco. Je soupire, en passant à la photo suivante : une photo qu'il a prise de moi devant le fameux rocher en forme de cœur. Ethan me jette un autre coup d'œil et nous nous figeons tous les deux.

Il faut en convenir, c'est une belle photo de moi. Mes cheveux sont attachés mais la tresse volète en arrière. Mon sourire est immense ; je n'ai pas l'air d'être la pessimiste que je suis. J'ai l'air ravie de ma journée. Et diable, avec le vent qui plaque mon tee-shirt sur ma poitrine, mes nichons ont fière allure.

– Tu me l'enverras, OK ? me demande-t-il calmement.

– Bien sûr. (Je lui fais un Airdrop et entends le petit *ding* lorsqu'il la reçoit sur son téléphone.) J'espère que je ne le regretterai pas.

– J'ai besoin d'une image pour ma poupée vaudoue.

– Eh bien, tant que c'est *ça* ton intention.

– Plutôt que ?

Son ton devient coquin et il ne me quitte plus des yeux, ce qui crie soudainement *fessée* !

Mon ventre se serre une fois de plus. Un sous-entendu de masturbation. Humour suggestif. Ça ressemble à de la chute libre sans parachute.

– Qu'est-ce qu'on fait ce soir ? demande-t-il en détournant le regard et en changeant immédiatement l'ambiance.

– As-tu vraiment envie de tenter la chance ? je demande. Nous sommes ensemble depuis… (Je soulève son bras et jette un coup d'œil à sa montre.) Environ huit heures d'affilée. Il y a des hématomes, mais pas encore de bain de sang. Je pense que nous devrions anticiper la catastrophe.

– Quel est ton plan ?

– Je prends la chambre et Netflix, tu erres sur l'île pour passer en revue tes horcruxes cachés.

– Tu sais que pour créer un horcruxe, il faut avoir tué quelqu'un, n'est-ce pas ?

Je le dévisage en haïssant la petite palpitation dans ma poitrine parce qu'il connaît la référence à *Harry Potter*. Je savais qu'il adorait lire, mais les mêmes livres que moi ? Je fonds encore davantage.

– Tu viens de transformer mon innocente boutade en plaisanterie très obscure, Ethan.

Il froisse l'emballage du taco et étire ses bras derrière sa tête.

– Tu sais ce que j'ai envie de faire ?

– Oh, oui. Tu as envie de dîner au buffet de l'hôtel.

– J'ai envie de m'enivrer. Nous sommes sur une île, en pleine fausse lune de miel, et tout est putain de *magnifique.* Je sais que tu es une amatrice de cocktails, Octavia Torres, et je ne t'ai même pas encore vue pompette une seule fois. Ça ne te dirait pas de boire quelques verres ?

J'hésite.

– Ça semble dangereux.

Il éclate de rire.

– Dangereux dans le genre nous allons finir soit nus soit morts ?

Cette plaisanterie me fait l'effet d'une gifle parce que c'est exactement à ça que je pensais et que l'idée de finir morte m'effraie beaucoup moins que l'alternative.

À mi-chemin du trajet de retour à l'hôtel, nous nous garons sur le parking de *Cheeseburger Maui*, qui se targue de servir des Mai Tai à 1,99 $ le mercredi. C'est excitant, car nous sommes mercredi et que je suis sur la paille.

Ethan se lève du siège conducteur et s'étire avec nonchalance. Je ne m'absorbe clairement pas dans la contemplation de la ligne de poils qui descend de son nombril. Mais si je l'avais fait, j'aurais remarqué à quel point elle semble veloutée sur ce ventre plat et dur…

– Prête ? demande-t-il, et mon attention revient immédiatement à son visage.

– Prête, dis-je avec ma meilleure voix agressive de robot.

Non, il ne m'a pas surprise en train de l'admirer. Je tends la main en lui faisant signe, et pendant quelques hilarantes secondes, Ethan a l'impression que je veux prendre la sienne. Il la fixe, déconcerté.

– Les clés. Si tu es trop ivre, c'est moi qui conduis.

Quand il comprend la logique à l'œuvre ici, il me les lance et étant donné que je suis la personne la moins adroite de ce monde, je parviens presque à les attraper, mais elles rebondissent sur le gravier à côté des roues de la voiture.

Ethan glousse quand je trottine pour aller les chercher. Ensuite, il m'ouvre la porte du bar, je lui passe devant en lui donnant un coup de coude accidentel dans le ventre. Oups.

Il grimace à peine.

– C'est tout ce que tu as en réserve ?

– Seigneur, je te déteste.

Sa voix devient un grognement derrière moi.

– Non, c'est faux.

L'intérieur du restaurant me laisse pantoise. Tout est tellement kitsch et évidemment magique que je m'arrête net. Ethan se heurte à mon dos en manquant me faire voler en avant.

– Qu'est-ce que tu fous, Olive ?

– Regarde cet endroit.

Un requin taille réelle émerge du mur, il y a une statue de pirate devant un mur sur lequel un bateau de pirates a été peint, un crabe portant un gilet de sauvetage est suspendu dans un filet au-dessus de nos têtes.

Ethan siffle pour toute réponse.

– C'est quelque chose.

– Nous avons passé une si bonne journée à ne pas nous sauter à la gorge que je préfère suggérer poliment que nous pourrions aller dans un endroit un peu plus chicos si tu préfères, mais je ne vois de buffet nulle part, donc…

– Arrête de jouer à la snob. Ce bar est très bien.

Il s'assoit et saisit un menu poisseux pour le parcourir.

Un serveur vêtu d'un tee-shirt ciglé Cheeseburger Maui s'arrête à notre table et remplit nos verres d'eau.

– Vous comptez dîner ou juste boire un coup ?

Je sens qu'Ethan est sur le point de dire *juste boire un coup*, mais je le devance.

– Si nous nous préparons pour un long voyage, nous allons avoir besoin de nourriture.

– On vient de manger des tacos, argue-t-il.

– Tu mesures presque deux mètres et tu dois peser près de quatre-vingt-dix kilos. Je t'ai vu manger, ces tacos ne te tiendront pas au corps bien longtemps.

Le serveur semble être d'accord avec moi. Je lève les yeux vers lui.

– Nous allons jeter un coup d'œil au menu.

Nous commandons des verres, puis Ethan appuie son coude sur la table en m'examinant.

– Est-ce que tu t'amuses ?

Je fais mine de me concentrer sur le menu et non sur le léger malaise que je ressens en percevant la sincérité dans sa voix.

– Chut, je suis en train de lire.

– Allez. On ne peut pas avoir une conversation, pour changer ?

J'affecte la confusion.

– Une quoi ?

– Un échange de paroles. Sans vannes. (Il soupire patiemment.) Je te pose une question. Tu réponds, puis tu me demandes quelque chose.

Je grogne et lance :

– OK.

Ethan me dévisage.

– Seigneur, *quoi* ? je lance. Pose-moi une question, alors !

– Je t'ai demandé si tu t'amusais. *C'était* ma question.

Je prends une gorgée d'eau, étire le cou et lui donne ce qu'il veut.

– Bien. Oui. Je m'amuse.

Il continue à me regarder avec l'air d'attendre quelque chose.

– Et *toi*, es-tu en train de passer un bon moment ? je demande docilement.

– Oui, répond-il du tac au tac en s'affalant sur sa chaise. Je m'attendais à vivre l'enfer sur une île tropicale et suis agréablement surpris que l'envie d'empoisonner tes repas ne me vienne que la moitié du temps.

– C'est un progrès.

Je lève mon verre d'eau et trinque avec lui.

– Donc, quand es-tu sortie avec quelqu'un pour la dernière fois ? m'interroge-t-il, et je manque m'étouffer en avalant un glaçon.

– Eh bien, tu n'as pas attendu pour passer à la vitesse supérieure.

Il rit, puis grimace d'une manière si adorable que j'ai envie de renverser son verre d'eau sur ses genoux.

– Je n'avais pas l'intention de te mettre mal à l'aise. On parlait de Sophie hier et j'ai réalisé que je ne t'ai posé aucune question personnelle.

– Ce n'est pas grave. (J'esquisse un geste nonchalant). Ça ne me dérange pas de ne pas parler de ma vie amoureuse.

– Ouais, mais j'aimerais savoir. Nous sommes un peu amis maintenant, pas vrai ? (Ses yeux bleus étincellent lorsqu'il sourit, la fossette fait son apparition et je détourne le regard en remarquant que les autres remarquent son sourire.) Après tout, je t'ai massé les fesses hier.

– Arrête de me le rappeler.

– Allez. Tu as apprécié.

Oui. Vraiment. Après une grande inspiration, je commence :

– Mon dernier petit ami était un type qui s'appelle Carl et…

– Pardon. *Carl ?*

– Écoute, tout le monde n'a pas un prénom sexy comme Sophie, je réplique en le regrettant immédiatement parce qu'il fronce les sourcils, même lorsque le serveur pose un verre géant débordant d'alcool et de fruits devant lui. Donc, il s'appelait Carl et il travaillait chez 3M Company et… Seigneur, c'est tellement bête.

– Qu'est-ce qui est bête ?

– J'ai rompu avec lui quand le scandale de 3M et de la pollution de l'eau a éclaté. Il défendait l'entreprise et je n'ai pas pu le supporter. Ça me semblait tellement corporatiste et dégoûtant.

Ethan hausse les épaules.

– Je trouve que c'est une raison assez raisonnable pour rompre.

Je lui tope dans la main sans réfléchir et réalise ensuite à quel point il est génial qu'il ait choisi ce moment pour me toper dans la main.

– Bref, donc c'était… il y a un moment et voilà. (Il a déjà avalé la moitié de son Mai Tai, donc je me tourne vers lui.) Y a-t-il eu quelqu'un après Sophie ?

– Quelques rendez-vous Tinder. (Il vide le reste de son cocktail et remarque mon expression.) Ce n'est pas si terrible.

– Je suppose que non. Dans ma tête, j'imagine juste que les mecs cherchent seulement du sexe sur Tinder.

Il s'esclaffe.

– La plupart, probablement. Les filles aussi. Mais je ne m'attends clairement pas à franchir cette étape au premier rendez-vous.

– Et quand, alors ? Au cinquième ?

Je désigne la table puis plaque une main sur ma bouche parce que hé, ceci n'est pas un rendez-vous.

Heureusement, mon idiotie coïncide avec le retour du serveur pour prendre la commande de la tournée suivante, donc au moment où Ethan se tourne vers moi, il est prêt à passer à autre chose.

Et il se trouve qu'Ethan alcoolisé est vraiment mignon et joyeux. Ses joues ont viré au rose, il n'arrête pas de sourire et même lorsque nous revenons au sujet de Sophie, il continue de glousser.

– Elle n'était pas très sympa avec moi, avoue-t-il avant de rire. Et je suis sûr que le fait que je reste avec elle a empiré la situation. Rien n'est plus difficile dans une relation que de ne pas respecter la personne avec qui tu es. (Il appuie son menton dans sa main.) Je n'aimais pas qui j'étais avec elle. J'étais prêt à tout faire pour lui plaire plutôt que d'être moi-même.

– Exemples, s'il te plaît.

Il s'esclaffe.

– OK, en voilà un qui devrait t'aider à comprendre : nous avons participé à une séance photos de couple.

– En chemises blanches et jean avec un fond décoré par une fausse balustrade ? je demande en grimaçant.

Il rit plus fort.

– Non, elle portait du blanc, moi du noir. Devant une grange esthétiquement délabrée. (Nous soupirons tous les deux.) Mais plus important, nous ne nous disputions jamais. Elle détestait la confrontation, donc c'est comme si nous n'avions pas le droit de ne pas être d'accord.

– On dirait que tu parles de toi et moi, fais-je, sarcastique, en lui offrant un sourire.

Il glousse et un sourire s'attarde sur ses lèvres lorsqu'il me regarde.

– Ouais.

Après une longue pause, lourde d'expectatives, il inspire profondément et lance :

– Je n'ai jamais été comme ça avant.

Seigneur, je m'identifie bien plus que je ne pourrais l'exprimer.

– Honnêtement, je comprends.

– Vraiment ?

– Avant Carl… je commence. (Il ricane encore en entendant le prénom.) Je suis sortie avec ce mec, Frank…

– *Frank ?*

– Nous nous sommes rencontrés au tra…

Mais rien ne fait reculer Ethan.

– J'ai compris quel était ton problème, Odessa.

– Quel est mon problème, Ezra ?

– Tu sors seulement avec des types nés dans les années 1940.

Je l'ignore et poursuis.

– Bref, j'ai rencontré Frank au travail. Tout se passait bien, il y avait des étincelles entre nous dans tous les domaines *situvoiscequejeveuxdire.* (Je m'attends à ce qu'Ethan glousse mais il n'en fait rien.) Bref, il m'a vue paniquer à cause d'une présentation un jour – j'étais nerveuse parce que j'avais l'impression de ne pas avoir disposé de suffisamment de temps pour être à l'aise avec le matériel – et je te le jure, me voir comme ça a complètement tué son excitation dans l'œuf. Nous sommes restés ensemble quelques mois de plus, mais ce n'était plus pareil. (Je hausse les épaules.) Peut-être que c'était seulement dans ma tête mais, ouais. Mon manque d'assurance a tout aggravé.

– Où as-tu rencontré Frank, déjà ?

– Butake.

Au moment où je prononce ce mot, je réalise que c'était un piège.

– Bukkake ! chantonne-t-il, et je pousse son verre vers lui.

– C'est *Butake*, imbécile. Pourquoi est-ce que tu fais toujours ça ?

– Parce que c'est *drôle.* Ils n'ont jamais utilisé de groupe test quand ils ont choisi le nom de l'entreprise ou… ou… comment ça s'appelle ?

– Un groupe de discussion ?

Il claque des doigts.

– *Exactement.* Genre, c'est du pain bénit pour Urban Dictionnary et la porte ouverte aux pires sous-entendus ! C'est comme appeler un gamin Richard. (Il se penche et murmure, comme s'il partageait un secret avec moi.) Tôt ou tard, quelqu›un le surnommera Dick. Ce n'est qu'une question de temps.

Je remarque que je le fixe avec une tendresse exagérée lorsqu'il tend la main pour me tapoter le menton.

– Tu me regardes comme si tu m'aimais bien, lance-t-il.

– Ce sont les Mai Tai qui te font délirer. Je te déteste toujours autant.

Ethan lève un sourcil sceptique.

– Vraiment.

– Ouaip.

Nan.

Il soupire en grognant un peu et vide son sixième Mai Tai.

– Moi qui pensais t'avoir assez bien massé le cul, suffisamment pour être déplacé dans la catégorie *Déplaît Fortement.*

Le serveur, Dan, revient, en souriant à l'adorable et docile Ethan.

– Un de plus ?

– Non, je réponds rapidement alors qu'Ethan proteste avec un *psssschhh* parfaitement ivre.

Dan hausse les sourcils dans ma direction, comme si j'allais passer un grand moment avec lui ce soir.

– Écoute, Dan, j'espère juste réussir à le traîner jusqu'à la voiture.

J'y parviens, en réalité, mais avec son aide. Ethan ivre est non seulement joyeux mais excessivement amical et au moment où nous franchissons la porte tous les trois, il a pris le numéro d'une jolie rousse assise au bar, payé un verre à un type vêtu d'un tee-shirt des Vikings et topé dans la main d'environ quarante inconnus.

Il papote sur le chemin du retour, au sujet du chien de son enfance, Lucy ; de son amour du kayak dans les Boundary Waters et du fait qu'il n'y est pas allé depuis longtemps ; il me demande si j'ai déjà goûté au pop-corn parfumé à l'aneth (la réponse est bon Dieu oui). Au moment où nous sommes de retour à l'hôtel, il est toujours ivre mort mais un peu plus décent. Nous traversons le lobby avec seulement quelques arrêts stratégiques permettant à Ethan de nouer des amitiés avec d'autres étrangers.

Il s'arrête pour faire un câlin à l'un des employés de l'hôtel qui nous ont accueillis le premier jour. Je lui adresse un sourire d'excuse par-dessus l'épaule d'Ethan et jette un coup d'œil à l'étiquette qui porte son nom : Chris.

– On dirait que les nouveaux mariés s'amusent bien, s'exclame Chris.

– Peut-être un peu trop. (Je choisis la fuite, plus exactement, l'ascenseur). Je vais l'emmener se coucher.

Ethan lève un doigt et fait signe à Chris de s'approcher.

– Est-ce que tu veux que je te raconte un secret ? Euuuuh…

Amusé, Chris se penche en avant.

– Bien sûr.

– Elle me *plaît.*

– J'espère bien, murmure Chris en retour. C'est votre épouse.

Et mon cœur se met à battre la chamade. *Il est ivre*, je me répète. *Ce n'est pas* vrai, *ce sont juste des paroles d'ivrogne.*

Sains et saufs dans la suite, je ne peux empêcher Ethan de s'effondrer sur l'énorme lit pour la nuit. Une migraine assez sérieuse l'attend demain matin.

– Seigneur, je suis tellement crevé, marmonne-t-il.

– Une dure journée de tourisme et d'alcool ?

Il rit et tend une main qui atterrit lourdement sur mon front.

– Ce n'est pas ce que je voulais dire.

Ses cheveux lui sont tombés devant un œil et je suis tellement tentée de les écarter. Pour sa commodité, bien entendu.

J'étends le bras et balaie délicatement ses cheveux sur son front. Il me regarde avec une telle intensité que je me fige, les doigts posés sur sa tempe.

Je lui demande calmement :

– Alors, que voulais-tu dire ?

Il ne me quitte pas des yeux. Pas même un instant.

– C'est tellement épuisant de faire semblant de te détester.

Je suis abasourdie et, même si je le sais maintenant, cette vérité me met un coup :

– Donc, tu ne me détestes *pas* ?

– Nan. (Il secoue théâtralement la tête). Je ne t'ai jamais détestée.

Jamais ?

– C'était pourtant mon impression.

– Tu étais si méchante avec moi.

– J'étais méchante ? je demande, perplexe.

J'essaie de revenir en arrière pour voir les choses depuis son point de vue. *Étais-je méchante ?*

– Je ne sais pas ce que j'ai fait. (Il fronce les sourcils.) Mais ça ne comptait pas, parce que Dane m'a dit de ne pas.

Je suis tellement perdue.

– Il t'a dit de ne pas quoi ?

Ses mots sont emberlificotés.

– Il a dit « tu n'as pas intérêt ».

Je commence à comprendre ce qu'il me raconte, mais je répète quand même :

– Tu n'as pas intérêt à faire quoi ?

Ethan lève des yeux troubles vers moi et tend les mains pour m'attraper par la nuque. Il joue avec ma tresse pendant quelques instants, puis m'attire vers lui d'une manière étonnamment douce. Je ne résiste même pas ; c'est presque comme si, avec le recul, j'avais su depuis le début que ce moment arriverait.

Mon cœur se loge dans ma gorge tandis que nous trouvons notre rythme : quelques petits baisers qui nous permettent de tâter le terrain puis l'inégalable soulagement d'un baiser plus profond, avec des petits gémissements de surprise, et un désir mutuel. Il a un goût d'alcool bon marché et de contradictions, mais c'est quand même de loin le meilleur baiser de ma vie.

Il s'écarte et cligne des yeux en lâchant :

– Ça.

Demain, je demanderai s'il y a un médecin sur place à l'hôtel. Quelque chose ne tourne clairement pas rond avec mon cœur ; il bat trop fort, trop rapidement.

Ethan ferme les yeux et m'attire contre lui dans le lit, en lovant son grand corps contre le mien. Je suis incapable de bouger, j'arrive à peine à penser. Sa respiration se calme et il succombe à un sommeil alcoolisé. Je m'endors bien plus tard, sous le poids parfait de son bras.

CHAPITRE 11

J'ouvre la porte de notre suite aussi discrètement que possible. Ethan n'était pas encore réveillé quand j'ai laissé tomber l'idée de l'attendre et me suis levée pour aller me chercher quelque chose à manger, mais il vient d'émerger. Il est assis sur le canapé, uniquement vêtu d'un boxer. Une telle étendue de peau bronzée s'offre à ma vue que mon rythme cardiaque grimpe en flèche. Nous allons devoir parler de ce qui s'est passé hier soir – les baisers et la nuit passée ensemble, enlacés en cuillère –, mais il serait sans doute bien plus simple de s'épargner la conversation gênante et de recommencer directement à se rouler des pelles.

Je murmure :

– Salut.

– Salut.

Ses cheveux sont hérissés, il a les yeux fermés et il est affalé sur le canapé comme s'il se concentrait sur sa respiration ou comptait lancer une pétition pour bannir toutes les promotions sur les Mai Tai à 1,99 $.

– Tu as mal à la tête ?

Il répond par un grognement d'outre-tombe.

– Je t'ai apporté des fruits et un sandwich à l'œuf.

Je tiens à la main un sachet de mangues et de fruits rouges, ainsi qu'un sandwich emballé, il les regarde comme s'ils étaient tout droit sortis de notre buffet de fruits de mer.

– Tu es descendue pour le petit déjeuner ? demande-t-il.

Le *sans moi* est clairement sous-entendu.

Son ton est un poil désagréable, mais je l'excuse. Personne n'est dans son assiette avec une migraine.

Je pose la nourriture sur la table et me dirige vers la cuisine pour lui préparer un café.

– Ouais, je t'ai attendu jusqu'à 9 h 30, mais mon estomac était en train de s'auto-digérer.

– Sophie t'a-t-elle vue seule ?

J'ai l'impression de perdre l'équilibre. Je me tourne pour le regarder par-dessus mon épaule.

– Euh… quoi ?

– Je n'ai juste pas envie qu'elle pense qu'il y a des problèmes dans notre mariage.

Nous avons passé toute l'après-midi à parler du fait qu'il était bien mieux sans Sophie, il m'a embrassée hier soir et, ce matin, il s'inquiète de savoir ce qu'elle pense. Génial.

– Tu veux dire, dans notre parodie de mariage ?

Il se frotte le front.

– Ouais, exactement. (Il laisse tomber sa main et lève les yeux vers moi.) Alors ?

Ma mâchoire se contracte et je sens une tempête monter dans ma poitrine. C'est bien. De la colère, c'est bon signe. Je sais comment me comporter quand je suis en colère contre Ethan. C'est tellement plus facile que de gérer un coup de cœur potentiel.

– Non, Ethan, ton ex-copine n'était pas en train de prendre son petit déjeuner. Son fiancé ou l'un des nouveaux amis que tu t'es fait hier soir dans le lobby non plus.

– Les quoi ? demande-t-il.

– Laisse tomber.

Il ne se souvient évidemment pas. Parfait. Nous pouvons continuer à faire semblant que le reste n'est pas arrivé non plus.

– Tu es de mauvaise humeur ?

Un rire sec et sardonique m'échappe.

– *Suis-je* de mauvaise humeur ? Est-ce une question sérieuse ?

– Tu as l'air énervée, comme si quelque chose te tracassait.

– *J'ai l'air...*

Je prends une grande inspiration et me redresse de toute ma hauteur.

J'ai l'air énervée ? Il m'a embrassée hier soir et a tenu des propos qui insinuaient qu'il pourrait peut-être avoir envie de continuer, puis il s'est endormi comme une masse. Maintenant, il me cuisine pour savoir si quelqu'un(e) m'a vue prendre mon petit déjeuner seule à l'hôtel. Je ne pense pas que ma réaction soit exagérée.

– Tout va bien.

Il marmonne quelque chose avant d'attraper les fruits, ouvrir l'emballage plastique et les examiner.

– Ça vient du…

– Non, Ethan, ça ne vient pas du buffet. J'ai commandé une assiette de fruits frais. Je l'ai montée pour nous éviter les douze dollars que facture le room-service.

Mes doigts fourmillent. Pour la première fois depuis deux jours, je meurs d'envie de le frapper, ce qui me procure un bonheur infini.

Il grogne un « merci » avant de prendre un morceau de mangue entre ses doigts. Il le fixe, puis éclate de rire.

– Qu'est-ce qui est si drôle ?

– Je viens de me souvenir de cette copine de Dane qui avait un tatouage de mangue sur les fesses.

– Pardon ?

Il mastique et avale avant de continuer à parler.

– Trinity. La fille avec qui il sortait il y a deux ans, à peu près ?

Je fronce les sourcils en sentant la gêne monter en moi.

– Ça ne pouvait pas être il y a deux ans. Il sort avec Ami depuis trois ans et demi.

Il me fait signe que je me trompe.

– Ouais, mais je parle de la phase où Ami et lui n'étaient pas encore exclusifs.

À ces mots, je laisse tomber la petite cuillère que je tiens à la main, elle résonne sur le comptoir. Ami a rencontré Dane dans un bar et, selon elle, ils sont rentrés ensemble ce soir-là, ont couché ensemble et n'ont plus jamais regardé en arrière. D'après les informations que je détiens, il n'y a jamais eu de phase où *ils n'ont pas été* exclusifs.

– Pendant combien de temps ont-ils fréquenté d'autres personnes, déjà ? je fais avec autant de contrôle que possible.

Ethan croque une myrtille. Il ne me regarde pas, ce qui est probablement une bonne chose, parce que je suis persuadée d'avoir la tête d'une personne prête à commettre un meurtre.

– Les deux premières années où ils étaient ensemble, n'est-ce pas ?

Je me penche et me pince le nez en tentant d'invoquer l'Olive Professionnelle, capable de garder son calme même quand des médecins condescendants lui cherchent des noises.

– Exact, exact. (Je peux paniquer ou obtenir toutes les informations possibles.) Ils se sont rencontrés dans un bar, mais ce n'est que lorsque… à quel moment ont-ils décidé d'être exclusifs, déjà ?

Ethan lève les yeux vers moi. Il a perçu quelque chose dans ma voix.

– Euh…

– C'était juste avant leurs fiançailles ?

Je ne peux pas prévoir ma réaction s'il confirme avec nonchalance ma question test lancée à l'aveuglette, mais il me semble soudain logique que Dane refuse de s'engager avant de décider de manière impulsive qu'il est absolument prêt pour les liens sacrés du mariage.

Mon cerveau est rempli de fantasmes de flammes de l'enfer.

Ethan acquiesce lentement et me dévisage comme s'il essayait sans succès de comprendre ce qui m'arrive.

– Tu te souviens ? Il a quitté l'autre fille au moment où Ami s'est fait opérer de l'appendicite et puis il l'a demandée en mariage ?

J'écrase le poing sur le comptoir.

– *Tu te fous de ma gueule, putain ?*

Ethan bondit sur ses pieds et me désigne du doigt.

– Tu m'as piégé ! Ne prétends pas qu'Ami n'est pas au courant !

– Ami n'a *jamais* pensé qu'ils avaient le droit de sortir avec d'autres personnes, Ethan !

– Alors elle t'a menti, parce que Dane lui raconte tout !

Je secoue déjà la tête, submergée par l'envie de dépecer Dane, mais Ethan est accessible et m'offre une fantastique occasion de m'entraîner.

– Tu es en train de dire que Dane a fricoté avec des filles pendant *deux ans* alors qu'ils étaient ensemble et qu'il t'a laissé penser que ça ne posait pas de problème à Ami ? Elle a commencé à découper les robes de mariée qui lui plaisaient dans des magazines quelques mois après avoir commencé à sortir avec lui. Elle a considéré son mariage comme un défi de concours télévisé pour gagner autant de choses qu'elle pouvait – et ça l'a épuisée. Elle a un tablier spécial pour faire des cupcakes, nom d'un chien, et elle a déjà choisi les prénoms de ses futurs enfants. Ami te semble-t-elle le genre de fille cool qui accepterait une relation ouverte ?

– Je… (Il semble moins sûr de lui maintenant.) Je me trompe peut-être…

– Il faut que je l'appelle.

Je me tourne pour aller chercher mon téléphone dans la chambre.

– Non ! crie-t-il. Écoute, si c'est ce qu'il m'a dit, alors je te le confie comme un secret.

– C'est une blague, *sérieusement.* Hors de question que je ne raconte pas ça à ma sœur.

– Seigneur, Dane avait raison.

Je me fige complètement.

– Qu'est-ce que tu veux dire par là ?

Il rit sans joie.

– Sérieusement, Ethan ? Qu'est-ce que ça veut dire ?

Il lève les yeux vers moi et mon cœur se serre quand je remarque que toute tendresse a disparu de son visage. Le voir en colère me blesse.

– Explique-moi, j'insiste, plus calmement maintenant.

– Il m'a conseillé de ne pas trop me donner de mal avec toi. Il m'a dit que tu avais un sale caractère.

J'ai l'impression d'avoir reçu un coup dans le sternum.

– Et dire que je voulais de te proposer de sortir avec moi, lâche-t-il en riant, toujours sans le moindre humour.

– De quoi tu parles ? Quand ?

– Quand nous nous sommes rencontrés pour la première fois. (Il se penche et appuie ses coudes sur ses cuisses. Sa grande silhouette se recroqueville en un C exsangue, et il passe une main fantastique dans ses cheveux emmêlés.) La première fois, à la foire. Je lui ai dit que je te trouvais très jolie. Il a trouvé ça bizarre, bizarre que tu me plaises. Genre, parce que ça signifiait que sa copine me plaisait, comme vous êtes jumelles. Il m'a conseillé de ne rien tenter, parce que tu étais amère et cynique.

– Dane t'a dit que j'étais amère ? Amère au sujet de quoi ?

Je suis ahurie.

– Enfin, je ne te connaissais pas, mais ça semblait correspondre à la manière dont tu te comportais. Tu ne m'as clairement pas accueilli les bras ouverts lors de cette première rencontre.

– Je ne t'ai pas accueilli les bras ouverts seulement parce que tu t'es comporté comme un enfoiré dès le premier jour. Tu m'as regardée manger du fromage à poutine comme si j'étais la femme la plus répugnante que tu aies vue de toute ta vie.

Il lève les yeux vers moi, troublé.

– De quoi parles-tu ?

– Tout se passait bien. Au moment où le groupe s'est concerté pour déterminer ce qu'on irait voir en premier, je suis allée m'acheter du fromage à poutine. Je suis revenue et quand tu as vu ma barquette, tu m'as regardée avec une totale révulsion et tu t'es éloigné en direction du concours de bières. À partir de ce moment-là, tu as toujours eu l'air dégoûté en me voyant manger.

Ethan secoue la tête, les yeux fermés, comme s'il devait essayer de s'abstraire de cette réalité alternative.

– Je me souviens d'avoir fait ta connaissance, d'avoir reçu l'interdiction de te draguer puis de passer le reste de l'après-midi à faire des choses normales. Je n'ai *aucun* souvenir du reste.

– Eh bien, moi si.

– Ce qui explique certainement ce que tu as dit il y a deux jours, quand tu m'as demandé de ne pas me moquer de ton corps pendant le massage. Ça explique pourquoi tu étais si méprisante avec moi ensuite.

– Pardon ? C'est moi qui étais méprisante ? Tu t'entends ?

– Tu t'es comportée comme si tu ne voulais rien avoir à faire avec moi après ce jour-là ! s'écrie-t-il. J'étais probablement en train de surveiller mes réactions parce que tu me plaisais et bien sûr, tu l'as interprété comme une attaque envers ton corps et ton fromage à poutine ? Seigneur, Olive, ça te ressemble tellement. Tu te concentres sur le négatif dès que tu peux.

Le sang bat dans mes tempes. Je suis incapable de tirer les conclusions de ce que j'entends, ou de la douleur indéniable que provoque en moi le fait qu'il ait probablement raison. Mais je laisse tomber l'introspection et monte sur mes grands chevaux :

– Eh bien, qui a besoin de voir le bon côté des choses quand ton frère te dit que je suis une mégère et te somme de rester à bonne distance de moi ?

Il lève les mains.

– Je n'ai rien vu qui contredise ses propos !

Je prends une grande inspiration.

– As-tu déjà pensé que ton attitude pouvait influer sur les réactions des gens à ton égard ? Que tu me vexais en réagissant comme ça, que ce soit ton intention ou pas ?

Je suis mortifiée en sentant les larmes me monter aux yeux.

– Olive, je ne sais pas comment le dire plus clairement : tu me *plaisais*, grogne-t-il. Tu es sexy. Et j'étais probablement en train d'essayer de dissimuler mon attraction pour toi. Je suis désolé d'avoir réagi de façon *complètement non intentionnelle,* vraiment, mais toutes les signaux que je recevais – de ta part ou de celle de Dane – me hurlaient que tu me prenais pour un bon à rien.

– Je ne le pensais pas au début… je fais sans terminer ma phrase.

Il déchiffre clairement le *mais je le pense maintenant* de mon expression, et toute trace de sourire disparaît.

– Bien, dit-il d'une voix rauque. Alors, le sentiment est réciproque, c'est pratique.

– Quel soulagement, putain !

Je le dévisage quelques instants, juste suffisamment pour imprimer son visage dans l'espace étiqueté *CONNARD* de mon encyclopédie personnelle. Et puis, je tourne les talons, me rue dans la chambre et claque la porte.

Je tombe sur le lit, abasourdie. J'aimerais me lever et dresser la liste de tout ce qui vient de survenir pour pouvoir traiter les informations avec logique. Genre, non seulement Dane couchait à droite à gauche pendant les deux premières années de sa relation avec ma sœur mais il interdit à Ethan de s'approcher de moi.

Parce qu'Ethan voulait m'inviter à sortir.

Je ne sais même pas quoi faire de cette information, parce qu'elle est en contradiction si complète avec tous les souvenirs que j'ai de lui. Jusqu'à ces derniers jours, je n'avais jamais senti qu'Ethan voulait avoir affaire à moi – pas même un peu de tendresse ou de chaleur de sa part. Est-il en train de tout inventer ?

Mais enfin, pourquoi le ferait-il ?

Alors, est-ce que ça signifie qu'il a raison à mon sujet ? Ai-je tout interprété de travers le jour de notre rencontre avant de rester campée sur mes positions pendant deux ans et demi ? Un seul regard ambigu d'Ethan a-t-il suffi pour que j'en arrive au point de non-retour où j'ai décidé que nous étions des ennemis jurés ? Suis-je une personne aussi obscure ?

Je sens ma respiration devenir plus difficile lorsque le reste de ses confidences vient hanter mes pensées : est-il possible qu'Ami ait su que Dane voyait d'autres filles ? Elle savait que j'avais une opinion mitigée sur lui depuis le départ – donc, je dois envisager la possibilité qu'ils aient eu leur propre arrangement et qu'elle ne m'en ait rien dit parce qu'elle savait que je m'inquiéterais ou protesterais en voulant la protéger. Franchement, il m'est difficile d'imaginer Ami et Dane dans une relation ouverte, mais que ce soit vrai ou faux, je ne peux pas exactement l'appeler de Maui pour lui poser la question. Ce n'est pas une conversation à avoir au téléphone ; c'est une conversation qu'il faut avoir en face à face, avec du vin, des trucs à grignoter et de soigneux préambules.

J'attrape un oreiller et hurle contre les plumes. Lorsque je l'écarte de mon visage, j'entends qu'on frappe discrètement à la porte de la chambre.

– Va-t'en.

– Olive, dit-il d'une voix beaucoup plus calme, n'appelle pas Ami.

– Je ne compte pas appeler Ami. Juste, sérieusement, va-t'en.

Le silence envahit le couloir et quelques secondes plus tard, j'entends le lourd clic de la porte de la suite qui se referme.

LORSQUE JE ME RÉVEILLE, il est midi et le soleil illumine le lit, je baigne dans un rectangle brûlant de lumière. Je m'éloigne et atterris sur l'oreiller imprégné de l'odeur d'Ethan.

C'est vrai. Il a dormi dans ce lit avec moi hier soir. Il est partout dans cette chambre, dans les chemises soigneusement rangées pendues dans le dressing, les chaussures bien alignées à côté de la commode. Sa montre, son portefeuille, ses clés ; il a même oublié son téléphone. La rumeur de l'océan me fait penser à lui, à sa tête sur mes genoux sur le bateau, bataillant contre la nausée.

Pendant un instant, je tire un peu de joie obscure de l'image d'Ethan installé à côté de la piscine, malheureux, entouré de personnes dont il adorerait devenir les amis une fois pompette mais qu'il préfère généralement éviter tant qu'il est sobre. Mais mon contentement s'évanouit lorsque je me souviens de notre dispute : le fait que je l'ai détesté pendant deux ans et demi à cause d'une réaction mal interprétée et le fait que le problème Ami/Dane ne trouvera pas de solution avant au moins plusieurs jours.

Ce qui me laisse une information à tourner et à retourner dans mon esprit, qui est qu'Ethan m'a avoué qu'il voulait m'inviter à sortir.

Je dois procéder à une véritable réécriture de mon histoire intérieure, ce qui me demande beaucoup de travail mental. Bien sûr, Ethan m'a plu lorsque je l'ai rencontré, mais pour moi, la personnalité est bien plus importante que le physique. Il a donc presque instantanément perdu tout intérêt par la suite. Jusqu'à ce voyage, cela dit, quand il a non seulement été le meilleur acolyte mais aussi une personne complètement adorable à plusieurs occasions… et souvent torse nu.

Soupir. Je me lève, avance jusqu'à la porte et jette un coup d'œil à l'extérieur. Aucun signe d'Ethan dans le salon. Je m'aventure dans la salle de bains, ferme la porte et ouvre le robinet pour me passer de l'eau sur le visage. Je me fixe dans le miroir, pensive.

Ethan voulait m'inviter à sortir.

Parce que *je plaisais* à Ethan.

Dane lui a dit que j'avais mauvais caractère.

Je lui ai prouvé que Dane avait raison dès le premier jour.

Mes yeux s'écarquillent lorsqu'une possibilité supplémentaire me vient à l'esprit : *Et si Dane voulait éviter que je sorte avec son frère ?* Et s'il voulait éviter que je fourre mon nez dans ses affaires, sachant que c'était lui qui organisait tous les voyages, qu'il voyait d'autres filles et Dieu sait quoi d'autre encore ?

Il a fait d'Ethan son bouc émissaire, son bouclier. Et s'il avait utilisé ma réputation de fille grincheuse à son avantage pour créer une zone tampon ? Quel connard !

J'émerge de la salle de bains vers la gauche pour commencer ma Recherche d'Ethan et me heurte instantanément à son torse aussi dur qu'un mur de briques. Le *ouf* qui m'échappe est digne d'un dessin animé. Il en rajoute et empire la situation en me rattrapant facilement et en me maintenant à distance raisonnable, l'air circonspect. L'image absurde d'Ethan me retenant d'une main sur mon front tandis que je tente de lui décocher des coups de poing sans succès, s'impose à moi.

Je recule d'un pas.

– Où étais-tu ?

– Piscine, répond-il. Je suis venu chercher mon téléphone et mon portefeuille.

– Où vas-tu ?

Il hausse les épaules.

– Je ne sais pas trop.

Il est sur la défensive. Bien sûr qu'il est sur la défensive. Il a admis que je lui plaisais et jusqu'à ce voyage, j'ai toujours été désagréable avec lui. Et puis, je me suis ruée hors de la pièce après avoir insinué que j'avais mieux à faire que de m'intéresser à lui.

Je ne sais même pas par où commencer. Je réalise que de nous deux, c'est moi qui ai le plus de choses à dire maintenant. J'ai envie de commencer par des excuses, mais j'ai l'impression de me heurter à un mur – les mots ne viennent simplement pas.

Alors, je me lance sur un autre sujet :

– Sans vouloir retomber dans mes travers, c'est-à-dire opter pour la pire explication possible… penses-tu que Dane essayait de nous maintenir à distance l'un de l'autre ?

Ethan se renfrogne instantanément.

– Je n'ai pas envie de parler de Dane ni d'Ami là, tout de suite. Nous ne pouvons pas parler d'eux alors que nous sommes ici et qu'ils sont là-bas.

– Je sais, d'accord, je suis désolée. (Je le regarde dans les yeux et repère une lueur d'émotion. C'est suffisant pour me donner la force de continuer.) Mais devrait-on parler de nous ?

– Quel *nous* ?

– Le *nous* qui est en train d'avoir cette conversation ? je murmure, les yeux écarquillés. Le *nous* qui est parti en vacances ensemble, qui s'est disputé, qui a des… sentiments.

Il plisse les yeux.

– Je ne crois pas que *nous* soyons une très bonne idée.

Le fait qu'il soit en plein déni est bon signe ; il s'agit d'un désaccord familier. Ça m'aide à affirmer ma résolution.

– Pourquoi ? Parce qu'on se chamaille ?

– C'est un euphémisme.

– J'apprécie qu'on se chamaille, lui dis-je, en tentant de lui ouvrir mon cœur. Ton ex-copine fuyait la confrontation. Mes parents refusent de divorcer, mais ne se parlent plus. Et – même si je sais que tu n'as pas envie d'en parler – j'ai la sensation que ma sœur vient de se marier avec… (j'essaie de couvrir mes arrières pour éviter de revenir à notre conversation d'un peu plus tôt) quelqu'un qu'elle ne connaît pas aussi bien qu'elle le pense. Mais *nous* nous sommes toujours livré le fond de notre pensée. C'est l'une des choses que je préfère avec toi. Est-ce que tu vis ça avec tout le monde ?

Il ne répond pas tout de suite et je lance :

– Je sais que ce n'est pas le cas.

Son visage s'apaise et je sens qu'il évalue ce que je viens de lui dire. Il est peut-être en colère contre moi, mais au moins, il m'écoute.

Je me mords les lèvres en levant les yeux vers lui. Il est temps de changer de tactique.

– Tu as dit que j'étais sexy.

Ethan Thomas prend un air exaspéré.

– Tu sais que c'est le cas.

J'inspire profondément, puis retiens mon souffle. Même si rien ne se passe une fois de retour chez nous, de toute manière, il serait probablement plus intelligent de garder nos distances, parce que qui sait quelle explosion nucléaire surviendra une fois que j'aurai parlé à Ami, et je doute sincèrement que nous parvenions à nous retenir de nous jeter l'un sur l'autre durant les cinq prochains jours.

Au moins, je sais que ça ne sera pas simple pour moi. Mon énervement s'est transformé en tendresse et en une attraction si puissante qu'il m'est difficile de ne pas l'enlacer dans le couloir, là tout de suite, malgré son expression revêche – sourcils froncés, bouche dépourvue du moindre sourire – et ses poings serrés. En réalité, chaque fois que j'ai eu envie de le frapper par le passé, je mourais peut-être seulement d'envie de coller mon visage au sien.

Je plisse les yeux dans sa direction. Je ne crains pas de me rabaisser aux techniques de séduction les plus faciles.

Je tends une main vers lui et le mouvement comprime accidentellement mes seins.

Il le remarque. Ses narines se dilatent et ses yeux se fixent sur mon visage, comme s'il se refusait à regarder ailleurs. Ethan Thomas est définitivement un amateur de fortes poitrines.

Je me mords les lèvres plusieurs fois. En réponse, il humecte les siennes et déglutit, toujours maître de ses gestes. Je vais devoir me donner un peu plus de mal.

J'avance d'un pas et pose une main sur son ventre. Seigneur, il est ferme et chaud, et sa peau frémit très légèrement sous mes doigts. Ma voix tremble, mais je sens que je suis sur le point d'arriver à mes fins, ce qui me donne la confiance nécessaire pour continuer :

– Tu te souviens de m'avoir embrassée hier soir ?

Il cligne des yeux, soupire lentement, comme s'il venait d'être pris en flagrant délit.

– Oui.

– Tu t'en souviens vraiment ?

Je suis si proche de lui que nous sommes presque torse contre poitrine.

Il hésite et me dévisage, les sourcils froncés.

– Que veux-tu dire ?

– Te souviens-tu du baiser en lui-même ? (Mes ongles errent sur son ventre, descendent jusqu'à l'ourlet de son tee-shirt et je glisse le pouce dessous, pour caresser sa peau.) Ou te souviens-tu seulement que c'est arrivé ?

Ethan se lèche les lèvres et un incendie se déclenche dans mon ventre.

– Je me souviens du baiser.

– C'était bon ?

Je remarque que sa respiration est plus courte maintenant. Sa poitrine se soulève rapidement. Moi aussi, je sens que de moins en moins d'oxygène parvient à mes poumons.

– Ouais.

– Es-tu en train de perdre tes mots, Elvis ?

– C'était bon, parvient-il à articuler avant de lever les yeux au ciel.

Mais il s'efforce aussi de ne pas sourire.

– Bon comment ?

Il contracte la mâchoire, comme s'il s'apprêtait à me demander d'un ton sec pourquoi je lui pose la question puisque j'étais là, moi aussi, mais la chaleur de ses yeux m'apprend qu'il est aussi excité que moi et prêt à entrer dans le jeu.

– C'était le genre de baiser aussi bon que du sexe.

Tout l'air s'évapore de mes poumons et je le contemple, sans voix. Je m'attendais à ce qu'il ne se mouille pas trop, et pas à ce que sa réponse fasse sortir mon désir de son orbite.

Mes mains remontent sur sa poitrine. J'apprécie le petit grognement qu'il ne semble pas parvenir à contenir. Je dois monter sur la pointe des pieds pour l'atteindre, mais je ne vois pas d'inconvénient majeur à faire quelques efforts. Les yeux plantés dans les miens, il n'incline pas la tête avant que j'arrive à la hauteur limite à laquelle je peux parvenir.

Mais ensuite, il s'abandonne complètement : avec un petit soupir de soulagement, il ferme les yeux, m'attrape par la taille et m'embrasse. Si le baiser d'hier soir ressemblait à un élan alcoolisé, celui-là me donne l'impression d'un lâcher-prise complet. Il m'embrasse lentement, puis avec davantage de vigueur. Ses gémissements graves vibrent jusqu'à la moelle de mes os.

Je suis au paradis : je plonge les doigts dans ses cheveux soyeux, il me soulève pour que je passe les jambes autour de sa taille. Son baiser me fait perdre pied ; je n'ai même pas honte de m'abandonner immédiatement à mon désir insatiable parce qu'il est juste là, tout contre moi, éperdu.

J'articule un mot dans sa bouche :

– Chambre.

Il me porte dans le couloir, franchit la porte sans encombre en direction du lit. J'ai envie d'entendre ses petits grognements suaves, les soupirs qui lui échappent lorsque je lui tire les cheveux ou l'embrasse sur la joue, dans le cou, sur les oreilles.

Je l'attire contre moi lorsqu'il me dépose sur le matelas, retire sa chemise avant même que son torse effleure ma poitrine. Toute cette peau douce, chaude et bronzée me donne le tournis, comme si j'avais de la fièvre. *La prochaine fois*, je pense. *La prochaine fois, je le déshabillerai lentement et je profiterai de chaque centimètre carré de sa peau mais là, j'ai juste envie de sentir son poids sur moi.*

Sa bouche parcourt mon corps, ses mains, déjà familiarisées avec mes jambes, m'explorent les seins, le ventre, la peau délicate de mes hanches, et plus bas. J'aimerais prendre une photo de lui comme ça : ses cheveux doux qui effleurent mon ventre tandis qu'il descend, les yeux fermés de plaisir.

– Je crois que nous n'avions jamais passé autant de temps sans nous prendre le bec, murmure-t-il.

– Et si ce n'était qu'une ruse pour obtenir une excellente photo pour te faire chanter ?

Je suis à bout de souffle, il dépose une série de baisers enfiévrés autour de mon nombril.

– J'ai toujours voulu être avec une arnaqueuse de haut vol.

Maintenant, il me mordille à la jointure sensible entre hanche et cuisse.

Je commence à glousser, puis il dépose un baiser entre mes jambes, là où je suis brûlante et où je palpite de désir. Ethan pose une main sur ma poitrine pour sentir les battements de mon cœur. Calme et concentré, en laissant échapper des gémissements encourageants, il œuvre tant et si bien que je ne suis plus que halètements rauques dans ses bras.

– Ça va, Olivia ? demande-t-il en me suçant le cou.

– Demande-moi plus tard. Non verbale pour l'instant.

Son grognement me fait comprendre que cette réponse ne lui déplaît pas. Des doigts avides glissent sur mon ventre, mes seins, mes épaules.

Je parviens à me reprendre, trop appâtée par ses clavicules, les poils de son torse et de son ventre pour qu'un orgasme, même renversant, me réduise à l'inertie. Les lèvres ouvertes, les doigts entortillés dans mes cheveux, Ethan m'observe descendre le long de son corps, l'embrasser, le goûter, jusqu'à m'arrêter, le regard tendu.

Il m'attrape, me fait remonter puis me grimpe dessus avec une agilité surprenante. Je sens l'air quitter mes poumons et son corps épouser le mien.

– Ça va ? demande-t-il.

Je pourrais lui faire remarquer qu'il est évident que ça va, mais ce n'est pas le moment de chercher la petite bête.

– Ouais. Oui. Parfait.

– Tu as envie ?

Ethan me suçote l'épaule, glisse sa paume chaude sur ma hanche, ma taille, mes côtes, puis descend plus bas.

– Ouais. (Je prends une grande inspiration.) Et toi ?

Il hoche la tête contre moi, puis rit calmement en me donnant un baiser.

– J'en ai vraiment, vraiment envie.

Mon corps crie *oui* au moment où mon cerveau hurle *contraception.*

– Attends. Préservatif, je gémis dans sa bouche.

– J'en ai.

Il saute du lit et je suis assez distraite en le voyant traverser la chambre qu'il me faut une seconde pour réaliser ce qu'il vient de dire.

– Avec qui comptais-tu coucher pendant ce séjour ? je lui demande en faisant mine de lui adresser un regard noir du lit. Et dans quel lit ?

Il ouvre une boîte et me jette un coup d'œil.

– Je ne sais pas. Mais il vaut mieux être prêt, non ?

Je m'appuie sur un coude.

– Pensais-tu que tu coucherais avec moi ?

Ethan rit et déchire l'emballage avec les dents.

– Clairement pas avec toi.

– Sympa.

Il revient vers moi en m'offrant un aperçu très agréable.

– J'estime qu'il aurait été délirant de ma part de penser que je pourrais avoir autant de chance.

A-t-il conscience d'avoir choisi les mots parfaits pour parachever son opération séduction ? Je peux difficilement le contredire ; être sur le point de coucher avec lui à cet instant me donne l'impression d'être la femme la plus chanceuse du monde. Et lorsqu'il me monte dessus en collant sa bouche à la mienne et en m'effleurant la cuisse pour m'attraper le genou et le plier sur sa hanche, me quereller avec lui est soudain la dernière chose qui me viendrait à l'esprit.

CHAPITRE 12

Ethan me regarde, sourit puis incline la tête et repousse la nourriture dans son assiette. Son expression est ironiquement timide, pour le pervers sexy qui m'a traitée comme un objet et m'a contemplée avec l'intensité d'un prédateur quand je me suis habillée il y a à peine une demi-heure. Quand je lui ai demandé ce qu'il faisait, il a répondu :

– J'ai eu une absence.

Je lui demande maintenant :

– C'était quoi, ton absence ?

Ethan lève les yeux.

– Pardon ?

Je réalise que je cherche les compliments. Il m'observait m'habiller avec une avidité que je n'avais jamais vue dans ses yeux, même le soir des Mai Tai. Mais je suppose que je suis toujours en plein déni, parce que je n'arrive pas à croire que nous nous entendions bien, encore moins que l'alchimie soit au rendez-vous quand on enlève nos vêtements.

– Dans la chambre. « J'ai eu une absence. »

– Oh, répond-il en grimaçant. Ouais. À ce sujet. J'étais juste en train de paniquer parce que je venais de coucher avec toi.

J'éclate de rire. Je crois qu'il plaisante.

– Merci d'être toujours là où je t'attends.

– Non, en réalité, reprend-il avec un sourire. J'appréciais la vue. J'aime te voir t'habiller.

– On aurait pu penser que le moment du déshabillage serait le point culminant.

– Ça a été le cas. Crois-moi.

Il prend une bouchée, mâche et avale tout en me scrutant, et quelque chose dans son expression me renvoie une heure plus tôt, lorsqu'il n'arrêtait pas de murmurer *c'est bon, tellement bon* dans mon oreille avant que je m'effondre sous lui.

– Mais ensuite, te voir te préparer pour revenir parmi les vivants, c'était…

Il jette un coup d'œil par-dessus mon épaule, en cherchant le bon mot, et je suppose qu'il va me plaire – *sexy*, ou *alléchant,* ou peut-être *bouleversant* –, mais son expression devient soudain revêche.

Je le désigne de ma fourchette.

– *Ce* n'est pas exactement l'expression adéquate pour cette conversation.

– Sophie, s'écrie-t-il à la fois comme une explication et une salutation lorsqu'elle s'approche de la table, au bras de Billy, un cocktail à la main.

Bien sûr. Je veux dire *bien sûr* qu'elle se dirige vers nous, en bikini sous une tunique courte et transparente, avec l'allure d'un mannequin sortant d'un shooting photo de *Playboy. Alors que* moi, mes cheveux emmêlés ressemblent à une meule de foin au sommet de mon crâne, je ne suis absolument pas maquillée et je sens le sexe à plein nez. Pour couronner le tout, je porte un short de jogging et un tee-shirt représentant des bouteilles souriantes de ketchup et de moutarde en train de danser.

– Salut, vous !

Sa voix est si aiguë que j'ai l'impression qu'un sifflet vient de retentir dans mes oreilles.

Je scrute Ethan assis en face de moi, toujours aussi curieuse de comprendre comment cette relation a pu fonctionner : Ethan avec sa voix grave et miellée, Sophie et son timbre de souris de dessin animé. Ethan et son regard attentif, Sophie dont les yeux roulent dans tous les sens, prêts à se poser sur la prochaine chose qui l'intéressera. Il est aussi beaucoup plus imposant qu'elle. Pendant une seconde, je l'imagine, lui, en train de la trimballer à travers les Villes Jumelles dans un porte-bébé et je dois retenir un gloussement.

Nous laissons tous les deux échapper un « salut » mollasson.

– Un déjeuner sur le tard ? demande-t-elle.

– Ouais, fait-il avant d'affecter une expression de bonheur conjugal. (Si moi, je réalise à quel point c'est forcé, Sophie – la petite amie avec qui il a vécu pendant presque deux ans – doit aussi le comprendre.) Nous la prenons cool.

J'ajoute trop fort :

– Au lit.

Ethan me jette un coup d'œil comme si j'étais incurable. Il exhale par le nez, un long filet d'air patient. Pour une fois, je ne mens pas et j'ai quand même l'intonation d'une folle furieuse.

– C'est ce qu'on a fait hier. (Sophie jette un coup d'œil à Billy.) Sympa, n'est-ce pas ?

Cette situation est bien trop étrange. Qui parle à une autre personne comme ça ?

Billy hoche la tête sans nous regarder, qui pourrait le blâmer ? Il a aussi peu envie de passer du temps avec nous que nous deux. Mais sa réaction ne suffit pas à convaincre Sophie de tourner les talons parce qu'elle fronce les sourcils, irritée. Elle adresse une œillade vorace à Ethan, puis détourne encore le regard, comme la femme la plus seule de la planète. Je me demande comment il se sentirait s'il levait les yeux et s'en rendait compte – le désir ardent lisible dans son expression, le *ai-je fait une erreur ?* peint sur son visage –, mais il s'est remis à triturer ses nouilles.

– Alors ? lance-elle en regardant Ethan dans les yeux.

On dirait qu'elle lui envoie des messages par la force de son esprit.

Le destinataire reste indifférent.

Finalement, il se décide à lui jeter un regard impassible.

– Hum ?

– On pourrait peut-être boire un verre plus tard. Discuter ?

L'invitation qu'elle lance est au singulier, pas au pluriel. Je suppose que Billy n'est pas inclus non plus.

J'aimerais m'exclamer : *Maintenant tu as envie de discuter ? Ce n'était pas le cas quand vous étiez ensemble !*

Mais je me retiens. La situation devient très pesante et j'observe Billy pour savoir s'il en a conscience, mais il a sorti son téléphone de sa poche et fait défiler son fil Instagram.

– Je ne… (Ethan me regarde, les sourcils froncés.) Enfin, peut-être ?

Je le dévisage avec une expression hurlant *es-tu sérieux, putain ?* mais il ne le remarque pas.

– Tu m'envoies un message ? suggère-t-elle doucement.

Il laisse échapper un marmonnement affirmatif diffus, et j'aimerais prendre son expression en photo pour la lui montrer plus tard et lui demander de m'expliquer. Sophie regrette-t-elle d'avoir rompu avec Ethan ? Ou est-ce le fait qu'il soit « marié » et qu'il ne soupire plus après elle qui la gêne ?

Cette dynamique est fascinante… et vraiment tellement, *tellement* étrange. Je ne vois pas d'autre explication.

J'imagine cette fille pétillante laisser un mot qui dit simplement, *je ne crois pas qu'on devrait se marier. Désolée.*

Et, en réalité, ce n'est pas si absurde que ça. En surface, elle est aussi douce qu'une colombe et a probablement énormément de mal à exprimer des sentiments négatifs. Alors que je suis plutôt du genre aigre-doux à première vue et totalement capable de détailler toutes les manières dont je pense que le monde tend à la catastrophe.

Après s'être attardée quelques instants supplémentaires, Sophie tire sur le bras de Billy et ils s'éloignent vers la sortie. Ethan laisse échapper un long soupir en direction de son assiette.

Je commence :

– Sérieusement, pourquoi insistent-ils pour nous fréquenter ?

Il défoule toute sa mauvaise humeur sur un morceau de poulet en le harponnant brutalement.

– Aucune idée.

– Je pense qu'aller boire un verre avec elle serait une mauvaise idée.

Il hoche la tête, mais ne répond rien.

J'observe les fesses hautes et fermes de Sophie battant en retraite avant de me tourner à nouveau vers Ethan.

– Ça va ?

Après tout, on a couché ensemble il y a environ une heure. Même avec son ex omniprésente errant dans tout l'hôtel, la réponse correcte est *oui*, n'est-ce pas ?

Ethan acquiesce et m'adresse ce que je sais maintenant reconnaître comme un sourire hypocrite.

– Tout va bien.

– Bon à savoir, parce que j'étais sur le point de renverser la table à cause de son regard de cocker.

Il lève la tête.

– Son quoi ?

Je n'apprécie pas de le sentir aussi réactif. J'aimerais être honnête avec lui, mais mon ton sonne un peu faux.

– Juste… elle semblait vouloir attirer ton attention.

– Je lui ai *accordé* mon attention. Elle nous a proposé d'aller boire un verre…

– Ouais, non. Elle t'a proposé de boire un verre.

Ethan tente délibérément de maintenir une façade d'indifférence sans parvenir à être convaincant. Il s'efforce de retenir un sourire de triomphe.

Et je comprends. Qui n'a jamais rêvé d'agiter sa toute nouvelle relation au nez de la personne qui l'a quitté ? Même les meilleurs d'entre nous ne sont pas au-dessus de ce genre de mesquinerie. Pourtant, la chaleur me monte au visage. Je ne me contente pas d'être méfiante, je me sens humiliée. Une baise de vacances, évidemment. Mais dissimule l'érection que te provoque ton ex pendant au moins six heures après avoir couché avec quelqu'un d'autre, mec !

Je m'arrête net.

C'est tout moi. J'envisage toujours le pire. J'ai tellement besoin d'une pause que je me lève et laisse tomber ma serviette sur la table.

– Je vais monter me doucher. J'aimerais bien faire un peu de shopping dans la boutique de l'hôtel pour rapporter des souvenirs.

Il se lève, plus par surprise que par courtoisie – je crois.

– OK. Je pourrais…

– Non, c'est bon. On se voit plus tard.

Il reste silencieux. Lorsque je lui jette un coup d'œil en arrivant au niveau de la sortie, je n'arrive pas à distinguer son expression : il s'est rassis et il fixe son assiette.

La thérapie par le shopping est une réalité qui me remplit de joie. J'erre dans les boutiques de l'hôtel et achète plusieurs cadeaux pour remercier Ami, des souvenirs pour mes parents, je me procure même un tee-shirt pour Dane. C'est peut-être un enfoiré de première, mais le pauvre a raté sa lune de miel.

Même si je suis capable de m'absorber dans le vide mental que me procure le passage en revue des bibelots hors de prix de l'île, mon irritation reste latente. Et un peu plus en profondeur, je ressens des élancements désagréables en me demandant si nous n'avons pas commis une terrible erreur en couchant ensemble. C'est possible, et si ça se concrétise, nous venons de rendre les cinq jours qui restent exponentiellement bien plus gênants qu'ils ne le seraient si nous nous détestions toujours.

Cette journée a été épuisante émotionnellement : réveil avec le souvenir d'un baiser, dispute avec Ethan, découvertes sur Dane, réconciliation puis partie de jambes en l'air, et puis la rencontre prévisible et quotidienne avec Sophie qui a déversé une cargaison entière d'incertitude entre nous. Cette journée a duré quatre ans.

Mon premier réflexe, chaque fois que je ne me sens pas bien, a toujours été de parler avec ma sœur. Je sors mon téléphone et distingue la palme qui se reflète sur l'écran. J'aimerais lui demander de ses nouvelles, j'aimerais lui demander si Dane est avec elle, pour savoir ce qu'il a fait, et avec qui. J'aurais vraiment besoin de lui demander des conseils sur Ethan mais je sais que je ne peux pas aborder le sujet sans expliquer tous les détails qui ont mené là.

Ce que je ne peux pas faire au téléphone. Et encore moins par texto. Donc, parce que j'ai besoin de sentir une connexion avec les miens, j'envoie un message à Diego.

Quoi de neuf dans la toundra gelée ?

Je suis sorti avec quelqu'un hier soir.

Ooooh, c'était bien ?

Eh bien, il a retiré un morceau
de nourriture coincé entre mes dents
sans prévenir.

Donc… alors non ?

Je suppose qu'Ethan et toi
ne vous êtes pas encore entretués ?

Nous ne sommes pas passés loin
mais toujours pas.

Ce n'est clairement pas le moment d'annoncer la nouvelle qu'Ethan et moi avons franchi le pas, et Diego n'est clairement pas la meilleure personne pour recevoir cette information – la lui confier signifierait en perdre complètement la maîtrise.

Eh bien, je suis sûr
que tu t'arranges pour souffrir
pendant tes vacances de rêve.

Exactement, c'est merveilleux.
Même moi je ne peux pas me plaindre.
Comment va Ami ?

Livide, morte d'ennui,
mariée à un macho.

Et maman/papa ?

La rumeur veut que ton père
lui ait offert des fleurs
et qu'elle ait retiré toutes les pétales
pour écrire PUTA dans la neige.

Waouh. C'est. Waouh.

Donc toujours pareil ici.

Je soupire. C'est exactement ce qui m'inquiétait.

OK. On se voit dans quelques jours.

Tu me manques, ma belle.

Tu me manques aussi.

Je retourne dans la chambre avec mes sacs en m'attendant – peut-être en espérant – qu'Ethan soit sorti pour me permettre de mettre à profit l'apaisement post-shopping qui règne en moi et décider de la marche à suivre.

Mais, bien sûr, il est là, douché, habillé, assis sur le balcon avec un livre. Il m'entend entrer, se lève et quitte la terrasse.

– Salut.

Un coup d'œil dans sa direction me rappelle ce qui est arrivé il y a seulement quelques heures et ce à quoi il ressemblait sur moi. Je l'entends encore haleter avant de jouir, les paupières lourdes, la bouche ouverte de plaisir. Je laisse tomber les sacs sur un fauteuil du salon et fouille ostensiblement à l'intérieur.

– Salut, je réponds, faussement distraite.

– Tu as envie de dîner ? demande-t-il.

Mon ventre gargouille, mais je mens :

– Hum… pas très faim.

– Oh. J'attendais juste pour voir…

Il s'interrompt et se frotte le menton, l'air légèrement contrarié.

Ma réaction n'a absolument rien à voir, mais c'est ce que mon cerveau décide de dire soudain :

– Je pensais que tu serais en train de boire un coup avec Sophie.

Il a le culot d'avoir l'air troublé.

– Je… non ?

– Tu aurais pu aller dîner sans moi, tu sais. (Pour m'occuper les mains, je roule mon sac de shopping en plastique avec agressivité avant de le lancer sur le fauteuil.) Nous ne sommes pas obligés de prendre tous nos repas ensemble.

– Et si j'ai envie de dîner avec toi ? demande-t-il en m'examinant, clairement mécontent. Est-ce que ça briserait tes nouvelles règles déroutantes ?

Je laisse échapper un rire qui sonne faux.

– Règles ? Comme si tu respectais la moindre règle !

– Pardon ?

– Tu couches avec moi, puis tu regardes ton ex avec les yeux de l'amour devant moi. Je dirais que ça brise une règle assez importante.

Il fronce immédiatement les sourcils.

– Attends. Tu es en train de parler de Sophie ? Est-ce une autre mauvaise interprétation de la situation, comme pour le fromage à poutine ?

– Non, Ethan, ce n'est pas le cas. Je me fous complètement de Sophie. Ça me concerne, moi. Tu étais plus préoccupé par sa réaction que tu ne l'étais par ce que je ressentais à ce moment-là. Je ne me mets pas souvent dans des situations où je suis un second choix ou une distraction, donc tu peux probablement comprendre que la voir était gênant pour moi aussi. Mais tu n'as pas eu l'air de t'en rendre compte du tout. Évidemment, c'est normal si tu n'as pas de sentiments pour moi mais… (Je m'arrête sans conviction.) Quoi qu'il en soit. Ça n'a rien à voir avec Sophie.

Ethan marque une pause, bouche bée, comme s'il voulait parler mais ne savait pas quoi dire. Finalement, il parvient à articuler :

– Qu'est-ce qui te fait penser que je n'ai pas de sentiments pour toi ?

À mon tour d'hésiter.

– Tu n'as jamais dit que tu en avais.

– Je n'ai pas non plus dit que je n'en avais pas.

Je suis tentée de poursuivre cette conversation ridicule rien que pour le plaisir d'être insupportable, mais quelqu'un doit assumer le rôle de l'adulte ici.

– Je t'en prie, ne fais pas semblant de ne pas comprendre pourquoi je suis en colère.

– Olive, nous avons à peine échangé deux phrases depuis que nous avons couché ensemble. Qu'est-ce qui a bien pu te mettre en colère ?

– Tu as complètement paniqué au déjeuner !

– Tu paniques maintenant !

Je réalise qu'il ne nie pas.

– Bien sûr, parce que je n'ai pas apprécié de te voir te délecter en silence de la jalousie de Sophie juste après avoir couché avec moi.

– « Me délecter en silence » ? (Il se tait et secoue la tête, puis lève une main comme pour demander un cessez-le-feu temporaire.) Pouvons-nous nous contenter d'aller dîner ? Je suis mort de faim et je n'ai aucune idée de ce qui se passe ici.

Peut-être sans surprise, le dîner est tendu et silencieux. Ethan commande une salade, je commande une salade, nous n'avons clairement pas envie d'attendre que nos plats arrivent. Nous évitons tous les deux aussi l'alcool alors qu'honnêtement, je n'aurais pas dit non à quelques margaritas.

Une fois la serveuse repartie, je sors mon téléphone et fais mine d'être incroyablement occupée, mais en réalité je joue au poker.

Bien sûr, j'avais raison : le sexe a été une terrible erreur et, maintenant, il nous reste cinq jours à passer ensemble. Devrais-je prendre sur moi, sortir ma carte de crédit et me payer une chambre individuelle ? Ce serait une dépense considérable, mais cela pourrait contribuer à faire en sorte que les vacances restent… agréables. Je pourrais me lancer dans toutes les activités que je veux avoir faites avant de mourir. Même si c'est seulement 30 % aussi drôles sans Ethan, c'est 100 % plus drôles que d'être enfermée chez moi. Mais l'idée de ne plus pouvoir profiter de l'humour si caractéristique et des chamailleries d'Ethan qui m'ont accompagnée jusque-là est une déception.

– Olive.

Je lève les yeux, surprise qu'il prononce mon prénom mais n'enchaîne pas immédiatement.

– Ouais ?

Il ouvre sa serviette, la déplie sur ses genoux et s'appuie sur ses avant-bras en me regardant droit dans les yeux.

– Je suis désolé.

J'ignore s'il s'agit d'excuses pour le déjeuner, pour avoir couché avec moi ou pour une centaine d'autres choses qui pourraient le faire culpabiliser.

– À propos de… ?

– Du déjeuner, ajoute-t-il délicatement. Je n'aurais dû me préoccuper que de toi. (Il se tait et se gratte un sourcil.) Je n'avais absolument aucune envie d'aller boire un coup avec Sophie. Si je suis resté taciturne, c'est parce que j'avais faim et que j'en avais assez de tomber sur elle.

– Oh. (Toutes mes pensées se figent soudain dans mon esprit, le monde autour de moi marque un temps d'arrêt. C'est tellement plus facile que de réserver une nouvelle chambre d'hôtel.) D'accord.

Il sourit.

– Je ne veux pas qu'il y ait de la gêne entre nous.

Je fronce les sourcils et demande :

– Attends. Es-tu en train de t'excuser pour pouvoir recoucher avec moi ?

Ethan semble ne pas parvenir à décider s'il a envie de rire ou de me lancer sa fourchette au visage.

– Je suppose que je m'excuse parce que c'est ce que me dictent mes émotions.

– Tu as des émotions en dehors de l'irritation ?

Maintenant, il s'esclaffe.

– Je ne crois pas avoir remarqué que je semblais me délecter silencieusement de sa jalousie. Je ne mentirais pas en affirmant que le fait qu'elle soit jalouse ne m'apporte aucun plaisir, mais ça n'a rien à voir avec ce que je ressens pour toi. Je n'avais aucune intention d'avoir l'air préoccupé par Sophie juste après avoir couché avec toi.

Waouh. Une femme l'a-t-elle coaché pour lui expliquer comme s'excuser ? C'est fantastique.

– Elle m'a écrit tout à l'heure et j'ai répondu, m'apprend-il en tournant son téléphone vers moi pour que je puisse le lire. (Le texto dit simplement : Pas très envie de boire un verre. Passe un bon séjour.) Avant que tu reviennes dans la chambre. Regarde l'heure. (Il désigne les chiffres en souriant.) Tu ne peux même pas penser que je l'ai fait parce que tu étais en colère, parce que j'ignorais complètement que tu étais en colère. Finalement, mon ignorance m'a été utile.

Notre serveuse nous apporte nos salades et maintenant que je sens que les choses vont mieux entre nous, je regrette de ne pas avoir commandé un hamburger.

– OK, pas de problème.

– « OK, pas de problème » répète-t-il lentement. C'est tout ?

Je lève les yeux vers lui.

– Je voulais dire : c'était des excuses impressionnantes. Nous pouvons faire semblant de redevenir désagréables l'un envers l'autre maintenant.

– Et si j'avais envie qu'on fasse semblant d'être sympathiques l'un envers l'autre maintenant ? demande-t-il avant de faire signe à la serveuse.

Je plisse les yeux vers lui.

– J'essaie de t'imaginer en mec « sympa ».

– Tu as été plutôt sympa avec moi tout à l'heure, dans la chambre, murmure-t-il tout bas.

Sur le côté de la table, une gorge s'éclaircit. Nous levons tous les deux les yeux en remarquant que la serveuse est revenue.

– Oh. Bonsoir. Vous arrivez à point nommé.

Je lui fais signe et Ethan rit.

– Pouvons-nous commander une bouteille de pinot Bergström Cumberland ? lui demande-t-il.

Elle s'éloigne et il secoue la tête dans ma direction.

– Tu vas me détendre avec de l'alcool maintenant ? je demande en souriant. C'est l'un de mes vins préférés.

– Je sais. (Il tend la main sur la table pour prendre la mienne et tout mon ventre se retourne.) Et non, je vais te détendre en refusant de me disputer avec toi.

– Tu n'arriveras jamais à résister.

Il se penche et m'embrasse les phalanges.

– On parie ?

CHAPITRE 13

Alors qu'Ethan bavarde tranquillement pendant tout le dîner, jusqu'au dessert, je n'arrête pas de le regarder en m'efforçant de ne pas rester bouche bée ; je ne crois pas l'avoir déjà vu autant sourire.

Je refoule l'envie de sortir mon téléphone et de le prendre en photo ; je voudrais répertorier chacun de ses traits : ses sourcils impressionnants et ses longs cils, le contraste de ses yeux brillants ; la ligne romaine de son nez ; sa bouche pleine et intelligente. J'ai l'impression de flotter sur un petit nuage. Quoi que je dise à mon cerveau ou à mon cœur, j'ai bien peur qu'un atterrissage brutal m'attende quand nous prendrons l'avion pour rentrer dans le Minnesota dans quelques jours. J'ai beau tenter de ne pas y penser, j'en suis incapable : Ça ne peut pas durer. C'est trop beau pour être vrai.

Il trempe une fraise dans un filet de coulis au chocolat à côté du cheesecake que nous partageons, puis s'arrête, fourchette en l'air.

– J'étais en train de penser qu'on pourrait grimper voir le lever du soleil sur l'Haleakala demain.

– Qu'est-ce que c'est ?

Je lui vole la fourchette et engloutis la bouchée parfaite qu'il s'apprêtait à manger. Il ne prend même pas un air renfrogné – il sourit – et j'essaie de ne pas me laisser désarçonner. Ethan Thomas ne voit aucun problème à ce que je mange avec sa fourchette. La Olive Torres d'il y a deux semaines reste sans voix.

– C'est le point le plus haut de l'île, explique-t-il. D'après Carly de la réception, c'est la vue la plus impressionnante de Maui, mais nous devons y aller assez tôt.

– Carly de la réception, hein ?

Il rit.

– Il a bien fallu que je trouve quelqu'un avec qui parler pendant que tu faisais du shopping tout l'après-midi.

Il y a seulement une semaine, j'aurais dégainé une réplique sarcastique et coupante, mais dans mon cerveau, il n'y a plus que des yeux en forme de cœur et l'envie de l'embrasser.

Donc, je tends une main sur la table qu'il prend sans la moindre hésitation, comme si c'était la chose la plus naturelle du monde.

– Alors, je crois que si on compte se lever aux aurores, on ne devrait peut-être pas tarder à aller se coucher.

Il ouvre les lèvres et fixe ma bouche. Ethan Thomas comprend vite.

– Je crois que tu as raison.

Le réveil d'Ethan se déclenche à 4 h, et nous nous réveillons en sursaut, marmonnons dans l'obscurité et roulons sur le lit, nus, les draps entortillés autour de nos corps, avant de nous habiller. Même si nous sommes sur une île tropicale, Carly de la réception a précisé à Ethan que la température à cette heure était en général glaciale.

En dépit de notre ferme intention de nous coucher tôt, Ethan m'a maintenue éveillée pendant plusieurs heures avec ses mains, sa bouche et un éventail de vocabulaire cochon scandaleusement varié ; j'ai l'impression d'évoluer entourée d'un épais brouillard de sexe lorsqu'il allume la lumière du salon. Après s'être lavé les dents et m'avoir embrassée, Ethan prépare du café et je glisse une bouteille d'eau, quelques fruits et des barres de granola dans un sac.

Je demande :

– Tu veux que je te raconte une anecdote de randonnée en montagne ?

– Est-ce que ça a quelque chose à voir avec de la malchance ?

– À ton avis ?

– Vas-y.

– L'été suivant ma deuxième année de licence à l'université, je suis partie avec Ami, Julieta et Diego en voyage à Yosemite parce que Julieta était dans sa phase fitness et voulait gravir le Half Dome.

– Eh ben.

– Oui ! je chantonne. C'est une histoire terrible. Donc, Ami et Julieta étaient en pleine forme, mais Diego et moi étions, disons, plus des pantouflards de marathon que des coureurs. Bien sûr, la randonnée en elle-même est démentielle et j'ai cru mourir au moins cinquante fois, ce qui a plus à voir avec de la paresse qu'avec de la malchance. Quand nous avons finalement commencé à gravir la dernière montée, verticale, jusqu'au dôme inférieur, personne ne m'avait dit de faire attention où je mettais les mains. Je me suis agrippée à une fissure et j'ai attrapé un serpent à sonnette.

– Quoi !

– Ouais, mordue par un putain de serpent à sonnette. Je suis tombée de près de quatre mètres.

Ethan me dévisage, bouche bée.

– Qu'as-tu fait ?

– Eh bien, Diego n'avait aucune intention de terminer la montée, donc il est resté avec moi, soi-disant pour me faire pipi sur la main. Heureusement, le ranger est arrivé, m'a donné de l'antivenin et je m'en suis sortie.

– Tu vois ? lance Ethan. C'est de la chance.

– D'avoir été mordue ? D'être tombée ?

Il pouffe, incrédule :

– Qu'il ait eu de l'*antivenin.* Tu n'es pas morte sur les flancs du Half Dome.

Je hausse les épaules en lâchant deux bananes dans le sac à dos.

– Je vois ce que tu veux dire.

Je sens qu'il continue à me regarder.

– Mais tu n'y crois pas vraiment, n'est-ce pas ?

Après m'avoir longuement regardée, il ajoute :

– Quand tu dis que la malchance te poursuit ?

– Bien sûr que si. Je t'ai déjà raconté quelques anecdotes en or mais, plus récemment, j'ai perdu mon travail un jour après le départ de ma colocataire. En juin, j'ai dû faire réparer ma voiture et j'ai écopé d'une amende quand un chauffard en délit de fuite a propulsé ma voiture flambant neuve dans une zone « interdit de stationner ». Et cet été, une vieille dame s'est endormie sur mon épaule dans le bus, mais j'ai réalisé qu'elle était morte, et pas endormie, après avoir raté mon arrêt.

Il écarquille les yeux.

– La dernière histoire était une blague. Je ne prends même pas le bus.

Ethan se penche en posant ses mains sur ses genoux.

– Je ne sais pas ce que je ferais si quelqu'un mourait à côté de moi.

– Je crois que les chances sont assez minces.

Même à moitié endormie, je souris en versant notre café dans deux mugs en carton et en tends un à Ethan.

Il se redresse et lance :

– Je suppose que je suis en train de sous-entendre que tu accordes trop d'importance au concept de chance.

– Tu veux dire que le positif attire le positif ? Ne crois pas que tu es le premier à m'en parler. Je réalise que c'est en partie une question de point de vue, mais honnêtement, il s'agit aussi de chance.

– OK mais… ma pièce porte-bonheur est juste une pièce. Elle n'a aucun pouvoir réel, ce n'est pas de la magie, c'est juste un truc que j'ai trouvé avant que plusieurs choses très chouettes ne m'arrivent. Donc, maintenant, je l'associe avec ces choses géniales. (Il lève le menton vers moi). J'avais ma pièce avec moi quand on est tombés sur Sophie. Logiquement, si c'était un vrai porte-bonheur, ça ne serait pas arrivé.

– À moins que ma poisse ne l'ait emporté sur ta veine.

Il me prend par la taille et m'attire contre la chaleur de son torse. Je suis encore tellement peu habituée à ses marques d'affection si naturelles qu'un frisson me parcourt la colonne vertébrale.

– Tu es un danger public, murmure-t-il contre mon front.

– Je suis juste faite comme ça. Ami et moi nous sommes comme une photo et son négatif.

– Ce n'est pas une mauvaise chose. (Il prend mon menton entre ses doigts et m'embrasse une fois, lentement.) Nous ne sommes pas censés être des répliques exactes de nos frères et sœurs… même si nous sommes identiques à l'extérieur.

Je réfléchis à sa remarque tout en avançant dans le couloir. Toute ma vie, on m'a comparée à Ami, j'apprécie d'autant plus de charmer quelqu'un en étant moi-même.

Mais, bien sûr, cette prise de conscience – qu'il m'aime comme je suis – déclenche la suivante, et une fois dans l'ascenseur en direction de la réception, la pensée m'échappe, sans que je puisse la contrôler :

– Je suppose que je suis aussi l'opposé radical de Sophie.

J'ai immédiatement envie de revenir sur les mots qui m'ont échappé et de me les fourrer dans la gorge.

– Je suppose, ouais.

J'aimerais qu'il ajoute « mais dans le bon sens », une fois encore, ou même « j'en suis ravi », mais il se contente de sourire en attendant que je continue à débiter des balivernes.

Je ne lui ferai pas ce plaisir. Je me couds les lèvres et lui jette un regard noir : il est parfaitement conscient de ce qu'il est en train de faire. Quel monstre !

Ethan continue à me sourire :

– Tu es jalouse ?

– Devrais-je l'être ? je lui demande avant de me corriger immédiatement : Enfin, entre nous, c'est seulement un amour de vacances, n'est-ce pas ?

La surprise se peint lentement sur ses traits. Son expression est circonspecte.

– Oh, est-ce seulement ça ?

Cette phrase ressemble à un rocher qui dévalerait ma colonne vertébrale. Nous avons cessé de nous détester il y a deux jours à peine et nous commençons tout juste à être tendres l'un envers l'autre, il est bien trop tôt pour envisager quelque chose de plus sérieux.

N'est-ce pas ? Après tout, nous faisons partie de la même famille par alliance maintenant. Ce n'est pas comme si nous pouvions quitter l'île et nous éviter pour le reste de notre existence ; à un certain moment, nous serons obligés de nous confronter à la réalité… et gérer les retombées possibles.

Nous sortons de l'ascenseur, traversons la réception et montons dans un taxi. Je ne lui ai toujours pas répondu. Je dois réfléchir un peu et Ethan n'y voit apparemment pas d'inconvénient parce qu'il n'essaie aucunement de me tirer les vers du nez.

Étonnamment, même à quatre heures et demie du matin, il y a des embouteillages dans le parc national en direction du sommet du volcan, entre les vans avec des vélos, les groupes de marcheurs et les couples comme nous – nous sommes une sorte de couple – comptant se blottir l'un contre l'autre dans la fraîcheur matinale.

Nous mettons une heure à nous frayer un chemin entre les voitures jusqu'au sommet, où nous gravissons les derniers rochers à pied. Même si le ciel est encore presque entièrement noir, la vue est à couper le souffle. Les gens se tiennent collés les uns contre les autres dans le froid ou assis par terre avec des couvertures, mais l'ambiance est étrangement paisible, comme si nous étions tous suffisamment respectueux pour chuchoter alors que nous sommes sur le point d'être témoins d'un lever de soleil à trois cent soixante degrés.

Ethan étend deux serviettes de plage que nous avons prises à l'hôtel et me fait signe de m'asseoir. Il m'installe entre ses longues jambes tendues et m'attire contre sa poitrine. Je ne vois pas comment il peut se sentir à l'aise mais je suis au paradis, donc je me laisse faire et baisse la garde pour un long moment de tranquillité.

J'aimerais savoir ce qu'il en est, entre nous et dans mon cœur. J'ai l'impression que cet organe s'est fortifié dans ma poitrine, comme s'il exigeait d'être vu et écouté, me rappelant que je suis une femme au sang chaud avec des besoins et des désirs allant au-delà des choses les plus basiques. Être avec Ethan me donne l'impression de me gâter, comme si je m'offrais la nouvelle paire de chaussures parfaites ou un dîner extravagant au restaurant. J'ai seulement du mal à me convaincre que je mérite ça tous les jours… ou que ça pourrait durer.

Il me semble évident que nous sommes tous les deux en train de penser à *nous,* et je ne suis pas du tout surprise lorsqu'il lance :

– Je t'ai posé une question.

– Je sais.

Entre nous, c'est seulement un amour de vacances, n'est-ce pas ?

Oh, est-ce seulement ça ?

Il se tait à nouveau ; il n'a évidemment pas besoin de se répéter. Mais je ne sais pas quoi penser de cette situation.

– Je… réfléchis.

– Réfléchis à haute voix. Avec moi.

Mon cœur se comprime et se tortille dans ma poitrine quand je comprends à quel point il est facile pour lui de me demander ce dont il a besoin et ce qu'il sait que je peux lui offrir : de la transparence.

Je lui rappelle :

– Nous ne pouvions pas nous voir en peinture il y a une semaine.

Sa bouche se pose délicatement dans mon cou.

– Je crois qu'on pourrait attribuer l'animosité ambiante à un malentendu stupide. Ça t'aiderait si je t'achetais une barquette de fromage à poutine une fois de retour chez nous ?

– Oui.

– Tu promets de la partager avec moi ?

Il m'embrasse encore.

– Seulement si tu le demandes très poliment.

À ce stade, je ne peux qu'attribuer mon ressenti pré-Maui concernant Ethan à ma tendance à être négative et sur la défensive. Quand quelqu'un ne nous apprécie pas, il est naturel de ne pas l'apprécier en retour, n'est-ce pas ? Mais lorsque je me souviens que Dane lui a dit que j'avais un sale caractère, je repense à un sujet qu'Ethan a soigneusement évité…

Je sais que je suis la pessimiste de service – surtout si je me compare avec Am –, mais je n'ai pas mauvais caractère. Je ne suis pas acerbe. Je suis prudente et méfiante. Le fait que Dane ait dit une telle chose à Ethan – et que Dane couchait avec une autre fille à ce moment-là – me convainc encore davantage de me tenir sur mes gardes avec Dane.

– Je ne crois pas que nous puissions avoir cette conversation sans explorer aussi la possibilité que Dane souhaitait éviter tout rapprochement entre nous.

Je le sens se raidir à ces mots, mais il ne s'écarte pas, ne me lâche pas.

– Mais pourquoi donc ?

– Ma théorie ? Il a fait croire à Ami qu'il était monogame et tu savais que ce n'était pas le cas. Si on avait commencé à se parler tous les deux, tu aurais peut-être fait allusion à sa relation libre. Comme ici.

Derrière moi, Ethan hausse les épaules et je le connais assez bien pour imaginer son expression : circonspect mais imperturbable.

– Ça lui semblait probablement bizarre, suggère-t-il. L'idée que son grand frère sorte avec la jumelle de sa copine.

– *Si* j'avais accepté de sortir avec toi.

– Es-tu en train de me dire que tu aurais refusé ? riposte-t-il. J'ai aussi lu le désir dans tes yeux, Olivia.

– Tu n'es pas désagréable à regarder.

– Toi non plus.

Il chuchote ces mots contre ma nuque et je reconnais en eux le style particulier des compliments d'Olive-et-Ethan. La réaction d'Ethan au mariage ne m'a pas donné la moindre indication dans ce sens. On aurait dit qu'il pensait que j'étais un petit troll de satin vert.

– J'ai toujours du mal à y croire.

– J'ai toujours cru qu'il était évident que tu me plaisais, explique-t-il. Je voulais déchiffrer tes froncements de sourcils et découvrir quel était ton problème avec moi avant de te renverser sur mon canapé.

Tous mes organes internes entrent en fusion à ces mots. Je m'efforce de ne pas trop m'affaisser dans ses bras, mais je laisse ma tête glisser dans le creux de son cou.

– Tu n'as toujours pas répondu à ma question, me rappelle-t-il tranquillement.

Je me mords les lèvres pour ne pas sourire devant sa persévérance.

– Est-ce juste un amour de vacances ?

– Ouais. L'aventure passagère me convient, je suppose, mais j'aimerais en avoir le cœur net pour savoir comment se déroulera notre retour aux États-Unis.

– Tu veux dire savoir si tu en parleras ou non à Dane ? je demande avec précaution.

– Plutôt savoir si j'aurai besoin de temps pour t'oublier ou pas.

Cette dernière phrase me touche en plein cœur. Je tourne la tête pour le laisser m'embrasser quand il se penche vers moi et me laisse gagner par le soulagement et le désir. J'essaie d'imaginer que je croise Ethan chez Ami et Dane, en gardant mes distances, sans avoir envie de le toucher comme ça.

J'en suis incapable. Ne serait-ce que le visualiser s'avère impossible.

J'avoue :

– Je n'en ai pas encore fini avec ce que nous sommes en train de vivre. Même si ce qui se passe à Maui…

– Ne dis pas un mot de plus.

– … reste à Maui…

Je lui souris, il grogne.

– C'était presque aussi mauvais que ta repartie « au débotté » lors du mariage.

– Je savais que tu chérirais ce souvenir dans un coin de ta mémoire.

Ethan me mordille le cou en grondant.

– Donc, je suppose que ce que je te suggère, c'est… (Je prends une grande inspiration comme si je m'apprêtais à plonger dans une piscine d'eau sombre.) Si tu veux qu'on continue à se voir une fois de retour à la vie réelle, je n'y serais pas *complètement* opposée.

Sa bouche va et vient dans mon cou, me léchant. Ses mains glissent sous ma veste et ma chemise, avant de s'arrêter sur mon sternum.

– Ah ouais ?

– Qu'en penses-tu ?

– Je crois que j'aime l'idée. (Il m'embrasse sur la joue puis chemine jusqu'à ma bouche.) Je crois que ça signifie que je pourrai continuer à faire ça même après la fin de notre fausse lune de miel.

Je me cambre sous ses mains, de manière à l'inciter à me toucher les seins. Mais avec un grognement frustré, Ethan glisse les doigts en direction de mon ventre.

– J'aurais aimé avoir cette conversation dans la chambre.

– Moi aussi.

Parce que ne nous pouvons clairement pas batifoler maintenant : le soleil n'est pas encore levé, mais il émerge de l'horizon, illuminant le ciel d'un million de nuances d'orange, rouge, violet et bleu.

– Est-ce qu'on vient de décider quelque chose ? demande-t-il.

Je ferme les yeux en souriant.

– Je crois bien.

– Parfait. Parce que je suis assez fou de toi.

Je retiens mon souffle et avoue :

– Moi aussi, je suis folle de toi.

Je sais que si je me tournais pour le regarder en face, je le verrais sourire. Je le sens dans la manière dont il me serre plus étroitement dans ses bras.

Nous contemplons ensemble le ciel se transformer d'une seconde à l'autre, telle une toile irréelle en constante évolution devant nous. J'ai l'impression d'être redevenue une petite fille et qu'au lieu d'imaginer un château dans le ciel, je vis dedans ; il n'y a que ce ciel incroyablement coloré qui s'étend à perte de vue.

Le public présent retient son souffle, et le sort se brise seulement lorsque le soleil atteint le zénith, brillant de mille feux, quand les spectateurs commencent à s'agiter pour partir. Je n'ai aucune envie de bouger. Je voudrais rester assise ici, tout contre Ethan, pour l'éternité.

– Excusez-moi, lance Ethan à une dame qui nous passe devant. Ça vous dérangerait de prendre une photo de ma copine et moi ?

OK… après tout, il est peut-être temps de nous ruer vers notre chambre d'hôtel.

CHAPITRE 14

–Quelqu'un pourrait-il m'expliquer comment il est physiquement possible que ma valise pèse vingt kilos de plus qu'à mon arrivée ? J'ai seulement acheté deux tee-shirts et quelques babioles au magasin de souvenirs.

Ethan contourne le lit pour se tenir à côté de moi et appuie sa grande main sur mon sac pour m'aider à le fermer, avec effort.

– Je pense que c'est le poids de ta décision discutable d'avoir acheté à Dane un tee-shirt disant *I Got Lei'd in Maui*[5].

– Tu ne crois pas qu'il appréciera mon humour noir ? Après tout, la vraie question est de savoir si je le lui offrirai avant ou après lui avoir dit qu'on couche ensemble.

Il hausse les épaules, saisit ma valise et me jette un coup d'œil.

---

5. Jeu de mots entre *get laid* (« s'envoyer en l'air ») et le *lei* (collier de fleurs hawaïen)

– Soit il se tordra de rire, soit il fera la moue et ne t'adressera plus la parole.

– Franchement, les deux me vont.

Je suis en train de fourrer des affaires dans mon bagage à main, donc il me faut quelques secondes pour réaliser qu'Ethan n'a pas immédiatement répliqué quelque chose.

– Je plaisante, Ethan.

– Vraiment ?

J'ai réussi à ne pas y penser pendant la majeure partie de ce voyage, mais la réalité s'invite dans notre petit paradis bien plus tôt que je ne l'aurais voulu.

– Dane va-t-il se mettre en travers de notre chemin ?

Ethan s'assoit sur le bord du matelas et m'attire entre ses genoux.

– Je te l'ai déjà dit… il est clair que tu ne l'apprécies pas vraiment, et c'est mon frère.

– Ethan, il ne me pose pas de problème.

– *Pas de problème.* C'est aussi ton beau-frère.

Je recule d'un pas, énervée.

– Mon beau-frère qui, en gros, a trompé ma sœur pendant deux ans.

Ethan ferme les yeux en soupirant.

– Il est impossible…

– S'il sortait avec Trinity au Cul de Mangue il y a deux ans, alors il trompait Ami.

Il prend une grande inspiration, puis pousse un lent soupir.

– Tu ne peux pas tout balancer à Ami avec la délicatesse d'un éléphant dans un magasin de porcelaine à l'instant où nous arriverons.

– Aie confiance en ma capacité à être subtile.

Lorsqu'il devient évident qu'il lutte contre un sourire, j'ajoute :

– Ce n'est pas moi qui ai choisi les robes des demoiselles d'honneur, autant que tu le saches.

– Mais tu as choisi le bikini rouge.

– Tu t'en plains ? je demande en souriant.

– Pas du tout. (Son sourire s'évanouit.) Écoute, je sais qu'Ami, toi et toute votre famille avez des liens bien plus étroits que Dane et moi – bien sûr, on voyage ensemble, mais on ne parle pas vraiment de ce genre de choses. Je ne sais pas s'il nous appartient de soulever le sujet. Nous ne savons même pas si c'est vrai.

– Mais de façon purement hypothétique, comment te sentirais-tu si c'était le cas et qu'il avait menti à Ami pendant des années ?

Ethan se lève et je dois tendre le cou pour lever les yeux vers lui. Mon premier instinct est de penser qu'il est énervé contre moi, mais ce n'est pas le cas, je crois, parce qu'il prend mon visage entre ses mains et se penche pour m'embrasser.

– Je serais déçu, bien sûr. Mais j'ai vraiment beaucoup de mal à imaginer que ce soit le cas.

Comme d'ordinaire, toute velléité de parler de Dane me fuit soudain. Tout est incroyablement aigre-doux aujourd'hui, je n'ai pas envie de quitter l'hôtel mais je suis emballée à la perspective de ce qui nous attend chez nous. Ajouter à ce cocktail explosif la question d'Ami et de Dane ne facilite pas les choses.

Je glisse un doigt sous la ceinture de son short, sur la peau douce de son nombril, l'attirant encore plus près de moi. Avec un sourire de compréhension, sa bouche revient sur la mienne, impatiente maintenant, comme si nous étions soudain conscients que notre conte de fées arrivait à son terme. Ses caresses familières me procurent des sensations aussi puissantes que son baiser. J'aime sentir à quel point ses lèvres sont douces et pleines. J'adore la manière dont il étend les doigts lorsqu'il me touche, comme s'il essayait d'atteindre le plus de peau possible. Nous sommes déjà habillés et prêts à partir, mais je ne proteste pas une seule seconde lorsqu'il fait brusquement passer mon tee-shirt par-dessus ma tête et détache mon soutien-gorge.

Nous retombons sur le matelas ; il fait attention à ne pas s'effondrer sur moi, mais je suis déjà presque accro à son poids, à sa chaleur et à sa fermeté, à sa taille. Les vêtements que nous avions prévu de porter dans l'avion atterrissent à côté du lit et il me grimpe dessus, campé sur ses bras tendus, près de mes épaules. Ethan me dévore du regard.

Je lance :

– Salut, toi.

Il sourit.

– Salut.

– Regarde-nous. Nous avons fini nus, encore une fois.

Il hausse une épaule bronzée.

– Ça pourrait devenir un problème récurrent.

– Problème, perfection. Blanc bonnet, bonnet blanc.

Le sourire qui apparaît sur son visage s'évanouit rapidement et la manière dont il me scrute me donne l'impression qu'il va dire autre chose. Je me demande s'il peut lire dans mes pensées et deviner que je l'implore silencieusement de ne pas parler de Dane ou de ce qui pourrait tout gâcher de retour chez nous. Heureusement, il n'en fait rien. Il se contente de s'appuyer sur moi, en grognant lorsque mes jambes remontent sur ses hanches.

Il sait déjà ce que j'aime, je pense en lui caressant le dos lorsqu'il commence à se mouvoir. *Il fait attention à moi depuis le début, n'est-ce pas ? J'aimerais tellement pouvoir remonter dans le temps et le voir à travers cette nouvelle perspective.*

Thrifty Jet semblait atrocement bon marché à l'aller, mais pendant le vol du retour, les sièges minuscules deviennent une excuse commode pour coller mon bras à celui d'Ethan et passer plusieurs heures à humer l'odeur marine qui a imprégné sa peau. Même Ethan semble plus serein dans l'avion : après la tension et les monosyllabes du décollage, il pose une grande main sur ma cuisse dans les airs et s'endort, la joue appuyée contre le sommet de ma tête.

Si, il y a deux semaines, quelqu'un m'avait montré une photo de nous maintenant, je crois que la surprise m'aurait causé un infarctus.

Aurais-je cru possible d'avoir une telle expression, le sourire repu de la satisfaction sexuelle dont je ne semble pas capable de me débarrasser ? Aurais-je cru possible qu'il me regarde avec une adoration tranquille ? Je n'ai jamais ressenti ça, ce genre de bonheur intense, en chute libre, qui n'éveille aucune sorte d'inquiétude ou d'appréhension au sujet d'Ethan et moi, ou de ce que nous ressentons. Je n'ai jamais adoré quelqu'un avec un abandon aussi fiévreux, et quelque chose me dit que lui non plus.

Mes doutes portent sur ce qui nous attend dans la vie réelle, en particulier, quelle faille tout problème entre Ami et Dane creuserait entre nous.

Alors, je dois me poser la question : en parler à ma sœur vaut-il la peine ? Devrais-je tirer un trait sur le passé ? Ne ferais-je pas mieux d'adopter une nouvelle approche, ne pas aller trop vite en besogne et faire davantage confiance au destin ? Après tout, elle est peut-être au courant depuis le départ et ils ont dépassé ce problème. Peut-être que découvrir que je suis au courant des libertés que Dane a prises au début de leur relation la gênerait et qu'elle serait mal à l'aise avec moi.

Je lève les yeux vers Ethan, toujours endormi, et réalise soudain que les hypothèses ne sont jamais des certitudes. Ce type en est l'exemple parfait. Je pensais savoir exactement qui il était et j'avais complètement tort. Est-il possible que, de la même manière, je méconnaisse certaines facettes de la personnalité de ma jumelle ? Je le secoue délicatement pour le réveiller et il inspire profondément, en s'étirant, avant d'ouvrir les yeux. J'aime tellement son visage que le regarder m'émeut.

– Hé, marmonne-t-il d'une voix grave. Quoi de neuf ? Ça va ?

– J'aime ton visage.

– Je suis heureux que tu aies ressenti le besoin de me le dire à cet instant précis.

– Et, je continue avec un sourire anxieux, je sais que ce n'est pas notre sujet favori mais je voulais que tu saches que j'ai décidé de ne rien dire à Ami au sujet de Dane.

Le visage d'Ethan se détend et il se penche pour m'embrasser sur le front.

– OK, très bien.

– Tout va tellement bien pour nous tous en ce moment…

– Enfin, ouais, me coupe-t-il avec un gloussement. Si on excepte la ciguatera qui a ruiné leur lune de miel.

– En dehors de ça. (J'agite une main faussement nonchalante.) Bref, tout va bien, et je pense que je devrais laisser le passé reposer en paix.

– Totalement.

Il m'embrasse une fois et se penche en arrière en souriant, les yeux fermés.

– Je voulais juste te le dire.

– Je suis heureux que tu l'aies fait.
– Ok, rendors-toi.
– Je n'y manquerai pas.

Le plan : après l'atterrissage, nous récupérerons nos sacs, partagerons un taxi pour rentrer à Minneapolis et passerons la nuit dans nos demeures respectives. Nous avons déjà décidé que le taxi me déposerait chez moi, à Dinkytown – pour qu'Ethan soit sûr que je suis bien rentrée – avant de l'emmener à Loring Park. J'ai la très nette impression que je ne dormirai pas bien seule, mais nous avons décidé de prendre le petit déjeuner ensemble. Autant dire que je compte le tripoter à loisir au lieu de respecter notre intention : déterminer comment et quand expliquer à Ami et à Dane ce qui s'est passé entre nous.

Ce voyage se termine tellement différemment de la manière dont il a commencé. Nous ne sommes pas embarrassés. Nous nous tenons la main en marchant dans le terminal de l'aéroport, en nous chamaillant gentiment pour savoir qui baissera le premier la garde et viendra frapper à la porte de l'autre.

Il se penche vers le tapis roulant à bagages et en profite pour m'embrasser sur la bouche.

– Tu pourrais venir chez moi maintenant pour t'éviter le voyage plus tard.
– Toi aussi.
– Mon lit est vraiment génial, argue-t-il. Il est grand, ferme mais pas dur…

Je repère immédiatement une source potentielle de problèmes : nous sommes tous les deux des casaniers entêtés.

– Ouais, mais j'ai envie de barboter dans ma propre baignoire pour utiliser tous les produits de bain que je possède et qui m'ont manqué ces dix derniers jours.

Ethan m'embrasse encore et s'écarte, sur le point d'épiloguer, quand ses yeux sont attirés par quelque chose derrière moi. Toute son attitude change.

– Oh, bordel !

Les mots semblent résonner, à distance, comme un écho. Je me tourne pour comprendre pourquoi il reste abasourdi et mon estomac fait un looping : Ami et Dane se trouvent à seulement quelques mètres de nous, tenant un écriteau disant bon retour à la maison après notre lune de miel ! Maintenant, je comprends pourquoi j'ai entendu un écho ; Ami et Ethan ont dit la même chose en même temps.

Une émeute commence dans mon cerveau : c'est bien ma chance. Je suis temporairement incapable de décider quelle information traiter en premier : le fait que ma sœur soit ici, qu'elle m'ait vue embrasser Ethan, que Dane m'ait vue embrasser Ethan, ou la triste réalité qui veut – même onze jours après le début de l'intoxication – qu'ils aient toujours une mine terrible. Ami a dû perdre près de dix kilos, Dane peut-être encore plus. Le teint d'Ami est toujours grisâtre et elle flotte dans ses vêtements.

Et nous voilà, bronzés, reposés, en train de nous rouler des pelles en attendant nos bagages.

– Qu'est-ce que je vois ? s'exclame Ami en lâchant sa moitié de pancarte à cause du choc.

Je suis sûre que j'analyserai ma réaction plus tard, mais étant donné que je suis incapable de dire si elle est enthousiaste ou en colère, je lâche la main d'Ethan et m'éloigne de lui. Comment peut-elle bien voir les choses ? Après tout, je suis partie en lune de miel à sa place, je n'ai presque rien payé, pas du tout souffert, et je reviens en embrassant l'homme que je suis censée détester sans avoir mentionné quoi que ce soit dans mes messages ou pendant nos appels.

– Rien, on se contentait de se dire au revoir.

– Étiez-vous en train de vous embrasser ? demande-t-elle, les yeux grands comme des soucoupes.

Ethan lâche un « oui » plein d'assurance au moment où je crie un « non » catégorique.

Il baisse les yeux vers moi et me sourit en entendant le mensonge m'échapper aussi facilement. Je le sens plus fier de mon aisance pour mentir qu'ennuyé par ma réponse.

– D'accord, oui, je corrige. On était en train de s'embrasser. Mais on ne savait pas que vous seriez ici. On allait vous en parler demain.

– Nous parler de quoi, exactement ? m'interroge Ami.

Ethan répond sans hésitation en passant un bras autour de mes épaules et en m'attirant contre lui :

– Du fait que nous sommes ensemble.

Pour la première fois, je prends le temps de regarder Dane. Il fixe Ethan droit dans les yeux d'un air sévère, comme s'il tentait d'entrer en télépathie avec son frère. Je m'efforce de tempérer ma réaction en sachant que c'est probablement mon interprétation de la situation, mais son expression semble hurler *qu'est-ce que tu lui as raconté ?*

– C'est cool, ajoute tranquillement Ethan, et ma résolution de m'occuper de mes oignons revient, accentuée par le puissant mélange d'adrénaline dans mon sang.

– Tout est très cool, dis-je un peu trop fort en adressant un clin d'œil théâtral et probablement maladroit à Dane.

Je suis tarée.

Il éclate de rire et brise finalement la glace en s'avançant pour me prendre dans ses bras, avant de donner une accolade à son frère. Ami continue à me dévisager, choquée, puis avance lentement vers moi. J'ai l'impression d'enlacer un squelette.

– Mec, vous sortez vraiment ensemble ? demande Dane à son frère.

– Oui, confirme-t-il.

– Je crois que je peux approuver à ce stade, renchérit Dane en souriant et en hochant la tête dans notre direction, comme un patron bienveillant.

– Euh… fais-je. Tant… mieux ?

L'expression d'Ami ne s'est absolument pas détendue d'un iota.

– Comment est-ce arrivé ?

Je hausse les épaules en grimaçant.

– Je l'ai détesté jusqu'à cesser de le détester.

– Je ne pourrais mieux dire, renchérit Ethan en me reprenant par les épaules.

Ma sœur secoue lentement la tête, bouche bée, en nous dévisageant l'un après l'autre.

– Je ne sais pas si je dois être heureuse ou horrifiée. Est-ce l'apocalypse ? Le monde s'apprête-t-il à imploser ?

– On pourrait faire un échange de jumelles un de ces jours, lance Dane à Ethan avant d'éclater d'un gros rire.

Mon sourire s'évanouit.

– Ce serait… (Je secoue la tête avec emphase.) Non merci !

– Oh Seigneur, ne dis pas des choses pareilles, chéri ! s'exclame Ami en riant et en lui donnant une pichenette sur l'épaule. Tu es vraiment un gros dégueulasse.

Tout le monde rit, sauf moi, et je réalise trop tard que mon *ah-ah-ah* m'échappe comme le rire d'un jouet mécanique.

Mais je crois que c'est mon problème essentiel avec Dane : c'est un gros dégueulasse. Et malheureusement, ma sœur l'aime, j'ai couché avec son frère, et moins de cinq minutes plus tôt, j'ai donné le feu vert à Dane en lui adressant un clin d'œil. J'ai pris ma décision ; maintenant, il s'agit de m'armer de tout mon courage pour assumer.

CHAPITRE 15

J'aurais aimé rester à Maui. J'aurais aimé rester au lit avec Ethan pendant des semaines et me laisser bercer par la rumeur de l'océan pour m'endormir. Mais à peine arrivée chez moi, j'ai envie d'embrasser tous mes meubles et de toucher tous les objets qui m'ont manqué ces dix derniers jours. Mon canapé n'a jamais été aussi accueillant. Ma télévision est de bien meilleure qualité que celle de la suite. Mon lit est moelleux et propre, et j'ai hâte que la nuit soit suffisamment tombée pour justifier de me rouler dessus. Je suis casanière, de la racine des cheveux au bout des orteils, et rien ne peut surpasser le plaisir d'être chez soi.

Cette satisfaction dure environ trente minutes. Parce qu'après avoir déballé mes affaires, je jette un coup d'œil au réfrigérateur, réalise qu'il est vide et que si j'ai envie de manger, je vais devoir commander un plat à emporter merdique ou remettre mon legging et sortir.

Je me vautre sur mon tapis duveteux en fausse fourrure au milieu du salon et grogne en fixant le plafond. Si j'étais allée chez Ethan, j'aurais pu lui demander d'aller acheter des vivres.

La sonnette de la porte retentit. Je n'en tiens pas compte parce que si c'était ma famille, elle entrerait comme s'il s'agissait de sa propre maison et que, neuf fois sur dix, c'est mon voisin du haut, Jack, un type d'une cinquantaine d'années, qui prête beaucoup trop d'attention à mes allées et venues. Mais j'entends à nouveau la sonnette, suivie d'un coup frappé à la porte. Jack n'a jamais sonné deux fois et il ne toque jamais.

Je me lève pour regarder à travers le judas et distingue une mâchoire ciselée et un long cou musclé. Ce cou m'avait manqué. Ethan ! Mon cœur réagit avant mon cerveau – en sautillant joyeusement – et lorsque j'ouvre la porte avec un sourire, il me faut quelques instants pour me rappeler que je ne porte pas de pantalon.

Ethan me sourit avant que son attention ne soit attirée par mes membres inférieurs. Son expression est aussi émue que la mienne lorsque je repère son sachet de victuailles.

– Je te manquais, dis-je en m'emparant des plats chinois à emporter.

– Tu ne portes pas de pantalon.

Je tourne la tête pour lui sourire, goguenarde.

– Tu vas devoir t'y habituer. J'ai fait des efforts jusque-là mais 99 % du temps, quand je suis chez moi, je me balade en sous-vêtements.

Il lève un sourcil et incline la tête en direction du couloir qui, comme il doit l'avoir deviné, mène à ma chambre. Je comprends, dans un film, nous nous jetterions l'un sur l'autre et nous tituberions en direction du lit parce que nous nous sommes tellement manqués en une heure mais, honnêtement, la rencontre surprise de l'aéroport a été extrêmement stressante, je suis morte de faim et l'odeur qui émane de ce sachet est incroyable.

– Poulet à l'ail d'abord, sexe ensuite.

Je me sens toute chose – alors que je ne suis pas du genre à rougir, en temps normal – lorsqu'il sourit en me voyant me précipiter sur la nourriture qu'il a apportée. Il m'embrasse sur le front et se dirige vers la cuisine, trouve facilement mon tiroir à couverts et y récupère des baguettes. Nous dînons debout dans la cuisine sans prendre la peine de sortir des assiettes. Quelque chose se détend en moi : j'avais beau être heureuse de retrouver mon petit nid douillet, maintenant, je suis prise de vertige. Je me sens davantage moi-même avec lui que sans lui, et c'est arrivé si vite que j'en ai le tournis.

– Mon frigo était vide, explique-t-il. J'ai supposé que le tien l'était aussi et que tu n'allais pas tarder à débarquer chez moi parce que tu te sentais seule.

J'engloutis une bonne portion de nouilles et parle la bouche pleine :

– Ouais, tout à fait moi.

– Tellement en manque d'affection.

Je le regarde dévorer son sauté de bœuf à la mongolienne et m'accorde quelques instants pour fixer le visage qui m'a manqué pendant l'heure qui précédait.

– J'apprécie que tu sois passé à l'improviste.

– Bien. (Il mâche et avale.) J'étais assez sûr que ce serait le cas, mais il restait 20 % de chances pour que tu m'envoies sur les roses en criant : « Fous le camp de mon appartement, j'ai envie d'un bain parfumé ce soir. »

– Oh, j'ai clairement envie d'un bain parfumé.

– Mais après le dîner et le sexe.

J'acquiesce.

– Ouais.

– Je furèterai dans ton appartement pendant ton bain. Je ne suis pas fan des baignoires.

J'éclate de rire.

– Penses-tu que tout est si facile entre nous parce que nous avons commencé par nous détester ?

Il hausse les épaules en s'apprêtant à avaler un énorme morceau de bœuf. Je poursuis :

– Ça ne fait qu'une semaine et je suis déjà sans pantalon, en train de manger de la nourriture pleine de gras devant toi.

– Après tout, je t'ai vue dans cette robe de demoiselle d'honneur. Ça ne pouvait que s'améliorer.

– Je retire ce que j'ai dit. Je te déteste toujours.

Ethan s'approche de moi, se penche et m'embrasse sur le nez.

– Évidemment.

L'atmosphère change. Je suis passée de l'état « mal à l'aise » à « en colère » tellement de fois avec lui, mais maintenant la transformation s'opère de « heureuse » à « excitée ». Il glisse son plat sur le comptoir derrière moi et prend mon visage entre ses mains.

Lorsqu'il n'est plus qu'à quelques centimètres de distance, je murmure :

– Je viens de réaliser qu'on a partagé un plat et que ça ne t'a pas dégoûté.

Il m'embrasse avant de lever les yeux au ciel. Sa bouche s'aventure sur ma joue, ma mâchoire, mon cou.

– Je te l'ai dit, ça ne me dérange pas de partager. Mon problème – *baiser* – ce sont – *baiser* – les buffets. Et. J'avais. Raison.

– Eh bien je te serai éternellement reconnaissante d'être un tel taré.

Ethan acquiesce en m'embrassant sur la joue.

– Ça a été la meilleure lune de miel de toute ma vie.

J'attire sa bouche contre la mienne et lui saute dessus, soulagée qu'il se soit attendu à devoir me rattraper, et lève le menton en direction de la chambre.

– Par là.

Une fois qu'Ethan et moi avons découvert que nous vivons à seulement cinq kilomètres de distance, vous pourriez penser que nous allions mettre en place une alternance entre nos appartements. Vous auriez tort. Le compromis ne m'est clairement pas naturel, parce qu'à partir de la nuit de mercredi (notre arrivée) jusqu'au lundi matin où je prends mon nouveau poste, Ethan passe toutes ses nuits chez moi.

Il n'a rien laissé (en dehors d'une brosse à dents), mais il sait maintenant que je repousse systématiquement mon réveil quatre fois avant de sortir du lit pour aller à la salle de sport, que je n'utilise jamais ma cuillère préférée pour une action aussi subalterne que touiller le café, que ma famille est capable de faire irruption chez moi au moment le plus inopportun – et n'y manque pas – et que j'exige qu'il allume la télévision ou que je mette de la musique chaque fois que je vais aux toilettes.

Parce que je suis une lady, évidemment.

Mais avec cette familiarité vient la prise de conscience de la rapidité à laquelle notre relation avance. Après près de deux semaines ensemble – ce qui, à l'échelle d'une vie, n'est rien –, j'ai l'impression de sortir avec Ethan depuis le moment où je l'ai rencontré à la Foire d'État il y a des années.

Tout est facile, amusant, naturel. Les nouvelles relations ne sont pas censées débuter comme ça : elles sont supposées être stressantes, épuisantes et incertaines.

Le matin de mon premier jour chez *Hamilton Biosciences* n'est définitivement pas le moment d'avoir une crise existentielle parce que je vais trop vite en besogne, mais mon cerveau ne semble pas être d'accord sur ce point.

Vêtue d'un nouveau tailleur, avec des talons mignons mais confortables, les cheveux séchés, soyeux, me retombant dans le dos, je jette un coup d'œil à Ethan de l'autre côté de ma petite table.

– Tu ne m'as fait aucun compliment ce matin.

– Je t'en ai fait avec les yeux quand tu es sortie de la chambre, mais tu ne me prêtais pas attention.

Il grignote un morceau de pain grillé et continue :

– Tu es superbe, intelligente et tu as l'air professionnel. (Il s'arrête pour déglutir.) Mais j'aime aussi la version plus chaotique de l'île.

J'étale du beurre sur ma tartine, puis repose le couteau un peu trop brutalement.

– Est-ce que tu crois qu'on va trop vite ?

Ethan boit une gorgée de café, ses yeux bleus maintenant concentrés sur les nouvelles qu'il fait défiler sur son téléphone. Ma question ne le perturbe absolument pas.

– Probablement.

– Ça ne t'inquiète pas ?

– Non.

– Pas même un tout petit peu ?

Il lève les yeux vers moi.

– Tu veux que je dorme chez moi ce soir ?

Je m'empresse de répondre :

– Seigneur, non. (Il sourit, l'air arrogant, avant de baisser à nouveau les yeux.) Mais peut-être ? Tu crois que tu devrais ?

– Je ne pense pas qu'il y ait de règle.

Je me brûle avec mon café bouillant et grogne de douleur.

– Aïe !

Je le dévisage, aussi tranquille qu'à son ordinaire, absorbé dans sa lecture de l'application mobile du *Washington Post.*

– Pourquoi est-ce que tu ne paniques pas du tout ?

– Parce que je ne commence pas un nouveau job aujourd'hui et ne cherche aucune raison pour expliquer l'anxiété que je ressens. (Il pose son téléphone et croise les bras.) Tout va bien se passer, tu sais.

Je bougonne, pas convaincue. J'oublie souvent à quel point Ethan est intuitif.

– On devrait peut-être retrouver Ami et Dane pour boire un coup ce soir, suggère-t-il. Tu sais, pour t'aider à te détendre après ton premier jour et pour nous assurer que la situation actuelle ne pose de problème à personne. J'ai l'impression que je t'ai monopolisée.

– Arrête.

– Arrête quoi ?

– D'être aussi équilibré émotionnellement !

Il marque une pause, et un sourire surgit lentement sur son visage.

– D'accord ?

Je saisis mon manteau et mon sac en avançant vers la porte, luttant contre un sourire parce que je sais qu'il est en train de glousser dans mon dos. Ce qui me convient parfaitement.

Je me rappelle à quel point *Hamilton Biosciences* est minuscule lorsque j'entre dans la réception, où une dame appelée Pam travaille en tant qu'hôtesse d'accueil depuis trente-trois ans. Kasey, la représentante des ressources humaines avec qui j'ai passé un entretien il y a deux mois, m'accueille et me demande de la suivre. À gauche se trouve le bureau de l'équipe juridique composée de trois personnes. Mais nous prenons à droite, dans le couloir qui nous mène jusqu'à l'espace de travail identique des deux membres du département RH.

– Le département recherche se trouve de l'autre côté de la cour, m'informe Kasey. Mais les mecs des affaires médicales – si tu te souviens ! – sont dans ce bâtiment, à l'étage.

– C'est vrai !

J'adopte le même ton enthousiaste qu'elle, en la suivant jusque dans son bureau.

– Il vous reste seulement quelques formulaires à remplir avant de vous lancer, et puis vous pourrez monter rencontrer le reste de l'équipe.

Mon cœur se met à battre la chamade lorsque je me rends compte que j'y suis. J'ai vécu dans un merveilleux pays imaginaire ces deux dernières semaines, mais je suis brutalement de retour dans la vie réelle. Pour l'instant, je ne serai responsable que d'une personne, mais d'après ce que Kasey et M. Hamilton m'ont dit la dernière fois que je me trouvais ici, il devrait y avoir de nombreuses opportunités de développement.

– Vous allez suivre une formation de management, continue Kasey en faisant le tour de son bureau, jeudi, je crois. Ça vous donne le temps d'arriver et de vous sentir à l'aise.

– Génial.

Je lisse ma jupe sur mes jambes et tente de maîtriser ma nervosité lorsqu'elle ouvre plusieurs documents sur son ordinateur, avant de se pencher et de sortir un dossier de l'armoire de classement de son bureau, l'ouvrir et en tirer plusieurs formulaires. Je lis mon nom au sommet de tous les documents. L'anxiété laisse lentement place à l'excitation.

J'ai un job ! Un job solide, assuré et – soyons honnêtes – qui sera peut-être parfois ennuyeux, mais qui me permettra de payer les factures ! Qui correspond à mes études. Ça ne pourrait pas être plus parfait.

Une bulle d'euphorie remonte dans ma poitrine, je me sens pleine d'entrain.

Kasey organise les documents en pile à mon attention, et je commence à signer. Les clauses classiques : je ne vendrai pas les secrets de l'entreprise, ne perpétuerai pas divers types de harcèlement, ne consommerai ni alcool ni drogues dans les locaux de la société, ne mentirai pas, ne tricherai pas, ne volerai pas.

Je suis à mi-chemin de la pile lorsque M. Hamilton en personne passe la tête dans le bureau.

– Je vois que notre Olive est de retour sur le continent !

– Bonjour, Monsieur Hamilton.

Il m'adresse un clin d'œil et demande :

– Comment va Ethan ?

Je jette un coup d'œil rapide à Kasey avant de me concentrer à nouveau sur mon boss.

– Euh, très bien.

– Olive vient de se marier ! s'écrie-t-il. Nous nous sommes croisés pendant leur lune de miel à Maui.

Kasey balbutie :

– Oh mon Dieu ! Je croyais que vous vous occupiez d'un proche malade ! Je suis tellement heureuse d'avoir mal compris ! (Je me liquéfie sur place ; j'avais complètement oublié que je lui avais raconté ce mensonge stupide à l'aéroport. Elle ne semble rien remarquer et enchaîne.) On devrait fêter ça !

– Oh non, je vous en prie. (Insérez rire gêné.) Nous avons déjà beaucoup fêté ça.

– Mais il devrait vraiment se joindre au club des conjoints ! lance-t-elle en hochant la tête en direction de M. Hamilton.

Je sais que Mme Hamilton a fondé le club mais Seigneur, Kasey, calme un peu ta joie.

M. Hamilton m'adresse un clin d'œil.

– Molly l'a sans doute un peu survendu, mais c'est un groupe amusant.

Nous sommes déjà allés trop loin. Je mens si mal que j'oublie les mensonges que j'ai déjà racontés. Ethan et moi n'allons pas pouvoir jouer longtemps la comédie dans une entreprise aussi soudée. J'ai l'impression d'être au bord de l'abîme, mais ressens une petite vague de soulagement grâce à la certitude que je m'apprête à neutraliser ce mensonge pour de bon.

– Je suis sûre que le club des conjoints est génial. (Je marque une pause et je sais que je pourrais m'arrêter là, mais je viens de signer tous ces formulaires et je rêve d'un nouveau départ.) Ethan et moi ne sommes pas vraiment mariés. C'est une histoire assez amusante et j'espère que vous me laisserez l'opportunité de passer vous voir plus tard pour vous la raconter.

J'ai voulu faire simple, mais je sens que j'aurais dû muscler ma version. Ça sonne juste… très faux.

Il reste pensif quelques instants avant de jeter un regard en coin à Kasey, puis de me fixer. Il déclare calmement :

– Eh bien, quoi qu'il en soit… bienvenue chez *Hamilton*.

Sur ce, il s'en va.

J'aimerais laisser ma tête tomber contre le bureau et la cogner quelques (douzaines de) fois. J'aimerais laisser échapper une longue série de jurons. J'aimerais me lever et le suivre dans le couloir. Il comprendrait sûrement la situation une fois que je la lui aurais expliquée, n'est-ce pas ?

Je jette un autre regard à Kasey qui m'observe avec un mélange de compassion et de confusion. Je pense qu'elle commence à réaliser qu'elle n'a pas mal compris ce que je lui ai confié sur mon proche malade. Elle se rend compte que j'ai aussi menti là-dessus.

Pas exactement la meilleure manière de commencer un nouveau job, le premier jour.

Deux heures plus tard, après avoir signé tous les formulaires et rencontré le groupe qui sera mon équipe des affaires médicales (avec qui je me suis très bien entendue), l'assistante de M. Hamilton, Joyce, m'appelle dans le bureau du boss.

– Pour vous souhaiter la bienvenue, je suppose ! lance joyeusement mon nouveau manager, Tom.

Mais je crois que j'en sais un peu plus long que lui.

M. Hamilton lâche un « Entrez » peu enthousiaste après m'avoir entendu frapper à la porte. Son sourire plein d'attente se refroidit légèrement lorsqu'il me voit.

– Olive.

– Bonsoir, dis-je d'une voix tremblante.

Il ne répond rien, confirmant mon impression que cette réunion est mon opportunité de lui donner une explication.

– Écoutez, Monsieur Hamilton. (Je n'ose pas l'appeler Charlie ici.) Au sujet de Maui.

Prends ton courage à deux mains et assume, Olive.

M. Hamilton pose son stylo, retire ses lunettes et se penche en arrière dans son fauteuil. À cet instant précis, son expression est radicalement différente de celle de l'homme avec qui j'ai dîné et qui a hurlé de rire à chaque taquinerie d'Ethan. Je suis sûre qu'il repense à ce dîner, lui aussi, et à quel point Molly a adoré Ethan, à son invitation à se joindre au club des conjoints, à leur bonheur sincère pour nous, alors que nous étions assis en face d'eux et que nous leur servions mensonge sur mensonge.

Je désigne la chaise en lui demandant silencieusement si je peux m'asseoir et il me fait signe que oui, tout en commençant à mâchonner la tige de ses lunettes.

– Ma sœur jumelle, Ami, s'est mariée il y a deux semaines. Elle a épousé le frère d'Ethan, Dane. Il y avait un buffet de fruits de mer au mariage et tous les invités – en dehors d'Ethan et moi – sont tombés malades. Intoxication alimentaire à la toxine ciguatera, j'ajoute, parce que c'est un scientifique et qu'il connaît peut-être.

Cela semble être le cas parce qu'il lève ses sourcils très fournis avant de lâcher un :

– Ah.

– Ma sœur, Ami… elle gagne tout. Tombolas, tirages au sort, dis-je en souriant avec ironie. Même les concours de coloriage.

À ces mots, la moustache de M. Hamilton remonte légèrement, comme s'il souriait.

– Elle a gagné la lune de miel aussi, mais les règles étaient très strictes. Elle était non transférable, non remboursable. Les dates étaient fixes.

– Je vois.

– Donc, Ethan et moi sommes partis à leur place. (Je lui adresse un sourire incertain.) Avant ce voyage, nous ne pouvions pas nous supporter. Je le détestais, parce que je croyais qu'il me détestait. (J'esquisse un geste vague de la main.) Quoi qu'il en soit, je mens très mal et je n'aime vraiment pas le faire. J'ai passé mon temps à l'expliquer à tous les gens que je croisais. Et lorsque la masseuse m'a appelée Madame Thomas et que vous m'avez demandé si je m'étais mariée, j'ai paniqué parce que je ne voulais pas admettre que je n'étais pas Ami. (Je tripote un trombone sur son bureau, incapable de le regarder en face.) Mais je ne voulais pas vous mentir non plus. Donc, soit je mentais et j'avouais être en train de frauder pour voler des vacances, soit je mentais en vous disant que j'étais mariée.

– Prétendre être votre sœur pour partir en vacances ne me paraît pas être un mensonge si terrible, Olive.

– Avec le recul – et je parle de recul *immédiat* –, je m'en suis rendu compte, moi aussi. Je ne crois pas que la masseuse m'aurait dénoncée, mais je ne voulais vraiment pas qu'on me renvoie chez moi. J'ai paniqué. (Je finis par lever les yeux vers lui en sentant les excuses venir de très profond.) Je suis vraiment désolée de vous avoir menti. Je vous admire énormément, j'admire les principes de cette entreprise et avoir menti m'a rendue malade ces dernières semaines. (Je marque une pause et continue.) Pour ce que ça vaut, et au risque d'être peu professionnelle, je crois que ce dîner a été la raison pour laquelle Ethan a commencé à me plaire pendant ce voyage.

M. Hamilton appuie ses coudes sur la table.

– Eh bien, je suppose que je devrais être rassuré que vous vous soyez sentie aussi mal à l'aise en mentant. Et j'apprécie le courage que vous avez eu de me faire vos aveux.

– Bien sûr.

Il acquiesce, sourit et j'ai l'impression de respirer pour la première fois depuis le début de la journée. Ça m'a pesé, j'en ai eu mal au ventre pendant des heures.

– À dire vrai, continue-t-il en remettant ses lunettes et en me regardant par-dessus la monture, ce dîner a été très sympathique. Molly a vraiment apprécié votre compagnie, elle a adoré Ethan.

Je souris.

– Nous avons passé un super…

– Mais vous avez eu le culot de partager un dîner entier avec moi et de me mentir.

L'effroi me hérisse soudain la peau.

– Je sais. J'ai…

– Je ne pense pas que vous soyez une mauvaise personne, Olive, et honnêtement… dans d'autres circonstances, je crois que je vous apprécierais beaucoup. (Il prend une lente inspiration et secoue la tête.) Mais c'est une situation très étrange pour moi. Penser que nous avons passé plusieurs heures ensemble et que vous nous avez menti. C'est étrange.

Et je n'ai pas la moindre idée de ce que je pourrais dire. J'ai l'impression que mon ventre s'est transformé en brique de béton en train de fondre sur moi.

Il récupère un dossier et l'ouvre. Mon dossier des ressources humaines.

– Vous avez signé une clause de moralité dans votre contrat de travail, ajoute-t-il en parcourant les papiers avant de lever les yeux vers moi. Et je suis vraiment désolé, Olive, mais étant donné l'étrangeté de la situation, et mon malaise général vis-à-vis de la malhonnêteté, je vais devoir vous licencier.

Je laisse tomber ma tête sur le bar et grogne.

– Ça m'est vraiment arrivé ?

Ethan me frotte le dos et reste silencieux, un choix d'une grande sagesse. Il n'y a littéralement rien qui pourrait arranger la situation, pas même les plus délicieux cocktails des Villes Jumelles ou le meilleur discours d'encouragement de la part d'un nouveau petit ami.

– Je devrais rentrer chez moi, dis-je. Avec ma chance, un incendie va se déclarer dans le bar et je vais tomber dans un trou noir.

– Arrête. (Il pousse vers moi le panier de cacahuètes et mon martini avant de sourire.) Reste. Tu te sentiras mieux après avoir vu Ami.

Il a raison. Quand j'ai quitté Hamilton honteuse et confuse, j'étais partagée entre l'envie de rentrer chez moi et de me cacher sous la couette pendant une semaine, et celle d'attirer Ethan d'un côté et Ami de l'autre et leur demander de me tenir dans leurs bras pour le reste de la nuit.

Et maintenant que je suis ici, j'ai vraiment besoin d'écouter la rage indignée de ma sœur se déchaîner contre ceux qui m'ont virée le premier jour, même si ce n'est pas complètement juste et que je ne blâme pas vraiment M. Hamilton. Mais ça m'aidera à me sentir un million de fois mieux.

Ethan se redresse à côté de moi et regarde en direction de la porte. Je suis son regard. Dane vient d'arriver, mais Ami n'est pas avec lui, ce qui me semble étrange parce qu'ils vont en général au travail ensemble.

– Quoi de neuf, les fêtards ? brame-t-il de l'autre côté de la salle.

Quelques têtes se tournent, ce que Dane apprécie toujours.

Mince. J'essaie de faire taire la voix sarcastique dans mon esprit.

Ethan se lève pour l'accueillir avec une accolade fraternelle et je lui fais un signe mou de la main. Il se laisse tomber sur un tabouret de bar, hurle qu'il veut une IPA avant de se tourner vers nous en souriant.

– Bon sang, vous êtes tellement bronzés. Je dois faire de gros efforts pour ne pas vous détester.

Ethan fixe ses bras comme s'ils ne lui appartenaient pas.

– Euh, ouais, je suppose.

– Eh bien, si ça t'aide à te sentir mieux, dis-je en affectant un accent britannique guindé. On m'a mise à la porte.

J'essaie, sans succès, d'affecter la légèreté, mais Dane interprète mal mes paroles et s'apprête à me toper dans la main.

– Ouais, hilarant ! crie-t-il, la main en l'air.

Je n'ai pas envie qu'il se sente seul, donc je tapote sa paume avec un doigt puis secoue la tête. Je clarifie :

– Genre, licenciée.

Ethan renchérit calmement :

– Ce n'était pas de l'humour.

La bouche de Dane se pince, ressemblant maintenant à un petit anus très bizarre, et il laisse échapper, compatissant :

– Oh, ça craint.

Il ne se comporte pas spécialement comme un connard à ce moment précis, mais je jure qu'avec sa barbe parfaitement taillée et ses fausses lunettes, il n'a pas besoin d'en faire davantage. Sa chemise rose tendance me donne de toute manière déjà envie de lui balancer mon martini à la figure.

Mais cette réaction est juste tellement… Olive, n'est-ce pas ? Je suis de retour en ville depuis quelques jours et déjà de Mauvais Poil ? Seigneur.

– J'ai vraiment l'humeur chagrine, je me lamente tout haut, et Dane éclate de rire dans le genre *Je sais, ouais* lorsqu'Ethan se penche vers moi.

– Attends, tu viens de perdre ton travail, répond-il calmement, et je lui souris, amère. Bien sûr que tu ne vas pas sauter au plafond.

Dane nous dévisage.

– Je vais avoir du mal à m'habituer à vous voir ensemble tous les deux.

– Je m'en doute, je rétorque avec un léger sous-entendu, en croisant son regard.

– Je suis sûr que vous avez beaucoup discuté sur l'île.

Il m'adresse un clin d'œil avant d'ajouter rapidement :

– Dans la mesure où vous vous détestiez cordialement avant.

Je me demande si Ethan pense à la même chose que moi – que c'est une remarque très bizarre et en même temps exactement ce que quelqu'un qui a peur d'être démasqué dirait.

– C'est vrai, renchérit Ethan, mais maintenant, c'est du passé.

– Tu n'étais pas obligé de dire à Ethan que j'avais un sale caractère, j'ajoute, incapable de me retenir.

Dane me fait signe que ce n'est pas grave.

– Hein ? Avec toi, c'est l'hypothèse la plus sûre. Tu détestes tout le monde.

Ce commentaire touche une corde sensible, parce que ce n'est pas vrai. Je suis incapable de penser à une seule personne que je déteste maintenant. En dehors de moi-même, peut-être, pour avoir menti à M. Hamilton et devoir revenir à une situation dans laquelle je ne suis pas sûre de pouvoir payer mon loyer le mois prochain… une fois encore.

Ethan me prend la main, comme pour dire silencieusement *laisse tomber.* Et vraiment, me lancer dans une discussion avec Dane à cet instant (ou jamais, d'ailleurs) ne me semble pas valoir la peine.

Je demande :

– Où est Ami ?

Dane hausse les épaules en jetant un regard en direction de la porte. Elle a un quart d'heure de retard, ce qui me perturbe. Ma sœur est très ponctuelle alors que Dane est toujours à la traîne, et le voilà en train de commander sa seconde bière.

– Donc, c'était l'offre de travail qu'on t'a faite à l'aéroport ? s'enquiert Dane.

Je hoche la tête.

– Et c'était, genre, le job de tes rêves ?

– Non, mais je savais que je ferais du bon boulot. (J'attrape un cure-dents et fais tourner l'olive dans mon verre de martini.) Tu veux savoir le meilleur ? J'ai été virée parce que j'ai croisé mon nouveau boss à Maui et que nous lui avons menti en prétendant être mariés.

Dane s'étouffe de rire avant de parvenir finalement à se contrôler. Il semble réaliser que je suis sincère avec lui.

– Attends. Sérieusement ?

– Oui. Sa femme, Molly, a vraiment adoré Ethan et l'a invité à se joindre au club des conjoints et tout le tintouin. Je pense que M. Hamilton a décidé qu'il ne pouvait plus me faire confiance après m'avoir écoutée lui mentir pendant tout un dîner, et je ne peux pas véritablement lui en vouloir.

Dane semble encore avoir des réserves d'hilarité sous le pied, mais il se contient avec sagacité.

– Pourquoi ne pas lui avoir tout simplement dit que tu étais partie à la place de ta sœur ?

– Ça, Dane, c'est toute la question.

Il laisse échapper un sifflement.

– Mais on pourrait parler d'autre chose. S'il te plaît.

Dane dévie adroitement de sujet sur lui, en faisant allusion à sa journée de travail, à quel point il se sent mieux. Il nous explique qu'il a perdu une taille de pantalon, puis nous raconte des histoires assez divertissantes sur des diarrhées explosives dans des toilettes publiques, mais en gros, c'est l'habituel Spectacle de Dane.

Au moment où il enfourne quelques cacahuètes dans sa bouche, Ethan s'éclipse pour aller aux toilettes et Dane fait signe à la barmaid de lui apporter sa troisième bière. Une fois seuls, il se tourne vers moi :

– C'est fou comme vous vous ressemblez avec Ami.

– Vraies jumelles, comme on dit.

Je tripote l'emballage de ma paille et commence à l'enrouler autour de mon doigt en me sentant étrangement mal à l'aise, seule avec Dane. Plus étrange encore, avant, je percevais la ressemblance familiale entre Ethan et Dane, mais aujourd'hui, je trouve qu'ils ne se ressemblent en rien. Est-ce parce que je connais Ethan intimement, ou parce que c'est un être humain bourré de qualité alors que son frère paraît pourri de l'intérieur ?

C'est gênant, d'autant plus que ce dernier ne me quitte pas des yeux. Même si j'évite son regard, je sens son attention fixée sur mon profil.

– Je parie qu'Ethan t'a raconté beaucoup d'histoires.

Et… oh ! Mon esprit se met à bourdonner. Parle-t-il de ce que je crois ?

J'évite l'obstacle :

– Sur lui ?

– Sur nous, la famille tout entière.

Les parents d'Ethan et Dane sont les plus grandes chiffes molles que j'aie eu l'occasion de rencontrer dans ma vie – l'incarnation par excellence des bonnes gens du Minnesota, excessivement monotones –, donc je pense que Dane et moi savons qu'Ethan ne partagerait pas beaucoup d'anecdotes au sujet de « la famille tout entière ». Est-ce mon éternel filtre négatif qui me fait penser qu'il parle de ses voyages entre mecs (organisés par lui et non le contraire) et bien sûr, de ses aventures pré-fiançailles ?

Je le regarde par-dessus le rebord de mon verre de martini. J'ai promis à Ethan – et je me suis promis à moi-même – de lâcher l'affaire. Je me suis répété qu'Ami était une personne intelligente, qui savait avec qui elle fricotait. Que je suis une trouble-fête pessimiste.

J'offre une dernière porte de sortie à Dane, mais ce sera tout :

– Nous avons tous des histoires, Dane, dis-je platement. Ethan et toi avez les vôtres. Ami et moi les nôtres. Nous en avons tous.

Il gobe quelques cacahuètes et me sourit tout en mâchant la bouche ouverte, comme s'il se croyait plus futé que moi. Aussi irritant qu'il soit, il semble sincèrement soulagé. Si quelqu'un d'autre me souriait comme ça, je me sentirais honorée d'être aussi clairement invitée dans son cercle de confiance, en un simple changement d'expression. Mais Dane reste louche, comme si être du côté du mari de ma sœur signifiait que je ne la soutenais pas, comme si je la trahissais.

– Donc, tu aimes bien mon grand frère, hein ?

Sa voix rauque me met mal à l'aise. Je plaisante en retour :

– Il est pas mal, non ?

– Il est assez génial. (Pause.) Même s'il n'est pas moi.

Je me force à sourire d'un air abruti.

– Enfin… nous sommes tous uniques, n'est-ce pas ?

Dane remercie la barmaid lorsqu'elle lui apporte sa bière fraîche et prend une grande lampée sans cesser de m'examiner.

– Si un jour tu as envie faire un échange, tiens-moi au courant.

Je le fixe soudain en sentant le sang quitter brusquement mon visage.

– Pardon. Quoi ?

– Juste pour une nuit sympa, précise-t-il avec désinvolture, comme s'il ne venait pas de me proposer de tromper sa femme avec sa jumelle.

Je me tapote mon menton du bout de l'index en sentant la chaleur monter dans mon cou et mes joues devenir écarlates. Je dois déployer un effort surhumain pour que ma voix ne change pas.

– Tu sais, je crois que je peux largement me passer de coucher avec mon beau-frère.

Il hausse les épaules comme si ça ne faisait aucune différence pour lui – confirmant silencieusement que ses mots vagues signifient exactement ce que je pense qu'ils signifient – et puis son regard se dirige derrière moi. Je suppose qu'Ethan marche vers nous, parce que Dane sourit en inclinant le menton.

– Ouais, ajoute-t-il lorsqu'Ethan s'approche. Je suppose qu'il est pas mal.

Je reste stupéfaite devant l'aisance avec laquelle il revient à notre conversation précédente.

– Vous étiez en train de parler de moi ? demande Ethan en s'asseyant sur le tabouret voisin du mien et en m'embrassant sur la joue.

– Absolument, lance Dane.

Je l'observe. Je ne distingue pas la moindre ombre d'angoisse sur son visage, pas même la crainte que je raconte à Ethan ce qui vient de se produire. En lui disant que nous avons tous des histoires, en sous-entendant que je ne compte pas fouiller dans son passé, lui ai-je donné l'assurance que je serai toujours sa complice, d'une certaine manière ?

Dane baisse les yeux vers son téléphone lorsqu'il vibre sur le bar devant lui.

– Oh, Ami va avoir environ une heure de retard.

Je me lève brutalement, comme un robot.

– Vous savez, ce n'est pas grave. Je ne suis pas de très bonne compagnie ce soir. On reporte, les gars ?

Dane acquiesce immédiatement, mais Ethan semble préoccupé. Il m'arrête d'une geste.

– Hé, hé. Ça va ?

– Ouais.

Je passe une main tremblante dans mes cheveux en regardant derrière lui. Je suis à fleur de peau, nauséeuse et j'ai l'impression d'avoir été infidèle, à Ethan et à ma sœur. Je dois m'éloigner de Dane et prendre l'air.

– Je crois que j'ai juste envie de rentrer chez moi et de me vautrer un peu sur mon canapé. Tu me connais.

Il acquiesce comme s'il comprenait et me laisse partir avec un sourire compatissant.

Mais j'ai soudain l'impression que c'est moi qui ne comprends rien. Je suis abasourdie.

Ce n'est pas entièrement vrai. J'ai conscience de plusieurs choses. Par exemple, je sais que j'ai perdu mon job aujourd'hui. Et je sais que le mari de ma sœur l'a déjà trompée et serait apparemment ravi de recommencer. Avec sa jumelle. Il faut que je mette les choses au clair et que je détermine comment diable je vais raconter ça à Ami.

CHAPITRE 16

Je suis presque arrivée au niveau de ma voiture quand j'entends la voix d'Ethan m'interpeller de l'autre côté du parking. Je me tourne et le regarde avancer avec précaution sur la glace et la neige fondue avant de s'arrêter à mon niveau.

Il n'a pas pris la peine d'enfiler son manteau avant de me suivre dehors et il grelotte de froid.

– Tu es sûre que ça va ?

– Non, pas fort, honnêtement mais je vais m'en remettre.

Enfin, je crois.

– Tu veux que je t'accompagne chez toi ?

– Non.

Je grimace en espérant qu'il sache que cette réponse m'a échappé et a été plus brutale que je n'en avais l'intention. En m'efforçant de calmer ma colère, je prends une grande inspiration et lui adresse un sourire probablement pitoyable ; ce n'est pas sa faute. Je dois parler à Ami. Je dois réfléchir et comprendre comment Dane a eu le toupet de me faire une telle proposition à quelques mètres de distance de son frère. Je dois me trouver un travail au plus vite. Je frotte un morceau de glace du bout de ma botte.

– Je crois que j'ai juste besoin d'être chez moi et de paniquer un peu toute seule.

Ethan incline la tête, son regard s'attarde délibérément sur mon visage.

– D'accord. Mais si tu veux que je vienne, envoie-moi un message.

– Oui. (Je me mords les lèvres en résistant à l'envie de lui demander de m'accompagner pour être mon interlocuteur. Mais je sais que ça ne fonctionnera pas.). Je ne serais pas de très bonne compagnie ce soir, mais ça va quand même être difficile de dormir seule dans mon propre lit. Tu m'as empoisonné la vie.

Je sens que cette réponse lui plaît. Il avance d'un pas et se penche pour m'embrasser, un peu plus profondément, délicatement, affectueusement. Lorsqu'il s'écarte, il m'effleure le front du bout des doigts. Il est tellement adorable. Il a recommencé à neiger et les flocons tournoient avant d'atterrir sur ses épaules, dans ses cheveux, à l'extrémité de ses cils.

– Tu es partie en trombe. (Je ne suis pas surprise qu'il n'arrive pas à éluder le sujet, je me suis comportée comme une folle dingue.) Que s'est-il passé pendant que j'étais aux toilettes ?

Je prends une grande inspiration et soupire longuement.

– Dane a dit quelque chose qui m'a mise mal à l'aise.

Ethan s'écarte légèrement de moi. C'est si subtil que je me demande s'il se rend compte qu'il vient de le faire.

– Qu'a-t-il dit ?

– Et si on en parlait plus tard ? Il fait un froid de loup.

– Tu ne peux pas lâcher une bombe, puis te défiler. (Il me prend la main mais ne la serre pas dans la sienne.) Que s'est-il passé ?

Je baisse la tête, contracte les épaules et regrette de ne pas pouvoir disparaître à l'intérieur comme dans la carapace d'une tortue.

– Il m'a branchée.

Le vent souffle, ébouriffant les cheveux d'Ethan. Il m'observe si attentivement qu'il ne grimace même pas à cause du froid.

– Qu'est-ce que tu veux dire, comme… (Il fronce les sourcils.) Il t'a touchée ?

– Non. (Je secoue la tête.). Il a suggéré qu'Ami et moi pourrions échanger les frères pour nous amuser un peu. (J'ai envie de rire parce que le dire à haute voix semble complètement ridicule. Qui fait ça, putain ? Qui drague la copine de son frère qui est aussi la sœur de sa femme ? Ethan ne réagit pas, je répète plus lentement.) Il voulait que je le tienne au courant si j'avais un jour envie de faire un échange, Ethan.

Une seconde de silence.

Deux.

Et puis l'expression d'Ethan devient interrogatrice.

– « Faire un échange », ça ne signifie pas forcément échanger les partenaires.

Reste calme, Olive. Je le toise en comptant jusqu'à dix dans ma tête.

– Si, c'est ce que ça voulait dire.

Son expression se durcit encore, et l'instinct protecteur résonne dans sa voix.

– OK, je t'accorde que son sens de l'humour n'est pas toujours approprié, mais Dane ne ferait jamais…

– Je réalise que c'est sans doute choquant à beaucoup de niveaux, mais je sais reconnaître quand quelqu'un me drague.

Il s'écarte d'un pas, clairement énervé. Contre moi.

– Dane est parfois immature et a tendance à ne penser qu'à lui-même, mais il ne suggérerait jamais une telle chose.

– Tout comme il ne mentirait pas à Ami pour Dieu seul sait combien de temps alors qu'il couche avec la terre entière ?

Même dans la lumière diffuse, je vois que le visage d'Ethan est devenu rouge pivoine.

– Je croyais qu'on était tombés d'accord sur le fait qu'on n'avait pas tous les éléments. Il est possible qu'Ami soit déjà au courant.

– Eh bien, lui as-tu posé la question ?

– Pourquoi le ferais-je ? (Il agite les mains devant lui comme si ce que je suggérais était non seulement superflu mais ridicule.) Olive, nous étions d'accord pour laisser tomber.

– C'était avant qu'il me fasse des avances pendant que tu étais aux toilettes ! (Je le dévisage en le suppliant intérieurement de réagir, mais il se ferme, son expression devient indéchiffrable.) As-tu déjà considéré la possibilité que tu l'aies hissé sur un piédestal – alors que bon sang, je ne comprends vraiment pas pourquoi – et que tu es incapable de voir que c'est une vraie ordure ?

Ethan tique et, maintenant, je me sens mal. Dane est son frère. Mon premier instinct est de m'excuser, mais les mots s'étranglent dans ma gorge, bloqués par l'immense soulagement de lui livrer finalement le fond de ma pensée.

– As-tu déjà considéré que tu ne voyais peut-être que ce que tu voulais voir ?

Je me raidis.

– Qu'est-ce que tu veux dire ? Que j'avais envie que Dane me fasse des avances ?

Il tremble et je n'arrive pas à savoir si c'est de froid ou de colère.

– Je veux dire que tu es furieuse d'avoir perdu ton job et que tu as pour habitude d'être amère au sujet de toutes les choses qu'Ami possède et que tu n'as pas. Tu n'es absolument pas objective.

J'ai l'impression qu'il vient de m'asséner un coup dans l'estomac, je recule instinctivement d'un pas.

Des flammes. Sur le côté de mon visage...

Ses épaules s'affaissent immédiatement.

– Merde. Je ne voulais pas dire…

– Si.

Je me tourne et avance vers ma voiture. Ses pas résonnent derrière moi sur l'asphalte salé.

– Olive, attends. Allez. Ne t'en va pas comme ça.

Je sors mes clés et ouvre la portière si brutalement que les charnières protestent.

– Olive ! Juste…

Je claque la porte et mets le contact, les mains tremblantes, les doigts engourdis. Le bruit du moteur qui peine à s'allumer couvre ses paroles. Finalement, la voiture démarre et j'enclenche la marche arrière. Il marche à côté de la voiture, une main sur le toit, en me suppliant de lui accorder mon attention. Il fait tellement froid que je souffle de la fumée, mais je ne ressens rien. Il y a un bruit blanc dans mes oreilles.

Il me regarde partir et, dans mon rétroviseur, je le vois rapetisser et rapetisser. Nous n'avons jamais été si loin du sommet de notre volcan hawaïen.

Le trajet du retour se déroule dans un brouillard. J'alterne entre m'en vouloir d'avoir causé une telle catastrophe, être terrifiée à la perspective de ne pas pouvoir payer mon loyer, furieuse contre Dane, triste et déçue par Ethan, et avoir le cœur absolument brisé pour Ami. Je ne peux plus décemment espérer que Dane changera, maintenant qu'il est marié – c'est un sale type, et ma sœur n'en a pas la moindre idée.

Je m'efforce de ne pas dramatiser et trop tourner et retourner les paroles d'Ethan dans mon esprit.

J'essaie de lui accorder le bénéfice du doute et d'imaginer comment je me sentirais si quelqu'un accusait Ami de la sorte. Je n'ai même pas besoin d'y réfléchir : je ferais n'importe quoi pour ma sœur. Et c'est alors que ça me frappe. Je me souviens du sourire de Dane à l'aéroport et de mon choc aujourd'hui en me rendant compte qu'il était capable de me draguer presque sous le nez de son frère. La tranquillité de Dane dans les deux cas n'a rien à voir avec moi ou avec ma capacité à garder un secret. Elle a à voir avec Ethan et son incapacité à croire que son frère pourrait commettre une mauvaise action. Ethan le soutiendrait à la vie à la mort.

Je considère la possibilité d'aller chez Ami pour l'attendre, mais si Ami comptait nous rejoindre au restaurant, elle ne sera pas chez elle. Ils rentreront ensemble plus tard. Je n'ai clairement pas envie de recroiser Dane.

Je ne croyais pas ça possible, mais mon humeur s'assombrit encore plus lorsque je me gare dans mon parking. Non seulement la voiture de ma mère est là (garée dans mon espace couvert) mais je repère aussi celle de Diego et de ma cousine Natalia, ce qui signifie que Tía María les a sans doute accompagnés. Bien entendu.

Après avoir garé ma voiture de l'autre côté du parking, je marche d'un pas lourd dans la neige fondue, puis gravis les marches menant à mon appartement. J'entends déjà le rire tonitruant de Tía María, c'est la sœur de ma mère la plus proche en âge, mais elles ne pourraient pas être plus différentes : ma mère est raffinée et pointilleuse ; Tía María est désinvolte et rit constamment. Et alors que ma mère n'a eu que deux filles (apparemment, l'expérience d'élever des jumelles lui a suffi), Tía María a mis sept enfants au monde, à dix-huit mois d'intervalle. Ce n'est qu'en CM1 que j'ai réalisé que tout le monde n'avait pas dix-neuf cousins germains.

Même si notre famille nucléaire est relativement restreinte en comparaison du reste du clan Torres et Gonzalez, un étranger ne pourrait jamais deviner que seules quatre personnes vivaient dans la maison où j'ai grandi parce qu'il y avait toujours au moins deux personnes supplémentaires dans les parages. Les anniversaires étaient des événements incontournables, les dîners du dimanche comptaient fréquemment trente invités à table, et il n'y a jamais eu d'espace pour bouder dans son coin. Apparemment, ça n'a pas beaucoup changé.

– Je suis à peu près sûre qu'elle est lesbienne, lance Tía María lorsque je referme la porte derrière moi. (Elle lève les yeux et désigne Natalia.) Dis-lui, Olive.

Je retire l'écharpe entortillée autour de mon cou et secoue la neige de mes bottes. Après la longue marche à travers le parking, je sens que ma patience a déjà atteint ses limites.

Tía María se tient devant le comptoir de la cuisine, occupée à découper des tomates.

– Ximena.

Ximena, la plus jeune fille du frère aîné de ma mère et de Tía María, Tío Omar.

– Elle n'est pas lesbienne. Elle sort avec ce type, comment s'appelle-t-il déjà ?

Je regarde Natalia qui leur répond :

– Boston.

Je claque des doigts.

– Exactement. Seigneur, c'est un prénom terrible.

– C'est un prénom pour chien, pas pour enfant, renchérit Natalia.

Je retire mon manteau et le laisse tomber sur mon canapé. Ma mère s'écarte immédiatement de la pâte qu'elle roule et traverse la pièce pour le pendre au portemanteau. Puis elle s'arrête devant moi et repousse mes cheveux mouillés de mon front.

– Tu as mauvaise mine, *mija.* (Elle tourne mon visage d'un côté puis de l'autre). Mange quelque chose.

Elle m'embrasse sur la joue et s'éloigne vers la cuisine.

Je la suis, souriant avec reconnaissance à Natalia qui pose une tasse de thé devant moi. J'ai beau me plaindre du fait que ma famille se mêle toujours de mes affaires… qu'elles soient toutes là est assez chouette. Mais ça signifie aussi que je ne pourrai pas cacher à ma mère que j'ai été licenciée.

– Une coupe de cheveux ne signifie pas que quelqu'un est gay, maman, insiste Natalia.

Tía María lève les yeux vers elle, incrédule.

– L'as-tu vue récemment ? C'est court sur les côtés et bleu au sommet du crâne. Elle l'a fait juste après…

Elle baisse la voix et murmure :

– … le mariage.

Ma mère et Tía María font un signe de croix.

– Et qu'est-ce que ça changerait si elle était gay ? (Natalia désigne Diego qui regarde la télé sur mon canapé.) Diego est gay et ça ne te dérange pas.

En entendant son prénom, il tourne la tête vers nous.

– Diego est né gay, explique Tía María et se tourne vers lui. Je suis sûre que tu avais des magazines *Vogue* sous ton lit au lieu de magazines pornos.

– Plus personne ne lit de magazines pornos, maman, rétorque Natalia.

Tía María l'ignore.

– Ça m'est égal qu'elle soit lesbienne. Je pense juste qu'on devrait en avoir le cœur net pour lui trouver une fille sympa.

– Elle n'est pas lesbienne ! crie Diego.

– Alors, pourquoi ai-je trouvé un vibromasseur dans son tiroir à chaussettes ? demande Tía María à la cantonade.

Diego grogne et enfouit le visage dans un coussin.

– C'est parti.

Natalia se tourne vers sa mère.

– Elle a trente-trois ans. Qu'est-ce que tu faisais à fouiller dans son tiroir à chaussettes ?

Tía María hausse les épaules comme si cette information n'était pas pertinente.

– Ranger. C'était violet et énorme avec un petit… (Elle bouge son doigt devant elle pour préciser ce qu'elle veut dire.) Un truc qui sortait sur le côté.

Natalia plaque une main devant sa bouche pour étouffer ses éclats de rire, et je prends une gorgée de thé. Il a un goût de tristesse et d'eau chaude.

Ma mère arrête de découper des légumes et pose son couteau.

– Pourquoi cela signifierait-il qu'elle est lesbienne ?

Tía María cligne des yeux.

– Parce que les lesbiennes utilisent ces trucs-ceinture.

– Maman, arrête, soupire Natalia. Beaucoup de gens ont des vibromasseurs. J'en ai une boîte pleine. (Elle me désigne.) Tu devrais voir la collection d'Olive.

– Merci, Nat.

Ma mère saisit son verre de vin et en sirote une gorgée.

– Être lesbienne est un choix intelligent. Les hommes sont horribles.

Elle n'a pas tort.

Je m'appuie contre le comptoir, nonchalante.

– Au fait. Pourquoi êtes-vous en train de cuisiner chez moi ? Et quand rentrez-vous chez vous ?

Natalia éteint le feu et change la cocotte de place.

– Ton père avait besoin de quelques affaires à la maison.

C'est tout, elle ne dira rien de plus et dans cette famille, c'est suffisant : mon père va rarement à la maison – il vit seul dans un appartement près de Lake Harriet – mais quand il vient, ma mère évacue immédiatement les lieux. Les rares fois où elle a eu le cran de rester, elle s'est adonnée à du sabotage. Une fois, elle a sorti sa collection de vinyles et les a utilisés comme dessous de plats et de verres. Une autre fois, lorsqu'il est passé avant un voyage d'affaires d'une semaine, elle a glissé une truite fraîche sous l'un des sièges de sa voiture et il ne l'a pas trouvée avant son retour. C'était en août.

– J'aurais préféré être née lesbienne, déclare emphatiquement ma mère.

– Alors, tu ne m'aurais pas eue, je réplique.

Elle me tapote la joue.

– Ce n'est pas grave.

Je croise le regard de Natalia par-dessus ma tasse et m'efforce de ne pas éclater de rire. Je suis inquiète à l'idée de laisser échapper ce rire, qui pourrait se transformer en gloussements hystériques qui ouvriraient immédiatement la voie à des sanglots.

– Qu'est-ce qui t'arrive ? demande Tía María, et il me faut un moment pour réaliser qu'elle me parle.

– Elle est probablement fatiguée à cause de son nouveau copain, chantonne Natalia en commençant une petite danse sexy près de la gazinière. Je suis surprise qu'il ne soit pas avec toi. Nous sommes entrées parce que nous n'avons pas vu sa voiture dehors. Dieu seul sait sur quoi on serait tombés sinon.

Ils se lâchent tous en parlant d'Ethan et moi pendant quelques minutes…

Finalement ! Se te pasó el tren !

Si parfait, si drôle parce qu'ils se détestaient !

Des jumelles sortant avec deux frères : est-ce légal ?

Avant que j'arrive à les remettre sur orbite. Diego avance dans la cuisine et se brûle en dérobant de la nourriture dans la poêle à frire.

Je les avertis :

– Je ne suis pas sûre que ce soit sérieux. Peut-être que si. Nous nous sommes disputés. Je ne sais pas où nous en sommes.

Tout le monde reste bouche bée, et j'ai presque envie de rire. Ce n'est pas comme si Ethan et moi étions ensemble depuis des années. Ma famille s'investit juste tellement vite. Mais en même temps, moi aussi.

Je n'arrive pas à croire que ce soit terminé entre nous. Une douleur brûlante monte en moi.

Et décidément, j'ai cassé l'ambiance. J'hésite pendant environ trois secondes en me demandant si je dois aussi leur apprendre que j'ai perdu mon job, mais je sais que je vais le faire. Si Dane le dit à Ami, qu'Ami parle à l'un de nos cousins et que ma mère découvre que j'ai été licenciée et que je ne lui ai rien dit, elle appellera l'un de ses frères ou sœurs et avant que j'aie le temps de dire ouf, j'aurai reçu quarante textos de mes tantes et oncles exigeant que j'appelle immédiatement ma mère. Tout avouer maintenant ne va pas être très agréable, mais c'est toujours infiniment plus facile que l'alternative contraire.

– En plus, dis-je en grimaçant, j'ai perdu mon travail.

Le silence se fait. Lentement, très lentement, ma mère repose son verre de vin et Tía María le saisit.

– Tu as perdu ton travail ?

Le soulagement se peint sur son visage lorsqu'elle ajoute :

– Tu parles de ton job chez *Butake* ?

– Non, *mami*, celui que j'ai commencé aujourd'hui.

Tout le monde reste bouche bée et Diego s'avance pour me prendre dans ses bras.

– Non, murmure-t-il. Sérieusement ?

J'acquiesce.

– Sérieusement.

Tía María me prend la main puis jette un coup d'œil à ma mère et à Natalia, les yeux écarquillés. Son expression hurle *je suis en train de déployer un effort surhumain pour ne pas appeler toute la famille maintenant.*

Mais ma mère reste intensément concentrée sur moi ; c'est l'expression protectrice de la mère ours qui me dit qu'elle est prête à se battre.

– Qui a licencié ma fille lors de son premier jour de travail ?

– Le fondateur de l'entreprise.

Et avant qu'elle ne se lance dans une tirade sur la terrible injustice de cette décision, j'explique ce qui s'est passé. Elle s'assoit sur un tabouret de bar et secoue la tête.

– Ce n'est pas juste. Tu étais vraiment dans une situation impossible.

Je hausse les épaules.

– En réalité, c'est totalement juste. J'ai obtenu des vacances gratuites. Rien ne m'obligeait à mentir. C'est à cause de ma malchance que je suis tombée sur lui et qu'on m'a prise les doigts dans le pot de confiture.

Natalia contourne le comptoir pour me prendre dans ses bras et je dois déglutir toutes les trente secondes pour réfréner mes larmes parce que la dernière chose que je veux, c'est que ma mère s'inquiète pour moi, alors que – même si elle ne le sait pas encore – elle va devoir diriger toute sa compassion maternelle vers Ami.

– Appelle ton père, m'ordonne ma mère. Demande-lui de l'argent.

– *Mami*, je ne vais pas demander d'argent à papa.

Mais ma mère est déjà en train de fixer Natalia qui saisit son téléphone pour envoyer un texto de ma part à mon père.

– Je vais parler avec David, déclare Tía María en faisant référence au fils aîné de Tío Omar et Tía Sylvia, propriétaire de plusieurs restaurants populaires dans les Villes. Je parie qu'il aura un poste pour toi.

Avoir une immense famille a aussi ses avantages : vous n'êtes jamais seule pour résoudre un problème.

Ça m'est égal que David me demande de faire la vaisselle, la perspective d'un job est un tel soulagement que j'ai l'impression de fondre de l'intérieur.

– Merci, Tía.

Ma mère jette un regard lourd de sens à sa sœur.

– Olive a un doctorat en *biologie.* Tu veux qu'elle soit serveuse ?

Tía María lève les mains en l'air.

– Tu mépriserais un travail ? D'où va-t-elle sortir son loyer ?

– Personne dans cette famille n'est au-dessus d'un travail permettant de payer les factures.

Je m'interpose entre elles deux en les embrassant à tour de rôle sur la joue.

– J'apprécie que vous vouliez m'aider. (Après *Butake*, j'ai envoyé des CV un peu partout et seul *Hamilton* m'a offert un job. À cet instant, je suis tellement épuisée que je ne compte pas faire la difficile). Dis à David que je l'appelle demain, d'accord ?

À ce stade de la journée, je suis à bout de souffle. Avec au moins un problème en voie de résolution – la perspective d'un job –, mon corps se détend et tout à coup, j'ai l'impression que je pourrais m'endormir debout. Même si le dîner qu'ils préparent exhale une délicieuse odeur, je sais que j'aurai un frigo plein demain et je n'ai pas faim dans l'immédiat. Je marmonne un vague « bonne nuit » et personne ne fait de résistance quand je m'éloigne dans le couloir en direction de ma chambre.

Je me laisse tomber sur mon lit et regarde mon téléphone. J'ai reçu quelques messages d'Ethan que je lirai demain, mais j'ouvre ma conversation avec Ami. Elle m'a écrit il y a environ une heure.

Bordel, Ollie ! Dane m'a dit
pour ton travail !
Je viens d'essayer de t'appeler !

Je te rappelle demain.

OK ma chérie. Je t'aime.

Je t'aime aussi.

Anxieuse à la perspective de la conversation que j'aurai demain avec ma sœur, je repose mon téléphone sur la table de chevet et remonte ma couette sur mon visage sans prendre la peine de me déshabiller. Je ferme les yeux et m'endors en écoutant les voix de ma famille qui me parviennent de la pièce voisine.

CHAPITRE 17

Parce que l'avenir appartient à ceux qui se lèvent tôt si l'on en croit le dicton, Ami se trouve devant ma porte avant même que le soleil ne soit complètement levé. Elle est visiblement déjà allée à la salle de sport – sa queue-de-cheval tressaute joyeusement et la sueur perle sur son visage. Elle pose un sac contenant une blouse propre sur mon canapé, ce qui signifie qu'elle compte aller directement à l'hôpital ensuite. Si sa démarche pétillante est une indication, Dane ne lui a rien dit hier soir.

En comparaison – et égale à moi-même – je suis fatiguée, pas encore caféinée et certaine que ça se voit, par-dessus le marché. J'ai à peine dormi la nuit dernière, stressée par la manière dont je paierai mon loyer, par ce que je dois dire à Ami ce matin et ce qui surviendra avec Ethan quand on fera le point. Je n'ai rien prévu aujourd'hui ou demain, ce qui est une bonne chose dans la mesure où je dois appeler David et le supplier de m'offrir un travail.

Après avoir ouvert les messages d'Ethan reçus hier soir, j'ai vu qu'il y en avait seulement deux et qu'ils disaient simplement Appelle-moi et Je vais me mettre au lit mais parlons demain. Quelque part, je suis heureuse qu'il n'ait pas ressenti la nécessité de s'excuser par message parce que je n'aime pas communiquer de cette manière, mais je crois que j'aurais aimé qu'il essaie. Je sais que j'avais besoin de mettre un peu de distance entre nous avant de parler avec Ami, mais je me suis aussi tellement vite habituée au contact constant avec Ethan qu'il me manque. Je voudrais qu'il me coure un peu après, dans la mesure où ce n'est pas moi qui ai tout fichu en l'air.

Ami entre, me serre étroitement dans ses bras puis sautille jusque dans la cuisine pour récupérer un verre d'eau.

– Est-ce que tu es en train de paniquer totalement ?

Je suis certaine qu'elle parle de mes problèmes professionnels donc je rétorque :

– Hum, oui.

Elle n'a aucune idée de l'étendue de mon anxiété en ce moment. Je la regarde vider la moitié du verre en une seule gorgée.

Après avoir repris son souffle, elle poursuit :

– Maman m'a dit que David allait t'engager dans l'un de ses restaurants ? C'est super ! Seigneur, Ollie, est-ce que je pourrai venir les soirs où il n'y a pas beaucoup de monde ?

Çà sera comme quand on était petites. Je t'aiderai à chercher du travail ou à écrire ton CV.

Je hausse les épaules.

– Ce serait super. Je n'ai pas encore eu le temps de l'appeler. Mais je vais le faire.

Ami m'adresse un regard mi-amusé, mi-perplexe, parce que je semble avoir oublié comment notre famille fonctionne.

– Tía María a appelé Tío Omar et Tío Omar a contacté David, c'est tout bon.

Je ris.

– Oh mon Dieu !

Elle déglutit en hochant la tête.

– Apparemment, il peut t'embaucher comme serveuse chez *Camelia*.

Euh. Son restaurant le plus sophistiqué. J'adore ma famille.

– Cool.

Ça fait rire Ami, dans le style incrédule *Oh, Olive.*

– « Cool » ?

– Désolée. Je suis une telle épave émotionnelle que je n'arrive même pas à être enthousiaste. Je promets de faire un effort quand je parlerai à David un peu plus tard.

Elle pose son verre.

– Ma pauvre Ollie. Tu as encore mal au ventre ?

– Mal au ventre ?

– Dane m'a dit que tu ne te sentais pas bien.

Oh, ça ne m'étonne pas. Et c'est amusant : il suffit qu'elle mentionne Dane pour que j'aie mal au ventre.

– Exact. Ouais, mais ça va mieux.

Ami me fait signe de la suivre tandis qu'elle avance en direction du salon avec son verre d'eau et s'assoit sur le canapé, en croisant les jambes.

– Ethan est parti tôt, lui aussi. (Elle doit remarquer l'expression de surprise sur mon visage, parce qu'elle lève un sourcil.) Tu ne savais pas ?

– Je ne lui ai pas parlé depuis hier.

Je m'installe à côté d'elle.

– Pas du tout ?

Je prends une grande inspiration.

– Je voulais commencer par te parler.

Elle fronce les sourcils, perplexe

– Me parler ? Est-ce parce qu'il se comporte bizarrement ?

– Non, je… Que veux-tu dire par là ?

– Il était très silencieux et, vingt minutes après mon arrivée, il a annoncé qu'il allait rentrer. Dane m'a dit qu'il avait sans doute attrapé la même bactérie que toi.

Je serre les poings et imagine ce que je ressentirais en envoyant un revers dans la figure arrogante de Dane.

– Dane ?

– Ouais. Il… (Je marque une pause en cherchant par où commencer. J'ai imaginé cette conversation mille fois, mais je n'ai toujours pas les bons mots.) Tu te souviens de ma rencontre avec Ethan ?

Ami fait la moue en réfléchissant.

– À un pique-nique ou autre, non ?

– La Foire d'État. Peu après que tu avais commencé à sortir avec Dane. Apparemment, Ethan me trouvait mignonne et lorsqu'il a dit à Dane qu'il avait envie de m'inviter à sortir, Dane l'en a dissuadé.

– Attends, Ethan voulait t'inviter à sortir ? Comment a-t-il pu passer de ça à te haïr profondément en une journée ?

– Tu sais, j'ai toujours cru que c'était parce qu'il m'avait vue manger du fromage à poutine.

Seigneur. Le dire à haute voix est mortifiant ; ça semble tellement stupide. Je connais suffisamment bien Ami pour savoir qu'elle comprend pourquoi j'ai pu le penser, nous avons toutes les deux toujours lutté contre nos gènes de filles rondes et, objectivement, le monde traite les femmes minces différemment, mais je sais maintenant que c'est mon talon d'Achille. Je crois qu'il était distant, parce qu'il essayait de ne pas flirter avec moi.

Ami rit comme s'il s'agissait d'une plaisanterie stupide.

– Dane ne l'aurait jamais dissuadé, mon cœur. Il a toujours été triste que vous ne vous entendiez pas tous les deux. Il était tellement heureux, du fond du cœur, quand il vous a vus tous les deux ensemble à l'aéroport.

– Vraiment ? Ou l'a-t-il dit seulement parce que c'est ce que nous voulions tous entendre ?

Je me lève du canapé et m'assois sur la table basse en face d'elle. Je lui prends la main. Nos mains sont très semblables, mais Ami porte un diamant scintillant à l'annulaire.

– Je crois… dis-je, toujours concentrée sur nos doigts entrelacés. (Ces mots sont tellement difficiles à prononcer, même à la personne que je connais le mieux au monde.) Je crois que Dane a voulu éviter le contact entre Ethan et moi, parce qu'il ne voulait pas qu'Ethan me dise qu'il sortait avec d'autres filles au début de votre relation.

Ami retire brusquement sa main.

– Olive, ce n'est pas marrant. Pourquoi dirait-il une chose pareille ?

– Écoute-moi. Je ne connais pas les dates exactes, mais Ethan m'a dit que Dane et toi n'étiez pas exclusifs avant de vous fiancer, à Maui.

– Ethan a dit ça ? Pourquoi…

– Il pensait que tu étais au courant. Mais Dane et toi étiez exclusifs depuis le début, n'est-ce pas ?

– Bien sûr !

Je le savais déjà, mais je suis tout de même submergée par une vague de colère. Je connais ma sœur.

Elle se lève et commence à arpenter la pièce. Ami ne caracole plus, ne semble plus ravie post-séance de sport. Elle reste silencieuse, les sourcils froncés. Ma sœur ne tient pas en place quand elle est anxieuse et je la vois triturer son alliance d'un air absent.

Avoir une jumelle signifie souvent se sentir responsable du bien-être émotionnel de l'autre et, à cet instant, tout ce dont je rêve est de retirer mes paroles, de prétendre que je plaisantais et de revenir à une époque où j'ignorais tout ça. Mais c'est impossible. Je ne saurai peut-être jamais à quoi ressemble ma relation idéale, mais je sais pertinemment qu'Ami mérite de suffire à une personne, d'être aimée complètement. Je dois continuer.

– Et tous leurs voyages ? Dane t'a laissée croire que c'était l'idée d'Ethan, qu'Ethan les avait organisés…

– C'était l'idée d'Ethan. Genre, objectivement, me contredit-elle. Dane n'organiserait jamais rien sans m'en parler d'abord. C'est Ethan qui a proposé des voyages pour passer à autre chose après Sophie, et parce qu'il est – ou était – célibataire. (Elle laisse échapper un sifflement surpris.) Il pensait simplement que Dane était libre pendant les jours fériés, lui aussi.

– La plupart de leurs voyages ont eu lieu alors qu'il était encore avec Sophie, ou avant. (Je l'observe fouiller sa mémoire pour trouver des raisons à ce que je lui raconte et poursuis.) Écoute. Je comprends pourquoi Dane te l'a fait croire. (J'attends qu'elle croise mon regard en espérant qu'elle voie que je suis sincère.) Ça l'arrange de prétendre qu'Ethan l'attire constamment dans des aventures farfelues aux quatre coins du monde. Mais Ami, Ethan a peur de l'avion. Tu aurais dû le voir pendant le vol de Maui, il avait du mal à se contenir. Il a aussi le mal de mer. Par ailleurs, il est aussi casanier que moi. Je ne l'imagine honnêtement pas planifier un voyage de surf au Nicaragua, l'idée me donne même envie d'éclater de rire. Dane utilisait Ethan comme une excuse pour faire des choses et voir d'autres filles. Il y a au moins cette autre fille qu'Ethan a mentionnée.

– Où caches-tu ton chapeau en papier d'aluminium, espèce de tarée ? grogne Ami. Je suis censée croire que mon mari me manipule ? Qu'il m'a trompée pendant quoi, ces trois dernières années ? Le détestes-tu à ce point ?

– Je ne le déteste pas, Ami. Du moins, je ne le détestais plus.

– As-tu la moindre idée d'à quel point ce que tu racontes semble ridicule ? C'est seulement la parole d'Ethan ou as-tu d'autres sources ?

– J'ai une autre source fiable… parce que Dane m'a fait des avances hier soir. Au bar.

Elle cligne plusieurs fois des yeux.

– Pardon, quoi ?

J'explique ce qui est arrivé quand Ethan est parti aux toilettes, lorsque Dane a suggéré que nous pourrions procéder à un échange de frères si j'étais d'humeur joueuse. J'observe le visage de ma sœur, si semblable au mien, passer de la confusion à la douleur et à quelque chose qui s'approche de la rage.

– Bordel de merde, Olive ! (Elle semble stupéfaite.) Pourquoi es-tu comme ça ? Pourquoi es-tu si cynique au sujet de tout ? (Elle reprend son verre et marche jusqu'à l'évier. Son visage est si fermé et pâle qu'on dirait qu'elle est à nouveau malade, et mon ventre se tord de culpabilité.) Pourquoi envisages-tu toujours le pire chez les gens ?

Je ne sais pas quoi répondre. Je perds mes mots. Dans le silence ambiant, Ami ouvre le robinet avec agressivité et commence à nettoyer son verre.

– Genre, es-tu sérieuse, là ? Dane ne te ferait jamais d'avances. Tu n'es pas obligée de l'apprécier, mais tu ne devrais pas lui inventer de mauvaises intentions non plus.

Je la suis dans la cuisine et la regarde rincer son verre avant de le remplir de liquide vaisselle et le laver à nouveau.

– Ma belle, je te le jure, je n'ai aucune envie de penser du mal de lui…

Elle referme brutalement le robinet et se tourne vers moi.

– En as-tu parlé à Ethan ?

J'acquiesce lentement.

– Juste avant de partir. Il m'a suivie dehors.

– Et ?

– Et…

Son expression s'éclaircit.

– Est-ce la raison pour laquelle vous vous êtes disputés ?

– Il s'accroche à l'idée que son frère est un type bien.

– Ouais. Je comprends.

Les secondes s'écoulent et je ne vois pas quoi ajouter pour la convaincre.

– Je suis désolée, Ami. Je ne sais pas quoi dire pour que tu me croies. Je n'ai jamais voulu…

– Jamais voulu quoi ? Tout gâcher entre Dane et moi ? Entre Ethan et toi ? Ça a duré quoi ? (Elle rit sèchement.) Deux semaines ? Tu es toujours tellement prompte à penser que les choses te tombent dessus. « Ma vie est comme ça parce que je suis tellement malchanceuse, minaude-t-elle en imitant ma voix avec un ton suraigu. La pauvre Olive va d'épreuve en épreuve alors que toutes les bonnes choses arrivent à Ami parce qu'elle a de la *chance*, pas parce qu'elle le mérite. »

Ses mots portent l'écho de ceux d'Ethan, et je suis soudain en colère.

– Waouh. (Je recule d'un pas.) Tu crois que j'avais envie que ça arrive ?

– Je pense qu'il est plus facile pour toi de croire que lorsque la vie ne va pas dans ton sens, ça n'a rien à voir avec la conséquence de tes actes parce que tu es un pion sur un échiquier cosmique. Mais atterris, Olive : tu as fini licenciée et seule à cause des choix que tu as faits. Tu as toujours été comme ça. (Elle me dévisage, clairement exaspérée.) Pourquoi tenter quelque chose si l'univers a déjà décidé que tu allais échouer ? Pourquoi t'efforcer de faire en sorte que tes relations fonctionnent quand tu sais déjà que tu es malchanceuse en amour et qu'une catastrophe t'attend ? Encore et encore, comme un disque rayé. Tu n'essaies jamais vraiment.

Mon visage est écarlate et je me tiens devant elle, en battant des paupières, la bouche ouvert, prête à répondre, mais rien ne vient. Ami et moi nous disputons parfois – comme tous les frères et sœurs – mais est-ce vraiment ce qu'elle pense de moi ? Elle pense que je n'essaie pas ? Elle pense que je vais finir sans emploi et seule, et c'est seulement maintenant qu'elle me le dit ?

Elle récupère ses affaires et avance vers la porte.

– Je dois aller travailler, lâche-t-elle en glissant la bandoulière sur son épaule. Certains d'entre nous ont des choses à faire.

Aïe. J'avance d'un pas en tendant la main pour l'arrêter.

– Ami, sérieusement. Ne pars pas au milieu de la conversation.

– Je ne peux pas rester. Je dois réfléchir et j'en suis incapable en ta présence. Je ne peux même pas supporter de te regarder.

Elle me repousse. La porte s'ouvre, elle la claque et pour la première fois depuis que tout a commencé, je fonds en larmes.

CHAPITRE 18

Le pire dans les crises c'est qu'il est impossible d'en faire abstraction. Je ne peux pas retourner dans mon lit, me cacher sous la couette et dormir tout le mois suivant, parce qu'à huit heures du matin, seulement une heure après le départ d'Ami, Tía María m'envoie un texto pour me dire qu'il faut que j'aille à *Camelia* pour parler à David de mon job de serveuse.

David a dix ans de plus que moi, mais il a un visage poupon et un sourire joueur qui m'aide à ne pas me laisser aller à l'envie de m'arracher les cheveux puis de me rouler par terre en hurlant et en donnant des coups dans tous les sens. Je suis déjà allée chez *Camelia* une centaine de fois environ, mais tout revoir depuis la perspective d'un employé est surréaliste. Il me montre mon uniforme, l'endroit où le planning est accroché sur le mur de la cuisine, comment s'organisent les déplacements dans la cuisine et où le personnel se retrouve pour dîner avant que le restaurant n'ouvre chaque soir.

J'ai des années d'expérience de restauration sous le coude – nous en avons tous, la plupart après avoir travaillé dans l'un des restaurants de mon cousin David –, mais je n'ai jamais été serveuse dans un endroit aussi élégant. Je vais devoir porter un pantalon noir et une chemise blanche immaculée ainsi qu'un tablier blanc tout simple noué à la taille. Je devrai mémoriser le menu en perpétuelle évolution et suivre une formation avec le sommelier et le chef pâtisser.

J'avoue que je suis impatiente de commencer.

David me présente au reste du personnel – en évitant soigneusement de préciser que je suis sa petite cousine –, aux chefs et aux sous-chefs ainsi qu'au barman, en plein inventaire. Tous les noms et les informations nagent dans mon cerveau, donc je suis reconnaissante à David quand il se tourne pour me demander de revenir demain pour la réunion du personnel et la formation, qui commence à 16h. Je travaillerai en binôme avec un serveur qui s'appelle Peter. Lorsque David m'adresse un clin d'œil, sous-entendu *Peter est mignon,* mon ventre se serre parce que j'ai envie d'être avec *mon* mec mignon, celui qui m'a conquise avec son intelligence et ses éclats de rire et, oui, ses biceps et ses clavicules aussi. Mais je suis en colère contre lui, il est sans doute en colère contre moi et, honnêtement, je ne sais pas si on va s'en sortir.

David doit lire une réaction sur mon visage, parce qu'il m'embrasse sur le front et murmure :

– Tout va bien se passer, ma belle.

Et je manque m'effondrer dans ses bras, parce que j'ignore si c'est une affaire de chance ou le résultat de générations d'effort et d'attention pour la préserver, mais j'ai une famille vraiment merveilleuse.

Il est seulement midi lorsque je rentre chez moi, et je déprime en me souvenant que je devrais en être à la moitié de mon deuxième jour de travail chez *Hamilton*, en train de rencontrer de nouveaux collègues, de me plonger dans les dossiers. Mais je dois admettre qu'une petite lueur est apparue dans un coin de mon esprit – ce n'est pas exactement du soulagement, mais ce n'est pas non plus un sentiment foncièrement différent. C'est l'acceptation de ce qui s'est passé –, j'ai déconné, on m'a virée pour cette raison, et finalement, j'ai fait la paix avec les événements. Ce petit boulot va me permettre d'avancer aussi longtemps que j'en aurai besoin, et pour la première fois de ma vie, je pourrai prendre le temps de découvrir ce que je veux faire.

Quand j'ai terminé mon parcours universitaire, je me suis lancée dans un post-doc puis je suis immédiatement entrée dans l'industrie pharmaceutique pour devenir le point de liaison entre les scientifiques chargés de la recherche et les médecins. J'adore avoir la capacité de traduire la science en langage plus clinique, mais je n'ai jamais eu un travail qui me remplisse de joie non plus. En écoutant Ethan me décrire son métier, j'ai eu l'impression d'être

Dilbert[6] en comparaison. Pourquoi devrais-je passer le reste de ma vie à travailler dans un domaine qui ne me fait pas grimper aux rideaux ?

Ce souvenir tout frais d'Ethan me fait grogner et même si je sais qu'il est au travail, je sors mon téléphone pour lui envoyer un texto rapide.

Je serai chez moi ce soir
si tu veux venir.

Il répond quelques minutes plus tard :

Je viendrai vers 7 h.

Je sais que ce n'est pas le mec le plus démonstratif du monde, mais ses trois derniers messages m'ont envoyée dans une étrange spirale de panique, comme si j'étais certaine que nous allions avoir besoin de davantage qu'une conversation pour réparer ce qui nous est arrivé, alors même que je n'ai rien fait de mal. J'ignore complètement ce qu'il en pense. Bien sûr, j'espère qu'il me croit et qu'il s'apprête à s'excuser, mais une petite balle de plomb dans mon ventre m'avertit que ça ne se passera sûrement pas comme ça.

Je jette un coup d'œil à ma montre, il me reste sept heures avant l'arrivée d'Ethan. Je nettoie, fais des courses, fais une sieste, mémorise le menu de

---

6. *Dilbert* est un comic-strip américain créé par Scott Adams en 1989 qui fait la satire du monde de l'entreprise. Le héros, Dilbert, est ingénieur informaticien.

Camelia, me passe les nerfs en faisant de la pâtisserie… ce qui ne m'occupe que cinq heures.

Le temps s'étire. Cette journée va durer dix ans.

Je ne peux pas appeler Ami pour lui raconter mes problèmes, parce que je suis sûre que je suis la dernière personne à qui elle ait envie de parler. Combien de temps cela durera-t-il ? Est-il possible qu'elle croie aveuglément Dane et que j'en arrive au point d'être obligée de me rétracter même si – encore une fois – je n'ai aucun tort ?

Je repose le menu sur la table basse et m'étire sur le tapis. La possibilité que la brouille entre Ami et moi devienne permanente me donne le tournis. Je devrais probablement essayer de voir quelqu'un pour me distraire, mais Diego, Natalia et Julieta sont au travail, ma mère deviendra une boule de nerfs si elle apprend ce qui se passe et appeler un autre membre de ma famille aurait pour résultat que quinze personnes se pointent sur mon palier avec un dîner réconfortant au moment où Ethan et moi serions en train de discuter.

Heureusement, il ne me fait pas attendre. Il arrive à 7 h pile, avec des plats à emporter de chez *Tibet Kitchen*, bien plus attrayants que la pizza que j'ai commandée pour la partager avec lui.

– Salut, dit-il en m'adressant un petit sourire.

Il se penche, comme s'il allait m'embrasser sur la bouche, mais fait un détour au dernier moment et me dépose un baiser sur la joue.

Mon cœur se serre.

Je recule d'un pas pour le laisser entrer et, soudain, j'ai bien trop chaud. Je me sens à l'étroit. Je l'évite du regard, parce que je sais que si je le regarde et me rends compte que ça ne va pas du tout entre nous, je ne serai pas capable de me contenir pour avoir une conversation posée.

C'est tellement étrange. Il me suit dans la cuisine, nous nous servons et nous asseyons par terre dans le salon, chacun d'un côté de la table basse, l'un en face de l'autre. Le silence ressemble à une énorme bulle autour de moi. La semaine dernière, Ethan vivait pratiquement ici. Maintenant, j'ai l'impression que nous sommes à nouveau des étrangers l'un pour l'autre.

Il repousse son riz de la fourchette.

– Tu m'as à peine regardé depuis que je suis arrivé.

La réponse s'étrangle dans ma gorge : *Parce que tu m'as embrassée sur la joue quand tu es entré. Tu ne m'as pas attirée contre toi, tu ne m'as pas accordé un long baiser. J'ai l'impression d'avoir à peine eu le temps de profiter de toi et que maintenant, c'est vraiment terminé.*

Au lieu de répondre ça, je lève les yeux vers lui pour la première fois et essaie de sourire. Il se rend compte que mon effort se solde par un échec, ce qui le rend clairement triste. Le chagrin m'étrangle et se loge dans ma gorge jusqu'à ce que je devienne incapable de mettre des mots sur mes émotions.

Je déteste cette dynamique lugubre encore plus que je déteste le fait qu'il y ait un problème entre nous.

– C'est tellement bizarre, dis-je. Ce serait beaucoup plus facile si nous étions sarcastiques.

Il hoche la tête, toujours sans toucher à sa nourriture.

– Je n'ai pas la force d'être sarcastique.

– Moi non plus.

J'ai envie de ramper par terre pour poser la tête sur ses genoux et de l'entendre me taquiner sur mon soutien-gorge trop petit ou ma tendance à ne pas parvenir à rester loin de lui, même pas le temps d'un dîner, mais c'est comme si Dane et son visage de gugusse flottaient entre nous, nous empêchant de nous comporter normalement.

– J'ai discuté avec Dane hier soir, commence-t-il avant d'ajouter : Tard. Je suis allé le voir tard hier soir.

Ami ne m'en a pas parlé. Est-elle au courant qu'Ethan est passé chez elle hier soir ?

– Et ?

Je n'ai pas d'appétit et repousse, moi aussi, le morceau de bœuf dans l'assiette.

– Il était vraiment surpris de la manière dont tu as compris ce qu'il a dit.

Mon ventre se remplit d'acide.

– Étonnant.

Ethan laisse tomber sa fourchette et s'appuie sur les deux mains en me fixant.

– Écoute, qu'est-ce que je suis censé faire ? Ma copine pense que mon frère lui fait des avances et il nie. Est-il important de savoir qui a raison ? Vous êtes tous les deux blessés.

Je suis perplexe.

– Tu es censé me croire, moi. Et il est vraiment important de savoir qui a raison.

– Olive, nous sommes ensemble depuis deux semaines, ajoute-t-il, impuissant.

Il me faut quelques secondes pour démêler le tas de mots qui me viennent.

– Et c'est moi qui mens parce que notre relation est récente ?

Il soupire et se passe une main sur le visage.

– Ethan, dis-je calmement, je sais ce que j'ai entendu. Il m'a fait des avances. Je ne peux pas me contenter de prétendre que ce n'est pas arrivé.

– Je ne pense pas qu'il avait l'intention de dire ce que tu as interprété. Je pense que ta mauvaise opinion de lui brouille tes perceptions.

Je fixe mon assiette. Il serait tellement plus simple de faire la paix avec Ethan et Ami et de me contenter de me dire : « Tu sais quoi ? Tu as sans doute raison » avant de laisser tomber parce qu'après ça, bien sûr que j'imaginerai le pire venant de Dane, et que je n'aurai aucun problème à l'éviter pour toujours. Mais je ne peux pas m'y résigner. Il y a trop de signaux d'alarme, pourquoi suis-je la seule à les voir ? Ça n'a aucun rapport avec mon pessimisme ou ma tendance à chercher le pire chez les gens, je sais que ce n'est plus vrai pour moi, plus maintenant. Après tout, j'ai craqué pour Ethan sur l'île. Je suis enthousiaste à l'idée de bosser chez Camelia pour avoir le temps de réfléchir réellement à ce que je veux faire de ma vie. J'essaie de changer parce que je sais que je peux choisir la direction de ma vie – que tout n'est pas qu'une histoire de chance – mais quand j'essaie de devenir proactive, on dirait que personne ne veut me laisser l'être.

Pourquoi diable Dane n'est-il pas ici, avec Ethan, pour tenter de se rabibocher avec moi ? En réalité, je sais pourquoi : il est tellement sûr que personne ne me croira, que tout le monde pensera : *Oh, Olive est comme ça. Elle imagine toujours le pire chez tout le monde.* Mon avis a tellement peu d'importance parce qu'à leurs yeux, je serai toujours la défaitiste de service.

– As-tu parlé avec Ami ? me demande-t-il.

Je sens la chaleur monter dans mon cou et envahir mon visage. Le fait que ma jumelle soit du côté d'Ethan et Dane me tue, vraiment. Je ne peux pas l'admettre, donc je me contente de hocher la tête.

– Tu lui as dit qu'il sortait avec d'autres filles avant qu'ils soient exclusifs ? (Je hoche encore la tête.) Et tu lui as raconté ce qui s'est passé hier ?

– Ouais.

– Je croyais que tu ne comptais rien lui dire, réplique-t-il, exaspéré.

Je reste bouche bée.

– Et je croyais que Dane ne ferait pas d'avances à la sœur de sa femme. Je suppose qu'on t'a déçue tous les deux.

Il me dévisage longuement.

– Comment Ami l'a-t-elle pris ?

Mon silence lui donne un indice de la réaction d'Ami.

– Elle ne savait pas pour les autres filles, Ethan. Elle pense que Dane lui est fidèle depuis le début.

Ethan me regarde avec un mépris qui me donne envie de hurler.

– Tu ne vas donc pas réussir à passer outre ?

Ma bouche s'ouvre grand.

– À quoi ? Le mari de ma sœur qui la trompait avant leur mariage, ton frère qui me fait des avances ou mon petit ami qui ne me croit jamais ?

Il me regarde à nouveau, avec une expression désolée et résolue.

– Une fois encore : je ne crois pas que ses intentions étaient celles que tu lui prêtes. Je ne crois pas qu'il t'ait fait des avances.

Je ne fais aucun effort pour masquer le choc dans ma voix :

– Alors, tu as raison. Je vais avoir beaucoup de mal à passer outre.

Quand il se penche, j'ai l'impression qu'il va se mettre à manger, mais il se lève.

– Tu me plais vraiment, déclare-t-il calmement. (Il ferme les yeux et passe une main dans ses cheveux.) Je suis fou de toi, en réalité.

Mon cœur se tord douloureusement dans ma poitrine. Je le supplie :

– Alors, prends du recul et observe la situation sous un nouvel angle. Qu'est-ce que j'ai à gagner en mentant sur Dane ?

Nous avons eu tellement de désaccords par le passé et ils semblent tous ridiculement mineurs avec le recul. Le fromage à poutine, l'avion, les Hamilton, Sophie, la robe Skittle. Je comprends maintenant, il s'agissait d'excuses pour nous côtoyer. C'est la première fois que nous nous trouvons dans une vraie impasse et je sais ce qu'il va dire avant même que les mots ne sortent de sa bouche.

– Je crois qu'on devrait probablement rompre, Olive. Je suis navré.

CHAPITRE 19

C'est le calme avant la tempête – l'heure du dîner –, et je me lance dans les dernières vérifications de mes tables. Natalia est le quatrième membre de ma famille à avoir décidé de faire un tour à *Camelia* à exactement 16h. Elle a affirmé vouloir saluer David parce qu'elle ne l'avait pas vu depuis des lustres, mais je sais que c'est faux dans la mesure où Diego – qui est passé hier pour me harceler en utilisant une excuse similaire – a dit que David et Natalia s'étaient croisés chez Tía María il y a moins d'une semaine.

Même si la taille et la présence de ma famille peuvent sembler oppressantes, c'est mon plus grand réconfort en ce moment. Même si je prétends que leurs visites inopinées me dérangent, ils savent lire entre les mots. Parce que si l'un d'eux traversait une mauvaise passe – et ça a été le cas de nombreuses fois –, je trouverais une raison de passer à quatre heures de l'après-midi sur leur lieu de travail, moi aussi.

– *Mama*, normalement quand on est triste, on mange, lance Natalia en me suivant une assiette à la main tandis que j'ajuste la position de deux verres à vin sur une table.

– Je sais. Mais je te jure que je n'ai aucun appétit.

– Tu commences à ressembler à une poupée Selena Gomez. (Elle me pince la taille.) Ça ne me plaît pas.

Ma famille sait qu'Ethan a rompu avec moi et que je suis « en froid » avec Ami. (Même si le statu quo règne ; je l'ai appelée plusieurs fois après la crise et, deux semaines plus tard, elle ne m'a toujours pas donné de nouvelles.) Ces dix derniers jours, j'ai été bombardée de messages pleins de bonne volonté et mon frigo déborde. Ma mère m'apporte tous les jours des plats de la part de Tío Omar, Ximena, Natalia, Cami, Miguel, Tío Hugo, Stéphanie, Tina, on dirait presque qu'ils se sont concertés pour élaborer le plan Nourrir Olive. Ma famille nourrit les gens, c'est comme ça. Apparemment, mon absence au dîner dominical deux semaines consécutives – à cause du travail – les a mis en alerte et ne pas savoir ce qui se passe dans ma vie les rend fous.

Je ne peux pas les blâmer ; si Julieta, Natalia ou Diego devenaient fuyants, je serais morte d'inquiétude. Mais raconter cette histoire ne m'appartient pas, je ne saurais pas comment aborder le sujet, et d'après Tío Hugo, qui est venu hier pour « euh, demander la carte d'un agent d'assurances à David », Ami refuse d'en parler, elle aussi.

– J'ai vu Ami hier, déclare maintenant Natalia avant de marquer une pause suffisamment longue pour que je cesse d'arranger la table et lève les yeux vers elle.

– Comment va-t-elle ?

Ma voix s'étrangle dans ma gorge. Je ne peux pas m'en empêcher : ma sœur me manque tellement et son silence me ronge. J'ai l'impression qu'on m'a arraché une partie de moi. Tous les jours, je suis sur le point de flancher, de lui dire : « Tu as sans doute raison, Dane n'a rien fait de mal », mais je suis incapable de prononcer ces mots, même quand j'essaie d'articuler ce mensonge devant le miroir. Ils se coincent dans ma gorge, une bouffée de chaleur me submerge, ma gorge se serre comme si j'allais éclater en sanglots. Rien de terrible ne m'est arrivé, excepté la perte de mon travail et de mon petit ami en l'espace de vingt-quatre heures, mais je ressens toujours une colère brûlante envers Dane, comme s'il m'avait giflée de sa propre main.

Natalia hausse les épaules et enlève une peluche de mon col.

– Elle paraissait angoissée. Elle m'a posé des questions sur une certaine Trinity.

– Trinity ? je répète en fouillant dans ma mémoire pour déterminer pourquoi ce prénom me semble familier.

– Apparemment, Dane a reçu plusieurs textos de sa part et Ami les a vus sur son téléphone.

Je plaque une main sur ma bouche.

– Du genre, des textos tendancieux ?

Je suis aussi dévastée que pleine d'espoir si c'est le cas : je voudrais qu'Ami me croie, mais je préférerais m'être trompée sur toute la ligne plutôt que la voir traverser une telle épreuve.

– Je crois qu'elle lui a juste proposé de le voir et que Dane a répondu un truc du genre « nan, je suis occupé », mais Ami n'apprécie pas qu'il parle avec une fille.

– Oh Seigneur, je crois que Trinity est la fille au tatouage mangue sur les fesses.

Natalia sourit.

– Je crois que j'ai lu ce livre.

Ça me fait rire, et mon hilarité me donne l'impression de nettoyer des toiles d'araignée dans le coin sombre d'une pièce.

– Ethan a mentionné une fille qui s'appelait Trinity. Elle…

Je m'arrête net. Je n'ai confié à aucun membre de ma famille ce qu'Ethan m'a raconté. Je pourrais tenter de faire voler en éclats la stratégie de Dane pour couvrir ses arrières si je voulais, mais qu'est-ce que ça m'apporterait ? Je n'ai aucune preuve de son infidélité avant son mariage. Je n'ai pas la moindre *preuve* des avances qu'il m'a faites dans le bar. J'ai juste une réputation de défaitiste et pas la moindre envie que ma famille tout entière me regarde comme Ethan lorsqu'il a réalisé que même ma sœur jumelle pensait que j'avais tout inventé.

– Elle quoi ? insiste Natalia devant mon silence.

– Laisse tomber.

– D'accord, répond-elle d'un air méfiant. Que se passe-t-il ? Ta sœur et toi vous vous comportez tellement bizarrement en ce moment, et…

Je secoue la tête en sentant les larmes me monter aux yeux. Impossible d'aborder le sujet avant mon service.

– Je ne peux pas, Nat. Mais sois là pour Ami, d'accord ?

Elle acquiesce sans la moindre hésitation.

– Je ne sais pas qui est Trinity, je termine en prenant une grande inspiration, mais je ne fais plus du tout confiance à Dane.

Après minuit, je récupère mon sac dans mon casier des vestiaires et le passe sur mon épaule. Je ne prends même pas la peine de jeter un coup d'œil à mon téléphone. Ami ne m'écrit pas, Ethan ne m'appelle pas et il n'y a rien que je puisse répondre aux quarante autres messages qui s'affichent sur mon écran chaque fois que je le regarde.

Mais à mi-chemin en direction de ma voiture, il carillonne. Un mélange bref de cloches, de pales d'hélicoptère et de pièces qui tombent : le bruit d'un jackpot. La sonnerie des messages d'Ami.

Il fait moins dix degrés dehors et je ne porte qu'une jupe noire et une chemise, mais je m'arrête pour sortir mon téléphone de mon sac. Ami m'a envoyé une capture d'écran des messages de Dane, et je vois s'afficher les noms attendus – Ami, Ethan, des amis de Dane – mais aussi des prénoms comme Cassie, Trinity et Julia. Le texto d'Ami dit :

Est-ce ce dont tu parlais ?

Je ne sais pas quoi répondre. Bien sûr, mon instinct hurle que ce sont les filles avec lesquelles Dane a couché, mais comment en avoir le cœur net ? Elles pourraient être des collègues de travail. Je me mords les lèvres et tape de mes doigts congelés.

Je ne sais pas qui c'est.
Je n'ai pas de liste de noms.
Si j'en avais eu une,
je te l'aurais montrée.

J'attends qu'elle recommence à écrire, mais elle n'en fait rien. Je me congèle sur place, donc je monte dans ma voiture et allume le chauffage à la puissance maximale.

Mais à trois blocs de mon appartement, mon téléphone tinte encore et je me gare d'un coup de volant brutal.

Dane a oublié son téléphone ici hier.
J'ai passé deux heures
à essayer de deviner son code
et c'était « 1111 » putain.

Je me mords les lèvres pour ne pas sourire et fixe avidement l'écran : elle tape encore.

Je me suis envoyé
toutes les captures d'écran.
Tous les messages de ces filles
demandent la même chose,
si Dane a envie de les voir.
Est-ce un code pour plan cul ?

Je cligne des yeux. Est-elle sérieuse ?

Ami, tu sais déjà ce que je crois.

Ollie, et si tu avais raison ?
Et s'il me trompe ?
Et s'il me trompe depuis le début ?

Ces messages me fendent littéralement le cœur. La moitié appartient à ma sœur, pour ce qu'elle s'apprête à vivre ; l'autre moitié continuera à battre pour moi, même si aucun autre cœur ne le fait.

Je suis désolée, Ami.
Je ne sais pas quoi dire.

Est-ce que je devrais répondre
à l'un de ces messages ?

Je fixe l'écran quelques instants.

Sur son téléphone ?
Comme si tu étais Dane ?

Oui.

Euh, tu pourrais.
Si tu ne penses pas pouvoir obtenir
une réponse honnête de sa part.

J'attends. Mon cœur bat la chamade.

J'ai peur.
Je n'ai pas envie d'avoir raison.

Je sais, ma belle.
Pour ce que ça vaut, moi non plus.

Je le ferai ce soir.

Je prends une grande inspiration, ferme les yeux et expire lentement. Qu'elle finisse par me croire n'est pas aussi agréable que je l'espérais.

Je suis là si tu as besoin de moi.

Même si j'ai passé deux mois au chômage il n'y a pas si longtemps que cela, je passais le plus clair de mon temps à chercher du boulot ou à aider Ami à préparer son mariage, donc maintenant, m'occuper pendant la journée est devenu une nécessité. Parce que si je n'y arrive pas, je pense à Ethan. Ou à Ami.

Je ne reçois aucune nouvelle d'elle le lendemain, et le nœud de mon estomac atteint la taille du Texas. J'aimerais savoir ce qui s'est passé avec Dane hier soir. J'aimerais savoir si elle a répondu aux textos ou si elle lui a parlé face à face, et ce qui en est ressorti. Je sens mon instinct protecteur se décupler. Je suis inquiète pour elle, mais il n'y a littéralement rien que je puisse faire et je ne peux pas appeler Ethan parce qu'il défendrait Dane contre vents et marées.

Étant donné que je ne travaille pas ce soir, sortir de mon appartement – et me changer les idées – est la priorité absolue. J'angoisse toujours avant d'aller à la salle de sport, mais chaque fois que je me retrouve face à un punching-ball, je suis impressionnée par les effets positifs qui en découlent. J'ai commencé à promener des chiens de la SPA et je me suis fait un nouveau copain golden retriever nommé Skipper dont j'envisage sérieusement l'adoption. Je pourrais l'amener à ma mère par surprise, mais je ne sais pas si ce serait une bonne ou une mauvaise surprise, ce qui est la raison pour laquelle je n'ai pas encore décidé. J'aide mes voisins à déblayer leurs allées, me rends à une conférence sur l'art et la médecine au Walker Art Center et retrouve Diego pour un déjeuner tardif.

Il n'a pas non plus eu de nouvelles d'Ami.

Assez étrangement, depuis que je me suis défaite de mes angoisses liées à ma carrière, j'ai recommencé à sentir que ma vie m'appartenait. J'ai l'impression d'aller mieux pour la première fois en dix ans. Je respire. Ethan ne savait pas grand-chose de mon job pour une bonne raison : je ne lui en ai jamais parlé. C'était ce que je faisais, pas qui j'étais. Et même si j'ai souvent du mal à respirer – parce qu'Ethan me manque, vraiment, il me manque tellement que ça en devient douloureux –, ne pas sentir le poids d'un poste en entreprise sur les épaules est un immense soulagement. Cette nouvelle version de ma personnalité m'est inconnue. Mais je me sens plus moi-même que jamais.

Ami m'appelle à cinq heures, au moment où je franchis ma porte d'entrée, en fonçant pour récupérer la brosse anti-peluches ; Skipper perd des poils, même début février. Je n'ai pas entendu sa voix depuis deux semaines et je perçois le tremblement dans la mienne quand je décroche :

– Allô ?

– Salut, Ollie.

Je marque une longue pause.

– Salut, Ami.

Sa voix est rauque, étranglée.

– Je suis vraiment désolée.

Je dois déglutir plusieurs fois pour ne pas me laisser submerger par l'émotion.

– Est-ce que ça va ?

– Non, répond-elle avant de poursuivre : mais oui. Tu veux venir ce soir ? J'ai fait des lasagnes.

Je me mordille les lèvres.

– Dane sera-t-il là ?

– Il rentrera tard, avoue-t-elle. S'il te plaît, Ollie ? J'ai vraiment envie que tu viennes ce soir.

Quelque chose dans le choix des mots me donne l'impression que ce n'est pas seulement pour rattraper le temps perdu.

– OK. J'arrive dans vingt minutes.

Je me regarde dans le miroir tous les jours, donc voir Ami m'attendre sur le porche ne devrait pas autant me perturber, et pourtant c'est le cas. Nous n'avons jamais passé deux semaines sans nous voir, même à l'université. J'étudiais à l'université du Minnesota, elle à St. Thomas et, même pendant nos semaines les plus chargées, nous dînions ensemble le dimanche soir.

Je l'enlace aussi étroitement que je peux et la serre encore plus dans mes bras quand je me rends compte qu'elle pleure. J'ai l'impression de finalement respirer après avoir retenu mon souffle pendant une éternité.

– Tu m'as manqué, dit-elle en sanglotant sur mon épaule.

– Toi encore plus.

– Ça craint.

– Je sais. (Je m'écarte en essuyant son visage.) Comment te sens-tu ?

– Je…

Elle ne termine pas sa phrase et nous restons plantées là, à nous sourire tout en sentant la télépathie opérer parce que la réponse est évidente : *Mon mariage a été gâché par une intoxication alimentaire, j'ai raté ma lune de miel et, maintenant, il se peut que mon mari me trompe.*

– Je suis vivante.

– Il est à la maison ?

– Au travail. (Elle se redresse, inspire profondément et reprend contenance.) Il sera de retour vers 19 h.

Elle se tourne et m'escorte à l'intérieur. J'adore leur maison, elle est tellement agréable, lumineuse, décorée avec soin par Ami, alors que si Dane s'en était chargé, tout serait aux couleurs des Vikings du Minnesota, avec des jeux de fléchettes, peut-être quelques canapés de hipster en cuir et un chariot à cocktails qu'il n'utiliserait jamais.

Ami entre dans la cuisine et nous sert un verre de vin à chacune, rempli à ras bord.

Je ris quand elle me tend le mien.

– Oh, c'est ce type de soirée.

Elle acquiesce et sourit sans joie.

– Tu n'as pas idée.

J'ai toujours l'impression de devoir prendre des gants pour aborder le sujet, mais je ne peux pas m'empêcher de lui demander :

– As-tu pris son téléphone hier soir ? Quoi de neuf ?

– Oui. (Ami avale une longue gorgée avant de me regarder par-dessus son verre.) On en parlera plus tard.

Elle incline la tête en m'invitant à la suivre dans le séjour, où elle a déjà posé nos assiettes de lasagnes sur deux plateaux TV.

– Eh bien, ça a l'air confortable.

Elle esquisse une révérence, se laisse tomber sur le canapé et appuie sur « play » pour lancer *The Big Sick.* Nous l'avons raté au cinéma et nous avions envie de le voir depuis un moment. Une bulle d'émotion remonte dans ma gorge quand je me rends compte qu'elle m'a attendue.

Les lasagnes sont délicieuses, le film est merveilleux et j'oublie presque que Dane vit ici. Mais alors qu'une heure de film s'est écoulée, la porte d'entrée s'ouvre. Tout le maintien d'Ami change. Elle se redresse, s'appuie sur ses cuisses et prend une grande inspiration.

Je murmure :

– Ça va ?

Suis-je ici pour la soutenir moralement pendant qu'elle parle à son mari ? Je n'arrive pas à décider si ce sera fantastique, insoutenable ou les deux à la fois.

J'entends Dane laisser tomber ses clés sur le comptoir, faire défiler le courrier puis crier :

– Salut, bébé.

– Salut, chéri, lance-t-elle joyeusement et hypocritement.

Son ton contraste tellement avec l'expression sinistre avec laquelle elle me regarde.

Mon ventre se noue dans une montée de stress et de trac, puis Dane arrive sur le seuil. Il semble surpris et mécontent :

– Oh. Bonsoir, Olive.

Je ne prends pas la peine de me retourner.

– Va te faire voir, Dane.

Ami s'étouffe avec son vin puis me fixe, les yeux brillant d'amusement et de tension nerveuse.

– Chéri, il y a des lasagnes au four si tu en veux.

Je sens son regard dans mon dos – je sais qu'il m'adresse son regard le plus noir –, mais il reste derrière moi quelques secondes supplémentaires avant de répondre calmement :

– OK, je vais me servir une assiette et vous laisser tranquilles.

– Merci, bébé ! crie Ami.

Elle jette un coup d'œil à sa montre, puis saisit la télécommande pour baisser le son.

– J'ai tellement le trac que je pourrais vomir.

– Ami, dis-je en me penchant vers elle, que se passe-t-il ?

– Je leur ai envoyé un texto, murmure-t-elle et je reste bouche bée. (Je hurle intérieurement. Sa tension est visible, elle a les yeux cernés et s'efforce de retenir ses larmes.) Je devais le faire.

– Faire quoi exactement, Ami ?

Mais avant qu'elle ait l'occasion de répondre, la sonnette de l'entrée retentit.

L'attention d'Ami se reporte derrière moi, en direction de la porte de la cuisine, et nous écoutons les pas de Dane résonner sur le carrelage lorsqu'il se dirige vers l'entrée. Lentement, si lentement que je vois qu'elle tremble, Ami se lève.

– Courage, marmonne-t-elle avant de crier à Dane avec une assurance incroyable : Qui est à la porte ?

Je suis Ami alors que Dane tente frénétiquement d'empêcher une femme d'entrer, et le sang cesse de circuler dans mes veines.

A-t-elle écrit aux filles en se faisant passer pour Dane pour les inviter ici ?

Oh mon Dieu.

– Qui est-ce, chéri ? répète innocemment Ami.

La femme repousse Dane.

– Qui est-ce ?

– Je suis l'épouse de Dane, Ami. (Ami lui tend la main.) Laquelle es-tu ?

– *Laquelle ?* répète la femme, trop abasourdie pour serrer la main d'Ami. (Elle jette un coup d'œil à Dane et pâlit.) Je suis Cassie.

Dane se retourne, le visage terreux, et fixe ma sœur :

– Bébé.

Cette fois, je vois la mâchoire d'Ami se contracter en entendant le petit nom et je serais capable d'exploser de joie parce que je sais qu'elle détestait ce surnom affectueux et devait faire semblant ! Super-pouvoir des jumelles !

– Excuse-moi, Dane, déclare-t-elle doucement, je suis en train de me présenter à l'une de tes maîtresses.

Je vois la panique envahir ses yeux.

– Bébé, ce n'est absolument pas ce que tu crois.

– Qu'est-ce que je crois, *bébé* ? demande-t-elle, les yeux écarquillés de fausse curiosité.

Une autre voiture se gare dans l'allée et une femme en sort lentement, observant les alentours. Elle ne s'est pas changée après le travail : elle porte une blouse d'infirmière et ses cheveux sont remontés en chignon. Je réalise que ce n'est pas comme ça qu'on s'habille pour impressionner quelqu'un, mais plutôt quand on est assez sûr de soi et qu'on connaît l'autre depuis longtemps.

Je ne peux pas m'empêcher d'adresser un regard noir à Dane. Quel connard !

Ami m'examine par-dessus son épaule et lance :

– Ce doit être Trinity.

Oh Seigneur ! Ma sœur est en train d'exploser Dane et elle n'a même pas besoin de check-list pour le faire. C'est un niveau de folie nucléaire.

Dane attire Ami sur le côté, se penchant pour la regarder dans les yeux.

– Hé. Qu'es-tu en train de faire, chérie ?

– J'ai pensé qu'il était temps de les rencontrer. (Son menton tremble, il m'est difficile d'être témoin de cette scène.) J'ai lu tes textos.

– Je n'ai… commence-t-il.

– Si, réplique calmement Cassie. Tu l'as fait. La semaine dernière. (Elle nous regarde tour à tour, Ami et moi.) Je ne savais pas qu'il était marié. Je jure que je n'en avais pas la moindre idée.

Elle tourne les talons et se dirige vers sa voiture en passant devant l'autre fille, qui s'est arrêtée à quelques mètres. Je sens à l'expression de Trinity qu'elle a compris ce qui se tramait ici.

– Tu es marié, déclare-t-elle platement, distante.

– Il est marié, confirme Ami.

Trinity jette un nouveau coup d'œil à Dane lorsqu'il s'assoit sur le seuil et se prend la tête entre les mains.

– Dane, lâche-t-elle. Tu as déconné.

Il hoche la tête.

– Je suis désolé.

Tout à son honneur, Trinity regarde Ami dans les yeux.

– Nous n'avons pas couché ensemble depuis un moment, si ça peut te soulager un peu.

– C'est « combien de temps » un moment ? demande Ami.

Trinity hausse les épaules.

– Environ cinq mois.

Ami acquiesce, la respiration courte, en s'efforçant de ne pas s'effondrer en sanglots.

– Ami, dis-je, rentre. Va t'allonger. J'arrive dans une seconde.

Elle se tourne et évite la main tendue de Dane en lui passant devant. Une portière de voiture claque un peu plus loin dans la rue et mon cœur fait un looping. Combien de filles vont-elles se pointer ce soir ?

Mais il ne s'agit pas d'une fille. C'est Ethan. Il arrive du travail, vêtu d'un pantalon de costume gris ajusté et d'une chemise bleue, beau à couper le souffle.

Je suis en état de choc à cause de ce qui est en train de survenir et j'essaie de me contenir, d'être forte pour Ami, mais j'ai la distincte impression de perdre pied en le voyant.

– Oh, lance Ami, au niveau de la porte, assez fort pour que tout le monde l'entende, j'ai aussi invité Ethan, Ollie. Je crois qu'il te doit des excuses.

Et elle referme doucement la porte derrière elle.

Trinity croise mon regard et m'adresse un sourire pince-sans-rire.

– Bonne chance.

Elle fixe Dane et lui lance :

– Je trouvais étrange que tu me demandes de te retrouver après avoir disparu pendant des mois. (Elle se mordille les lèvres, l'air plus dégoûtée qu'en colère.) J'espère qu'elle te quittera.

Sur ce, elle monte dans sa voiture et s'éloigne dans l'allée.

Ethan s'arrête pour observer cette interaction, les sourcils froncés. Il se tourne vers moi :

– Olive ? Qu'est-ce qui se passe ici ?

Dane lève des yeux rouges et gonflés vers son frère. Apparemment, il cachait ses larmes dans ses mains.

– Ami les a invitées ici, je suppose. (Il lève les mains, abattu.) Bordel, je n'arrive pas à croire que c'est réel.

Ethan me regarde à nouveau avant de se concentrer sur son frère.

– Attends. Donc, tu as vraiment… ?

– Juste quelques fois avec Cassie.

J'ajoute aimablement :

– Et avec Trinity il y a environ cinq mois.

Ce moment ne m'appartient pas, et Ethan non plus, mais je ne peux m'empêcher de lui adresser une œillade signifiant : *Je te l'avais dit.*

Dane grogne.

– Je suis un tel idiot.

Ethan réalise progressivement ce qu'il est en train d'entendre. Comme s'il venait de recevoir un coup de poing imaginaire, il recule d'un pas en me dévisageant avec l'expression qu'il aurait dû avoir il y a deux semaines.

Seigneur, ça devrait être satisfaisant, mais ça ne l'est pas. Rien ne peut sauver ce moment.

– Olive, murmure-t-il calmement, avec un ton d'excuse.

– Non. (Dans la maison, ma sœur a besoin de moi. Je n'ai absolument aucune seconde à lui consacrer, à lui ou à son idiot de frère.) Prends Dane avec toi en partant.

Je me tourne et franchis la porte d'entrée sans lui adresser le moindre regard.

CHAPITRE 20

Plusieurs heures s'écoulent avant que je reçoive – et ignore – un appel d'Ethan. Je suppose qu'il doit être en train de s'occuper de Dane. D'ailleurs, je m'occupe aussi de Dane, seulement moins directement, je fourre tous ses vêtements dans des valises. Et je sens à quel point Ami veut qu'il disparaisse parce que, peut-être pour la première fois de sa vie, elle ne pense même pas à chercher un coupon de réduction avant de m'envoyer acheter un énorme stock de cartons chez *Menards*.

Je n'ai pas envie de la laisser seule, donc j'appelle ma mère qui amène à sa suite Natalia, Julieta, Diego et Stéphanie, qui a apparemment envoyé un texto à Tío Omar et à sa fille Tina pour leur demander d'apporter plus de vin. Tina et Tío Omar viennent aussi avec des cookies – ainsi qu'une cargaison de cousins –, donc nous avons à peine le temps de penser *bon débarras, espèce d'ordure* que vingt-deux membres de notre famille ont effacé toute trace de Dane Thomas en remplissant des cartons et en les rangeant méthodiquement dans le garage.

Épuisés mais victorieux, nous nous laissons tomber sur toute surface plane et vide disponible dans le salon et j'ai déjà l'impression que nous nous sommes réparti les tâches : je câline Ami ; Natalia veille à ce que son verre reste plein ; ma mère lui frotte les pieds ; Tío Omar réapprovisionne le plateau de cookies de temps en temps ; Julieta et Diego gèrent la musique ; Tina fait les cent pas en expliquant précisément comment elle castrera Dane ; et les autres cuisinent une quantité suffisante de nourriture pour tenir un siège.

– Tu vas divorcer ? demande Steph en prenant des pincettes.

Tout le monde s'attend à ce que ma mère en ait le souffle coupé… mais non. Ami acquiesce, cachée derrière son verre de vin, et ma mère lance :

– Bien sûr qu'elle va divorcer.

Nous la fixons tous, abasourdis, et elle finit par soupirer d'exaspération.

– *Ya basta !* Vous croyez vraiment que ma fille est assez stupide pour se laisser prendre au même jeu imbécile que ses parents jouent depuis deux décennies ?

Ami et moi échangeons un regard avant d'éclater de rire. Après un silence incrédule, les autres nous imitent et ma mère finit par s'esclaffer, elle aussi.

Dans ma poche, mon portable sonne encore. J'y jette un coup d'œil, mais pas assez discrètement pour qu'Ami ne le voie pas. Elle a le temps d'apercevoir la photo de contact d'Ethan sur l'écran avant que je ne décline l'appel.

Maintenant pompette, elle se laisse aller contre moi.

– Waouh, c'est une bonne photo. Où l'as-tu prise ?

Il m'est honnêtement un peu douloureux de me souvenir de cette journée, quand Ethan et moi avons loué la Mustang d'un vert citron hideux avant de rouler le long de la côte de Maui en nous rendant compte qu'on s'entendait bien. Il m'a embrassée ce soir-là.

– C'était au geyser Nakalele.

– C'était beau ?

– Oui, je réponds doucement. Incroyable, vraiment. Tout comme le reste du voyage. Merci, d'ailleurs.

Ami serre les paupières.

– Je suis tellement heureuse de ne pas y être allée avec Dane.

Je la fixe :

– Sérieusement ?

– Pourquoi regretterais-je d'avoir raté ma lune de miel maintenant ? Ce serait encore plus de bons souvenirs gâchés. J'aurais dû savoir que l'intoxication de tous les invités en dehors d'Ethan et toi était un mauvais présage. (Elle pose sur moi des yeux vitreux.) C'était un signe de l'univers…

– *Dios*, renchérit ma mère.

Diego lève un doigt.

– *Beyoncé.*

– … qu'Ethan et toi devriez être ensemble, marmonne Ami. Pas Dane et moi.

– Je suis d'accord, réplique ma mère.

– Moi aussi, commente Tío Omar depuis la cuisine.

Je lève les mains pour les arrêter.

– Je ne pense pas qu'Ethan et moi allons nous mettre ensemble, les gars.

Mon téléphone sonne encore une fois et Ami me dévisage, le regard soudain clair.

– C'était lui le gentil frère depuis le début, n'est-ce pas ?

– C'était le gentil, j'acquiesce, mais pas le meilleur petit ami ou beau-frère. (Je me penche et l'embrasse sur le nez.) Toi, en revanche, tu es la meilleure épouse, sœur et fille. Et tu es aimée.

– Je suis d'accord, répète ma mère.

– Moi aussi, lance Diego en posant la tête sur nos genoux.

– Nous aussi, crie le chœur de la cuisine.

Le gentil frère continue à m'appeler à plusieurs reprises pendant les jours qui suivent, puis passe à des textos qui disent simplement,

Je suis désolé.
Olive, appelle-moi, je t'en supplie.
J'ai l'impression de m'être comporté
comme un imbécile.

Lorsqu'il se rend compte que je ne répondrai pas, il semble comprendre et cesse de tenter d'entrer en contact avec moi, mais j'ignore si c'est ce que je voulais. Au moins, quand il m'appelait et m'écrivait des messages, je savais qu'il pensait à moi. Maintenant, il a peut-être la ferme intention de passer à autre chose et je n'arrive pas à savoir ce que je ressentirai si c'est bien le cas.

D'un côté, qu'il aille se faire voir parce qu'il ne m'a pas apporté le moindre soutien, parce qu'il a servi d'excuse pour que son frère soit un horrible petit ami puis mari, parce qu'il a refusé de voir jusqu'au bout que son frère était un infidèle né. Mais de l'autre, qu'aurais-je fait dans la même situation pour protéger Ami ? Serait-il aussi difficile de savoir qu'elle a mal agi que découvrir le côté obscur de Dane l'a été pour Ethan ?

Par-dessus le marché, Ethan a été si parfait sur tous les autres aspects : intelligent, joueur, tendre et incroyable au lit. Avoir perdu mon petit ami parce que nous étions en désaccord sur un sujet qui n'a rien à voir avec nous plutôt que parce que nous n'allions pas bien ensemble, est vraiment stupide.

Nous allions très bien ensemble. Notre rupture, en comparaison, semble en dents de scie, comme inachevée.

Environ une semaine après le départ de Dane, je quitte mon appartement pour emménager chez Ami. Ami n'a pas particulièrement envie de rester seule, ce qui me convient à moi aussi : j'aime l'idée de faire des économies pour acheter mon propre appartement ou avoir un peu d'épargne à la banque pour une aventure, une fois que j'aurai découvert ce que j'ai envie de vivre. J'envisage tous ces choix qui se déroulent devant moi – carrière, voyage, amis et géographie – et même si tout est sens dessus dessous, complexe et bordélique, je ne crois pas m'être déjà autant aimée qu'en ce moment. C'est un sentiment très étrange d'être fière simplement parce que je prends soin de moi et des miens. Est-ce ça, la maturité ?

Ami est tellement solide, par nature, qu'une fois que Dane a récupéré ses affaires dans le garage et a officiellement déménagé, elle semble aller à peu près bien. Comme si avoir vu son vrai visage suffisait pour qu'elle passe à autre chose. Le divorce n'est pas une partie de plaisir, mais elle se plonge dans sa Check-list de Divorce avec la même détermination tranquille avec laquelle elle a rempli les mille entrées du formulaire de candidature pour le tirage au sort qui lui a permis de gagner sa lune de miel.

– Je dîne avec Ethan demain, lâche-t-elle soudain alors que je nous prépare des pancakes pour le dîner.

J'en retourne un avec maladresse, il retombe sur le coin de la poêle, et la pâte coule sur la plaque électrique.

– Pourquoi donc ?

– Parce qu'il m'a invitée, rétorque-t-elle comme si c'était évident. Et je sens qu'il ne va pas bien. Je n'ai pas envie de le punir pour les torts de Dane.

Je fronce les sourcils.

– C'est magnanime de ta part, mais tu sais, tu pourrais punir Ethan pour les erreurs d'Ethan.

– Il ne m'a rien fait. (Ami se lève pour remplir son verre d'eau.) Il t'a blessée et je suis sûre qu'il veut prendre ses responsabilités, mais c'est entre vous et tu devrais commencer par répondre à ses appels.

– Je n'ai pas à faire quoi que ce soit concernant Ethan Thomas.

Le silence d'Ami laisse tout le temps à mes mots de me revenir en écho et je réalise qu'ils sont… tellement implacables mais… familiers. Je n'étais pas redevenue cette version de moi-même depuis longtemps, et ça ne me plaît pas.

Je me corrige dans la foulée :

– Eh bien, tu me diras comment s'est passé le dîner et je déciderai s'il mérite que je l'appelle.

D'APRÈS CE QUE JE COMPRENDS, Ami et Ethan ont passé un moment génial au restaurant. Il lui a montré des photos de notre voyage à Maui, a assumé une quantité suffisante de culpabilité pour le comportement passé de Dane et, en gros, l'a charmée jusqu'à la pâmoison.

– Ouais, il sait parfaitement être charmant le temps d'un dîner, lui dis-je en remplissant un brin trop agressivement le lave-vaisselle. Tu te souviens des Hamilton à Maui ?

– Il m'a raconté, lance Ami avant d'éclater de rire. Une invitation à se joindre à un club où on se regarde les lèvres avec un miroir de poche. (Elle boit une gorgée de vin.) Je ne lui ai pas demandé de précisions. Tu lui manques.

Je tente de prétendre que ça ne me remplit pas de joie, mais je suis sûre que ma sœur voit clair dans mon jeu.

– Et à toi, il te manque ? demande-t-elle.

– Oui. (Je n'ai aucune raison de mentir.) Énormément. Mais je lui ai ouvert mon cœur et il lui a donné une pichenette. (Je referme le lave-vaisselle et m'appuie contre le comptoir pour lui faire face.) Je ne sais pas si je serai capable de m'ouvrir à nouveau.

– Je pense que oui.

– Mais il serait plus intelligent de ne pas le faire, n'est-ce pas ?

Ami me sourit, mais il s'agit de son nouveau sourire discret qui me bouleverse toujours. Dane a tué quelque chose en elle, il a éteint un peu de sa lumière innocente et optimiste, ce qui me donne envie de hurler. Et puis, l'ironie me frappe en plein visage : je ne veux pas qu'Ethan me rende à nouveau cynique. J'aime *ma* nouvelle lumière optimiste et innocente.

– Je voudrais que tu saches que je suis fière de toi, dit-elle. Je vois tous les changements que tu as opérés.

J'ai l'impression de vivre ma propre vie, mais je ne savais pas que j'avais besoin de l'entendre le reconnaître. Je lui prends la main.

– Merci.

– Nous évoluons toutes les deux. Tenir certaines personnes pour responsables de leurs choix, en laisser d'autres s'amender…

Elle laisse sa phrase en suspens et opte pour un petit sourire. Très subtil, Ami.

– Ce ne serait pas bizarre pour toi si Ethan et moi nous remettions ensemble ?

Elle secoue la tête et boit une autre gorgée de vin avant de répondre :

– Non, au contraire. Ça me donnerait l'impression que ces trois dernières années ont une raison d'être. (Ami détourne le regard, presque comme si elle avait honte de ce qu'elle allait dire mais ne pouvait pas se retenir.) Je chercherai toujours une raison pour ce qui s'est passé.

Je sais maintenant que je perdrais mon temps en cherchant des raisons, en invoquant le destin ou le hasard. Mais j'en suis arrivée à assumer mes choix de ce dernier mois et je vais devoir prendre une décision concernant Ethan – vais-je lui pardonner ou tourner la page ?

Le soir où un choix s'impose à moi, un événement inattendu et terrible survient : je suis occupée à servir joyeusement des clients lorsque Charlie et Molly Hamilton s'installent à l'une de mes tables.

Je ne peux pas en vouloir à l'hôtesse, Shellie, parce qu'elle n'a aucun moyen de deviner que ce sont les clients les plus gênants qu'elle pourrait m'assigner. Mais au moment où je m'approche de la table et où ils lèvent les yeux, un silence de plomb s'installe.

– Oh, fais-je. Bonsoir.

M. Hamilton a un mouvement de surprise en levant les yeux de son menu.

– Olive ?

Je trouve bien plus de plaisir à être serveuse que je l'aurais imaginé, mais je dois admettre que je n'apprécie pas de voir sa petite grimace et ses épaules s'affaisser lorsqu'il se rend compte que je ne me contente pas de m'approcher de sa table pour le saluer mais que je suis en réalité là pour le servir. Ce sera gênant pour nous trois.

– Monsieur Hamilton, Madame Hamilton, un plaisir de vous voir.

Je souris en hochant la tête dans leur direction. Intérieurement, je hurle comme un personnage de film d'horreur poursuivi par une tronçonneuse.

– Je suis censée m'occuper de vous ce soir, mais je suppose que nous serions tous bien plus à l'aise si vous vous installiez ailleurs ?

M. Hamilton m'adresse un sourire généreux et tranquille.

– Si ça vous va, ça me va, Olive.

Ah, voilà le hic : ça ne me va pas du tout.

Molly le dévisage en fronçant les sourcils.

– Je pense qu'elle se sentirait plus à l'aise si elle n'était pas obligée de servir la personne qui l'a licenciée à l'issue de son *premier jour de travail.*

J’ouvre de grands yeux. Molly Hamilton serait-elle dans le camp Olive ?

Je leur souris à tous les deux en m’efforçant de conserver une distance professionnelle.

– Vous changer de table ne prendra pas longtemps du tout. Nous avons une table très agréable près de la fenêtre.

La peau de mon cou se hérisse et le sifflement de Molly résonne dans mes oreilles :

– Tu es content, Charles ? Tu ne lui as toujours pas trouvé de remplaçant !

L’instant d’après, je m’approche de Shellie pour lui exposer la situation et elle se hâte de déplacer deux convives.

Les Hamilton installés ailleurs, avec un apéritif offert par la maison, je soupire profondément. Je l’ai échappé belle !

Mais je me dirige vers mes tables et tombe sur Ethan Thomas installé là où ils étaient.

Il est seul et porte une chemise hawaïenne tape-à-l’œil avec un collier de fleurs en plastique. Lorsque je m’approche de lui, stupéfaite, je réalise qu’il a apporté son propre verre : un verre à cocktail en plastique qui porte une énorme étiquette 1,99 $.

– Est-ce que je suis en train d’avoir une hallucination ? je demande, consciente qu’au moins la moitié des convives et une grande partie des serveurs du restaurant sont en train de me dévisager.

Comme s’ils savaient ce qui m’attend.

– Salut Olive, commence-t-il tranquillement. Je… euh… (Il rit, et sentir sa nervosité suscite un instinct protecteur en moi.) Y a-t-il des Mai Tais à la carte ?

Les mots m'échappent :

– Es-tu ivre ?

– J'essaie de sortir le grand jeu. Avec la bonne personne. Tu te souviens du soir où nous avons bu des délicieux Mai Tais ?

Il désigne le verre du menton.

– Bien sûr que je me souviens.

– Je crois que c'est le jour où je suis tombé amoureux de toi.

Je me tourne et lance un regard noir à Shellie, mais elle m'évite. Le personnel de cuisine s'éloigne discrètement. David prétend être très occupé à tripoter un iPad près des pichets d'eau et si je me laissais aller à une hypothèse, je croirais avoir entraperçu les cheveux d'Ami dans le couloir des toilettes.

– Tu es tombé amoureux de moi ? je murmure en lui tendant un menu dans une tentative pathétique de sauver les apparences.

– Oui, confirme-t-il. Et tu me manques tellement. Je voulais te dire à quel point je suis désolé.

– Ici ? je demande.

– Ici.

– Pendant mon service ?

– Pendant ton service.

– Comptes-tu répéter tout ce que je dis ?

Il tente de réprimer un sourire, mais je vois à quel point notre conversation le met en joie.

Je m'efforce de me comporter comme si ça ne me faisait pas le même effet. Ethan est *ici*. Ethan Thomas est en train de me faire une déclaration, vêtu d'une chemise horrible, avec un faux verre à Mai Tai. Il faut un petit moment pour que la connexion se fasse entre mon cerveau et mon cœur, qui bat si fort qu'il pourrait s'échapper de ma poitrine.

Il bat tellement fort, en réalité, que ma voix tremble.

– T'es-tu coordonné avec les Hamilton pour un effet maximal ?

– Les Hamilton ? demande-t-il avant de se tourner pour suivre mon regard en direction de leur table. Oh. (Il se penche puis lève les yeux vers moi, ébahi. Comme s'il pouvait passer inaperçu avec sa chemise. Oh, Ethan !) Waouh, murmure-t-il. Ils sont ici ? C'est… une coïncidence. Et c'est gênant.

– *C'est* gênant ?

Je lance un regard lourd de sens à sa chemise multicolore et à son verre vert fluo au milieu de la salle élégante à l'ambiance feutrée de *Camelia*.

Mais au lieu d'avoir l'air mal à l'aise, Ethan se redresse en marmonnant doucement :

– Oh, tu es prête à être gênée ?

Il tend la main vers les boutons de sa chemise qu'il commence à ouvrir.

Je siffle :

– Qu'est-ce que tu *fous* ? Ethan ! Tu ne vas quand même pas te déshabi…

Il roule des épaules pour finir de retirer sa chemise en souriant, et je perds immédiatement mes mots. Parce que sous sa chemise hawaïenne, il porte un débardeur vert brillant qui ressemble fortement…

– Dis-moi que ce n'est pas ce que je crois.

Je retiens un rire si tonitruant que je ne suis pas sûre d'être capable de le réprimer encore longtemps.

– C'était celle de Julieta, confirme Ethan en baissant les yeux vers son torse. On l'a taillé dans sa robe. La tienne est, je présume, toujours intacte dans ton dressing.

– Je l'ai brûlée.

Quand je le vois sur le point de protester avec véhémence, je me reprends :

– D'accord, je ne l'ai pas fait. Mais c'est en projet. (Je ne peux m'empêcher de tendre la main vers lui pour toucher le satin brillant.) Je ne savais pas que tu y étais aussi attaché.

– Bien sûr que j'y suis attaché. La seule chose qui surpasse cette robe sur toi, c'est toi sans cette robe.

Ethan se lève et, maintenant, tout le monde le regarde pour de bon. Il est grand, sexy et il porte un débardeur vert brillant qui ne laisse pas grande place à l'imagination. Ethan a un corps appétissant, mais…

– C'est vraiment une couleur terrible, j'ajoute.

Il rit d'un air léger.

– Je sais.

– Tu sais, si quelqu'un d'aussi mignon que toi n'arrive pas à en faire quelque chose, c'est que c'est irrécupérable.

Son sourire se transforme, gagne en intensité et en séduction.

– Tu penses que je suis mignon ?

– Mignon-écœurant.

Il éclate de rire et, honnêtement, j'aime tellement ce sourire sur ce visage que je pourrais chavirer.

– Mignon-écœurant. D'accord.

– Tu es le pire.

Mais je souris et je ne m'écarte pas quand il m'attrape par la hanche.

– Peut-être, acquiesce-t-il, mais tu te souviens de ce que je t'ai dit sur ma pièce porte-bonheur ? Que ce n'était pas la pièce elle-même qui portait chance, mais qu'elle me rappelait un moment où de bonnes choses m'étaient arrivées ? (Il désigne sa chemise et agite les sourcils.) Je veux être avec toi, Olivia.

– Ethan, je murmure en regardant tout autour de moi parce que tout le monde nous fixe.

Je commence à avoir l'impression qu'il s'agit d'une réconciliation et même si mon cœur, mes poumons et mes parties intimes plaident totalement en sa faveur, je n'ai pas envie de passer sur le problème plus fondamental, à savoir que le fait qu'il mis ma parole en doute n'était pas anodin.

– Tu m'as vraiment blessée. Nous avons commencé notre relation sous le signe de l'honnêteté, ce qui est génial, et rare, donc quand tu as cru que je mentais, ç'a été vraiment dur à vivre.

– Je sais. (Il se penche jusqu'à ce que ses lèvres soient au niveau de mon oreille.) J'aurais dû t'écouter. J'aurais dû écouter mes propres instincts. Je vais me sentir mal pendant un bon moment à cause de ça.

Deux réponses se confrontent en moi. L'une est un joyeux *D'accord, allons-y !* et l'autre un *Oh Seigneur non* effrayée. La première est légère et joviale, la seconde réconfortante, familière et raisonnable. Mais aussi agréable que soit la perspective de prendre des précautions, risquer de m'ennuyer et d'être seule plutôt que d'avoir le cœur brisé, je n'ai pas particulièrement envie d'une vie faite de choses sûres et réconfortantes.

– Je suppose que tu mérites une autre chance, lui dis-je, à quelques centimètres de ses lèvres. Tu masses vraiment bien.

Son sourire se pose sur le mien et le restaurant tout entier applaudit. Tout autour de nous, les convives se lèvent de leurs chaises et je réalise soudain que les hommes du coin étaient mon père et Diego, portant des perruques, la table de femmes au fond étaient ma mère, Tía María, Ximena, Julieta et Natalia. La femme dans le couloir qui marchait en direction des toilettes était bien Ami et ma famille se trouve au restaurant, m'applaudissant comme si j'étais la femme la plus chanceuse de l'univers. Ce qui est peut-être le cas.

Quand je jette un coup d'œil un peu plus loin, je repère les Hamilton près de la fenêtre, debout, m'acclamant eux aussi. Je soupçonne qu'ils ne sont pas venus par hasard ce soir, qu'Ami a fait en sorte qu'ils soient ici pour qu'ils se rendent compte que ce qu'ils ont enduré à Maui a débouché sur une relation réelle entre Ethan et moi – mais au fond, ça n'a aucune importance.

Je ne crois pas avoir jamais imaginé un tel bonheur.

La chance, le hasard, la prédétermination, quoi que ce soit, je prends. J'attire Ethan vers moi en sentant le tissu glissant de son débardeur sous mes mains et étouffe des éclats de rire dans notre baiser.

ÉPILOGUE

Deux ans plus tard

ETHAN

– Seigneur, il dort comme un loir.

– Est-ce qu'il bave ?

– Il est mignon quand il dort. Mais il a le sommeil sacrément profond. Je parie que ses camarades lui dessinaient sur le visage à la fac.

– En général, il ne dort pas aussi profondément. (Une pause. J'essaie d'ouvrir les yeux, mais le brouillard du sommeil est encore trop pesant.) Je suis tentée de lui lécher le visage pour le réveiller. Est-ce que ce serait mal ?

– Oui.

Beaucoup disent que ma copine et sa sœur sont des copies conformes et que même leurs voix sont identiques mais, après deux ans de relation, je les distingue aisément. Leurs timbres sont doux, avec un accent presque imperceptible, mais la voix d'Olive est un peu plus rauque, un peu râpeuse, comme si elle ne l'utilisait pas beaucoup. Avec la plupart des gens, elle écoute, elle observe.

– Lucas ? (C'est encore la voix d'Ami, grave et lente, comme si elle surgissait de l'eau.) Tu pourras le porter pour le faire sortir de l'avion si nécessaire ?

– J'en doute.

On me bouscule. Une main me secoue l'épaule, remonte dans mon cou jusqu'à ma joue.

– Ethannnnnn. Ici ton pèèèèèère. Nous sommes en train d'aaaaaatterir.

En réalité, ce n'est pas mon père mais Olive qui parle à travers son poing directement dans mon oreille. Je m'éveille lentement, au prix d'un effort immense, et cligne des yeux. Le siège devant moi gagne progressivement en netteté, j'ai l'impression que la surface de mes yeux est sirupeuse.

– Il est vivant ! (Olive se penche devant moi et sourit.) Salut.

– Salut.

Je lève une main lourde pour me frotter le visage en essayant de m'extirper de la brume.

– Nous sommes sur le point d'atterrir, dit-elle.

– J'aurais juré que je venais de m'endormir.

– Il y a huit heures, précise-t-elle. Quoi que t'ait donné le docteur Lucas, ça a bien fonctionné.

Je me penche en avant pour regarder vers la droite, au-delà d'Olive assise sur le siège du milieu et d'Ami côté couloir, en direction du nouveau compagnon d'Ami – mon ami de longue date et médecin, Lucas Khalif – installé de l'autre côté du couloir.

– Tu m'as donné une dose de cheval.

Il lève le menton.

– Tu es un poids plume.

Je m'affale sur mon siège en me préparant à fermer à nouveau les yeux, mais Olive tend la main vers moi et fait pivoter mon visage en direction du hublot. La vue est à couper le souffle ; l'intensité des couleurs me donne une claque. J'ai raté ça la première fois que nous sommes allés à Maui : j'avais passé le vol tout entier à prétendre ne pas remarquer les seins d'Olive, submergé par une horrible anxiété. En contrebas, l'océan Pacifique ressemble à un saphir géant qui s'étend jusqu'à l'horizon. Le ciel est tellement bleu qu'il paraît fluorescent ; seuls quelques légers nuages sont assez courageux pour bloquer la vue.

Je lance :

– Bordel.

– Je te l'avais dit. (Elle se penche et m'embrasse sur la joue). Ça va ?

– Groggy.

Olive me pince l'oreille.

– Parfait. Parce que la première chose sur la liste est un plongeon dans l'océan. Ça te réveillera.

Ami gigote sur son siège et je jette un coup d'œil à ma copine, attentive à la réaction de sa sœur. L'enthousiasme d'Ami est contagieux, mais celui d'Olive est presque aveuglant. Elle a traversé une période difficile après avoir perdu son travail mais a ensuite gagné une clarté qu'elle n'avait jamais connue. Elle a réalisé que même si elle adorait la science, elle n'aimait pas particulièrement son job. Par hasard, elle a rencontré chez *Camelia* la directrice d'un centre associatif de santé. À l'issue d'un long dîner ponctué de bribes d'une conversation intense et enthousiaste, alors qu'Olive était en plein service dans un restaurant bondé, Ruth l'a engagée en tant que coordinatrice éducative, chargée de la sensibilisation sur le sujet des vaccins dans les écoles, les églises, les maisons de retraite et les entreprises. Maintenant, elle parcourt le Midwest pour discourir sur le vaccin contre la grippe.

Lorsqu'elle a appris où se tiendrait la conférence hivernale de sensibilisation des communautés à la santé cette année – Maui –, nous avons estimé que c'était un signe : nous devions à Ami un voyage sur l'île.

Nous nous approchons de la piste d'atterrissage, l'avion survole le littoral puis opère un virage au-dessus du paysage luxuriant de Hawaï. Je me penche pour regarder Ami qui tient la main de Lucas de l'autre côté du couloir. Je suis ravi qu'elle aille à Maui pour la première fois avec quelqu'un qui l'adore avec une telle dévotion.

Et je suis sur des charbons ardents parce que, pour ce deuxième voyage à Maui, je suis parti avec une bague dans la poche.

Deuxième jour. Nous devons déployer toutes nos aptitudes diplomatiques pour convaincre Ami d'accepter de faire de la tyrolienne. D'une part, ce n'est pas gratuit. Par ailleurs, la tyrolienne requiert de sauter d'une plate-forme, d'avoir foi en la solidité du harnais et de voler dans les airs en espérant atterrir sur une autre plate-forme de l'autre côté. Pour une fille comme Ami, qui cherche toujours à maîtriser toutes les variables possibles à tout moment, la tyrolienne n'a rien d'idéal.

Mais c'est l'une des seules activités à laquelle Olive et moi ne nous sommes pas adonnés lors de notre premier séjour ici et ma copine n'était pas prête à transiger. Elle a cherché le meilleur emplacement, a acheté les tickets et nous presse maintenant en direction de la plate-forme pour notre premier saut en agitant la main, l'air de dire qu'il n'est plus temps d'hésiter.

– Allez, allez, dit-elle.

Ami jette un coup d'œil vers le bas et recule immédiatement.

– Waouh, c'est haut.

– C'est une bonne chose, la rassure Olive. Ce serait beaucoup moins drôle si nous étions au ras du sol.

Ami la dévisage, incrédule.

– Regarde Lucas, lui enjoint Olive. Lucas n'a pas peur.

Il devient le centre de notre attention tandis qu'il enfile son harnais.

Lucas lui adresse un petit salut, mais j'incline la tête.

– Lucas n'a probablement pas peur parce que Lucas est un adepte de parachutisme.

– Tu es censé être de mon côté, grogne Olive. Équipe Écoute-Olive-Parce-que-Ça-Va-Être-Génial-Putain.

– Je pencherai toujours de ce côté. (Je marque une pause et lui adresse un sourire victorieux.) Mais est-ce un bon moment pour te suggérer un nouveau nom d'équipe ? Peut-être pas.

Elle me fixe. Je ravale un sourire parce que si je lui disais maintenant qu'avec son short en jean, son débardeur blanc, le harnais bleu et le casque jaune qu'on lui a prêtés, elle ressemble à Bob le Bricoleur, elle m'assassinerait à mains nues.

– Regarde, Ami, dit-elle avant d'esquisser un sourire surexcité. Je vais y aller la première.

Il faut se lancer à quinze mètres au-dessus d'un ravin, en direction d'une plate-forme à quarante-cinq mètres de distance. Il y a deux ans, Olive aurait attendu que tout le monde soit de l'autre côté avant d'y aller, certaine qu'avec sa malchance, la corde ou la plate-forme se briseraient et que nous nous retrouverions tous gisants dans la forêt. Mais je la regarde se tenir au niveau de la porte, en suivant l'instruction d'attendre que son câble soit attaché aux poulies, puis d'avancer sur la plate-forme. Elle n'hésite qu'un instant avant de s'élancer en courant et de voler (en hurlant) au-dessus de la cime des arbres.

Ami l'observe :

– Elle est tellement courageuse.

Elle ne prononce pas ces mots comme une révélation. Il s'agit plutôt d'une déclaration de faits, une constatation de ce que nous avons toujours su au sujet d'Olive, l'une de ses qualités premières. Et c'est vrai, bien sûr, mais le fait que ces petites vérités soient dites à haute voix sont de petites révélations parfaites, tombant comme des joyaux dans la paume d'Olive.

Donc, même si Olive n'a pas entendu cette remarque, j'apprécie qu'Ami admire autant sa jumelle, comme si elle découvrait encore des choses sur cette personne qu'elle connaît aussi bien qu'elle connaît son propre cœur.

La dernière tyrolienne de la journée est l'une des plus longues d'Hawaï, presque huit cents mètres d'une plate-forme à l'autre. Le plus chouette, c'est qu'il y a deux câbles parallèles et que nous pouvons nous lancer en duo. Alors que nous arrivons au sommet des marches, je rappelle à Olive où mettre ses mains et comment orienter ses poignets dans la direction opposée à celle vers laquelle elle veut tourner.

– Et rappelle-toi, même si nous commençons côte à côte, j'irai probablement plus vite que toi parce que je suis plus lourd.

Elle s'arrête net puis lève les yeux vers moi.

– OK, M. Isaac Newton, je n'ai pas besoin d'une leçon.

– Une quoi ? Ce n'était pas mon intention.

– Tu as voulu m'expliquer comment fonctionnait la gravité.

Je suis sur le point de me récrier, mais elle lève les sourcils dans le style *Réfléchis avant de parler* et je m'esclaffe. Elle n'a pas tort.

Je me penche et dépose un baiser sur son casque jaune.

– Je suis désolé.

Elle fronce le nez et mes yeux suivent le mouvement. Ses taches de rousseur sont la première chose que j'ai remarquée chez elle. Ami en a seulement quelques-unes alors qu'Olive en a douze, éparpillés sur le nez et sur les joues. Je savais à peu près à quoi elle ressemblait avant de la rencontrer – bien sûr, je savais que c'était la jumelle de la copine de Dane –, mais je n'étais pas préparé à découvrir des taches de rousseur, à les voir bouger lorsqu'elle sourit ou à la manière dont l'adrénaline a pulsé dans mes veines quand elle m'a adressé ce sourire et s'est présentée.

Elle ne m'a plus souri comme ça pendant des années.

Ses cheveux frisottent à cause de l'humidité et s'échappent de sa queue-de-cheval. Même en tenue de Bob le Bricoleur, je n'ai jamais rien vu d'aussi beau.

Belle, mais aussi très suspicieuse.

– Ces excuses ont été plus faciles à obtenir que ce à quoi je m'attendais.

J'effleure ses cheveux rebelles et en écarte une mèche de son visage. Elle ne sait pas à quel point je suis de bonne humeur. Je m'efforce de trouver le bon moment pour lui demander sa main, mais j'apprécie chaque seconde encore plus que la précédente, ce qui fait qu'il m'est de plus en plus difficile de choisir comment et quand me lancer à l'eau.

– Désolé de te décevoir. Toi et ton fétichisme des disputes.

Elle rougit en levant les yeux au ciel avant de se retourner vers le groupe.

– La ferme !

Je me mords les lèvres pour ne pas sourire.

– Arrête de faire cette tête.

Je glousse.

– Comment sais-tu que je grimace ? Tu n'es même pas en train de me regarder.

– Je n'ai pas à te regarder pour savoir ce que tu fais ce truc avec tes yeux en cœur.

Je me penche pour lui murmurer à l'oreille :

– Je fais peut-être une grimace parce que je t'aime et que j'apprécie ton esprit de contradiction. Je te prouverai à quel point une fois de retour à l'hôtel.

– Hé ! Prenez une chambre, tous les deux !

Ami partage un regard de commisération avec Lucas tandis qu'on le harnache.

Mais elle se tourne et jette un coup d'œil à Olive de l'autre côté de la plate-forme. Je n'ai pas besoin de comprendre comment fonctionne la télépathie secrète entre jumelles pour savoir qu'Ami n'est pas seulement heureuse pour sa sœur, elle est sur un petit nuage.

Ami n'est pas la seule à croire qu'Olive mérite tout le bonheur que ce monde peut lui offrir. Voir cette petite femme pétillante s'ouvrir, s'attendrir ou s'illuminer est comme une constellation qui me donne vie.

Maintenant, il ne me reste plus qu'à la convaincre de m'épouser.

Je crois que j'ai trouvé le bon moment lorsque, quatre nuits plus tard, le coucher de soleil est tellement surréaliste qu'on le croirait généré par un ordinateur. Le ciel est une juxtaposition parfaite de tons pastel ; le soleil ne semble pas vouloir disparaître et la progression est idéale, on le voit diminuer lentement en taille jusqu'à ne plus être qu'un minuscule point de lumière et puis, pouf. Terminé.

C'est à cet instant précis que je sors mon téléphone et prends un selfie d'Olive et moi à la plage. Le ciel est d'une nuance de bleu violet apaisant. Ses cheveux volètent autour de son visage et nous sommes tous les deux un peu pompette. Nos pieds sont nus, nous avons plongé les orteils dans le sable chaud et notre bonheur se lit sur nos visages. Cette photo est géniale, putain.

Je la fixe en me sentant pris de vertige. Je suis tellement habitué à voir nos visages côte à côte, tellement habitué à la sentir contre mon épaule. J'aime ses yeux, sa peau, son sourire. J'aime nos moments loufoques et nos moments de calme. J'aime me disputer, baiser, rire avec elle. J'aime qu'il soit si naturel d'être ensemble. J'ai passé ces derniers jours à me torturer pour savoir quand faire ma demande, mais je réalise soudain qu'il n'y a pas de meilleur moment : dans cet espace paisible, juste tous les deux, en train de passer cette soirée parfaite. Ami et Lucas marchent un peu plus loin sur la plage, les jambes léchées par les vagues et j'ai l'impression que cette petite portion de sable nous appartient exclusivement.

Je me tourne vers elle ; mon cœur tonne dans ma poitrine.

– Salut, toi.

Elle sourit au téléphone et me le prend des mains.

– Très mignon.

– Oui.

Je prends une grande inspiration pour rassembler mon courage à deux mains.

– Légende de la photo, commence-t-elle, ne remarquant pas que je suis sens dessus dessous et en pleine préparation pour l'un des moments les plus importants de ma vie.

– Euh… je marmonne, un peu perturbé et toujours plongé dans mes pensées.

Alors, elle éclate de rire :

– En voilà une : « Elle a dit oui ! » (Elle se blottit contre moi en s'esclaffant.) Oh Seigneur, c'est une belle photo de nous, exactement le genre de photos de vacances que les gens du Minnesota posent sur leur tour de cheminée dans un cadre incrusté de coquillages pour se remémorer le soleil au cœur de l'hiver. (Elle me rend mon téléphone.) Quelle est la proportion d'habitants du Minnesota qui se sont fiancés sur la plage, à ton avis ? Quatre-vingts pour cent ? Quatre-vingt-dix ? (Elle secoue la tête en souriant.) C'est vraiment…

Et elle s'arrête net et me dévisage. J'ai l'impression d'avoir du coton plein la gorge. Olive plaque une main contre sa bouche en s'en rendant compte. Ses yeux s'écarquillent de manière comique.

– Oh. Merde. Oh, Ethan ! Oh, *merde* !

– Non, ça va.

– Tu n'allais pas le faire, si ? Suis-je une si mauvaise personne ?

– Je… mais non. Je ne… ce n'est pas… Ne t'inquiète pas.

Elle reste bouche bée, les yeux grands comme des soucoupes, paniquée lorsqu'elle se rend compte que ses remarques sarcastiques n'étaient pas loin du compte.

– Je suis une si mauvaise personne que j'ai cassé ton cerveau.

Je ne sais pas si je dois me sentir amusé ou déçu par cette tentative anéantie de demande en mariage. Ça semblait être le moment parfait ; j'avais l'impression que nous étions sur la même longueur d'onde et puis… non. Pas même un tout petit peu.

– Ethan, je suis tellement…

– Ollie, ça va. Tu ne sais pas ce que j'allais dire. Tu crois savoir, mais tu ne sais pas.

En voyant son regard suspicieux, j'ajoute :

– Crois-moi. Tout va bien.

Je me penche pour l'embrasser et tente de faire diversion en lui mordillant légèrement la lèvre inférieure. Je laisse échapper un grognement qui l'aide à se détendre à côté de moi, lorsque j'ouvre la bouche pour la sentir. Nous nous laissons emporter jusqu'à nous retrouver tous les deux à bout de souffle, désireux de continuer, de nous débarrasser de nos vêtements et de nous coller l'un à l'autre, mais même si la nuit tombe, il ne fait pas encore suffisamment nuit et la plage est loin d'être déserte.

Lorsque je m'écarte et lui souris comme si tout allait bien, je perçois à sa posture qu'elle reste sceptique, qu'elle se tient sur ses gardes. Même si Olive pensait que j'allais lui faire ma demande, elle n'a toujours rien dit du style *J'aurais répondu oui, tu sais* ou *J'attendais que tu me poses la question,* donc il est peut-être finalement mieux que je n'aie pas réussi à aller jusqu'au bout. Je sais que sa vision du mariage a été ternie par ses parents, puis par Ami et Dane, mais je crois aussi que j'ai fait évoluer ses opinions sur l'engagement à long terme. Je l'aime à la folie. Je le veux – l'épouser –, mais je dois accepter la réalité que ce n'est pas ce qu'elle souhaite et que nous pouvons aussi vivre ensemble heureux pour toujours sans qu'une cérémonie ne nous lie.

Seigneur, mon cerveau vient de se transformer en robot-mixeur.

Elle s'allonge dans le sable et m'attire délicatement vers elle pour pouvoir se lover contre mon torse.

– Je t'aime, dit-elle simplement.

– Je t'aime aussi.

– Quoi que tu aies voulu dire…

– Chérie, laisse tomber.

Elle rit et m'embrasse dans le cou.

– Bon. *D'accord.*

Nous avons besoin d'un nouveau sujet de conversation pour nous aider à nous éloigner du précipice dans lequel nous avons bien failli tomber.

Je demande :

– Tu apprécies vraiment Lucas, n'est-ce pas ?

Ami a attendu presque un an avant de recommencer à sortir avec des hommes après son divorce. Dane a gardé l'espoir de recoller les morceaux, mais je ne la blâme pas d'avoir refusé. Mon frère n'a pas seulement perdu la confiance d'Ami, il a aussi perdu la mienne. Notre relation s'arrange lentement, mais il nous reste encore beaucoup de chemin à parcourir.

– Oui. Il lui fait du bien. Je suis contente que tu les aies présentés.

Je ne pensais pas qu'Olive accueillerait à bras ouverts un autre homme pour sa sœur. Elle a commencé par être très protectrice mais un soir, Lucas – docteur, aventurier, veuf et père de l'enfant de quatre ans le plus adorable que je connaisse – l'a convaincue.

– Ethan ? murmure-t-elle en m'embrassant dans le cou et sur les joues.

– Oui ?

Elle retient son souffle, puis soupire en frémissant.

– J'ai vu une robe hyper-moche l'autre jour.

J'attends qu'elle continue, parce que je n'ai aucune idée d'où elle veut en venir mais dois finalement lui tirer les vers du nez.

– Crois-moi, tu as toute mon attention. Dis-m'en plus.

Elle rit en me pinçant la taille.

– Écoute ça. Elle était d'un horrible ton orange. Duveteuse, genre. Dans le style velours qui n'est pas du velours. Quelque chose entre le velours et le feutre. Du feulours.

– Cette histoire est vraiment passionnante.

Elle rit encore et me mordille la mâchoire.

– J'ai pensé que je pourrais l'acheter pour Ami. Comme une revanche.

Je me tourne vers elle. De si près, je distingue seulement les traits de son visage : d'immenses yeux bruns, des pommettes bien dessinées, une bouche rouge aux lèvres pleines, un nez légèrement aquilin.

– Pardon ?

Elle lève les yeux au ciel et grogne. Lorsqu'elle commence à parler, je sens qu'elle s'arme de courage : il s'agit de la même Olive qui a sauté d'une plate-forme pour voler dans la forêt.

– Je suis en train de suggérer… peut-être que si on se mariait, elle pourrait porter la robe la plus moche du monde à son tour.

Stupéfait, la seule réponse qui me vient est la suivante :

– Tu veux te marier ?

Soudain incertaine, Olive s'écarte.

– Pas toi ?

– Si. Totalement. Absolument. (Je bredouille, en la serrant plus étroitement contre moi.) Je ne pensais pas… après tout à l'heure… je pensais que tu ne voulais pas…

Elle me regarde droit dans les yeux, le menton levé.

– Si.

Olive se love contre moi et prend mon visage entre ses mains.

– Je crois que ma plaisanterie de tout à l'heure était complètement freudienne. Je pensais que tu en avais peut-être envie. Mais nous sommes ici depuis plusieurs jours et tu n'as rien tenté. Et je me suis dit, pourquoi ne le ferais-je pas, moi ? Il n'y a aucune règle disant que l'homme doit s'en charger.

Je plonge une main dans ma poche et en sors un petit écrin.

– C'est vrai… Ça n'a pas à venir de moi et tu peux complètement poser un genou à terre pour me faire ta demande, mais pour ta gouverne, je ne pense pas que cette bague m'aille.

Elle pousse un cri perçant et s'agenouille pour prendre l'écrin.

– Pour moi ?

– Enfin, seulement si tu l'acceptes. Je peux demander à quelqu'un d'autre si tu…

Olive me repousse en riant. Si je ne me trompe pas, ses yeux brillent un peu plus encore. Elle ouvre l'écrin et plaque une main sur sa bouche en voyant l'anneau délicat bordé de diamants, et l'émeraude enchâssée au centre. Je dois admettre que je suis fier de moi – c'est une bague assez incroyable.

– Est-ce que tu pleures ? je demande ne souriant.

Régner sur le cœur de cette fille me donne l'impression d'être tout-puissant.

Mais bien sûr, Olive n'avouerait jamais pleurer de joie.

– Non.

Je plisse les yeux dans sa direction.

– Tu es sûre ?

– Oui.

Elle s'efforce de s'essuyer les yeux le plus discrètement possible.

– Enfin… (Je m'approche.) On dirait que ça pourrait être le cas.

– La ferme.

J'embrasse délicatement le coin de sa bouche.

– Voulez-vous être ma femme, Oscar Olivia Torres ?

Elle ferme les yeux et une larme roule sur sa joue.

– Oui.

En souriant, j'embrasse l'autre coin de sa bouche avant de lui glisser la bague au doigt. Nous la contemplons tous les deux.

– Elle te plaît ?

Sa voix tremble :

– Euh. *Ouais.*

– As-tu en général la langue plus déliée que lorsque tu es avec moi ?

Elle s'esclaffe avant de me renverser sur le sable. Il est chaud dans mon dos et une petite boule de feu s'agite contre moi. J'éclate de rire. On n'aurait pas pu imaginer une demande plus ridicule, imbécile et bancale.

C'était absolument parfait.

REMERCIEMENTS

Ahhh, quel plaisir cette fois-ci ! Aucun livre n'est *facile* à écrire, mais même si celui que vous tenez entre vos mains n'a pas fait exception, le rédiger s'est avéré un vrai plaisir. L'une des choses que nous apprécions le plus dans l'écriture en duo est l'opportunité de nous faire rire mutuellement. *L'anti-lune de miel* nous a offert tellement d'occasions de ce genre que nous avons imaginé cette histoire en pouffant derrière nos écrans. Pas trop mal pour un travail.

Nous nous donnons toujours la permission d'écrire rapidement pour modifier plus tard, et c'est en partie parce qu'il est plus facile de corriger que de créer. Mais en réalité, nous avons le luxe de travailler de cette façon parce que nous pouvons compter sur des éditeurs fantastiques. Kate Dresser et Adam Wilson, vous êtes tous les deux incroyablement doués. Merci de toujours veiller à ce que nos livres soient aussi solides que possible et d'être des personnes hilarantes et dotées d'un grand cœur.

Nous le répétons toujours, mais nous nous sentons très chanceuses de collaborer avec vous.

Notre agent, Holly Root, est la meilleure des meilleures, pleine de savoir-faire, intuitive, équilibrée et totalement adorable. Merci, Holly, pour ces huit dernières années de péripéties dignes d'un Ninja.

Merci à notre précieuse représentante en relations publiques, Kristin Dwyer. *Tu fais du tellement bon boulot, ma belle* commence à ressembler à un euphémisme, mais au bout du compte, cela restera toujours vrai parce que tu fais toujours si bien les choses. Dans tous les sens du terme, à chaque fois.

Merci à l'équipe de Gallery Books : Carolyn Reidy, Jen Bergstrom, Jen Long, Aimee Bell, Molly Gregory, Rachel Brenner, Abby Zidle, Diana Velasquez, Mackenzie Hickey, John la Moustache Vairo, Lisa Litwack, Laura Cherkas, Chelsea Cohen, la formidable force de vente (nous vous remercions), et à tous ceux qui ont aidé nos livres à se retrouver entre les mains des lecteurs. Nous sommes tellement reconnaissants à chacun d'entre vous.

Une immense gratitude à nos pré-lecteurs Yesi Cavazos, Arielle Seleske, Gabby Sotelo et Frankie O'Connor, ainsi qu'aux membres du groupe CLo & Friends pour nous avoir aidées à atteindre notre objectif de créer une authentique famille mexicano-américaine. Vos retours ont été fantastiques et nous espérons que vous serez fiers du résultat. Il va sans dire que toute erreur ou toute opportunité manquée est entièrement de notre faute. Vous êtes tous si merveilleux !

Aux libraires et bibliothécaires, tous les héros ne portent pas de capes ! (Enfin, vous vendez peut-être des livres en portant une cape et ce serait incroyable, mais même si ce n'est pas le cas, vous restez des personnes géniales.) Les livres sont une partie essentielle de la vie, ils sont les aliments de l'esprit, ils apportent de la joie, du soulagement et du lien. Faire ce que vous faites, et mettre les livres que vous aimez entre les mains des lecteurs est un cadeau, et nous vous en sommes reconnaissantes au-delà de ce que nous pouvons exprimer.

Aux blogueurs, critiques, lecteurs : nous sommes en symbiose avec vous. Nous ne pourrions pas y arriver sans vous, et il ne se passe pas un jour sans que nous y pensions. Merci pour votre soutien, vos encouragements et le temps que vous passez à nous lire. Chaque fois que vous recommandez l'un de nos livres à un ami, un ange sourit. Ou un chiot se fait caresser. Ou encore, un hérisson reçoit un ver de farine. En résumé, de bonnes choses se produisent dans l'univers. Nous vous aimons.

À nos familles : nous vous aimons tous tellement, mais vous le savez déjà. Ce que vous avez besoin d'entendre, ce sont nos remerciements de nous avoir supportées. Vivre avec une écrivaine signifie souvent se retrouver face à un regard vide après lui avoir posé une question, parce qu'elle se demande ce qui va suivre dans le livre. Vous gérez ça avec grâce et patience (ce qui vous arrange aussi, parce que nous travaillons à la maison et que nous trouvons rarement d'excuses valables pour ne pas préparer un dîner à la cocotte-minute).

Christina, c'était ton année. Ta voix, ton humour et ta capacité à donner corps à une histoire, tout est revenu, tu es prête à prendre ton envol vers toutes les choses amusantes que nous allons inventer ensuite. Je sais que je me répète, mais je suis si fière de pouvoir écrire avec toi.

Lo, la façon dont tu assembles les mots me stupéfiera toujours. Il m'arrive de lire ce que tu m'envoies et de me retrouver à fixer l'ordinateur en me demandant où tu es allée pêcher cette idée ou cette phrase. Si tu n'étais pas aussi l'amie la plus aimante, la plus généreuse et la plus loyale qui soit, je te détesterais vraiment. Ah ! Je plaisante. Ou pas. Merci de m'offrir l'opportunité de travailler avec toi. Je t'aime.